leykam: *seit 1585*

Marcus Fischer

DIE ROTTE

ROMAN

---

leykam: *Belletristik*

Die Rotte Ferchkogel am See

Hausberg (Basaltwerk)

—

—

Schwarzhof
Schwarz Manfred
Schwarz Ingrid

—

—

—

Schneebergerhof
Schneeberger Adolfine
Schneeberger Walter (Sohn)

—

—

—

Kapelle

—

—

—

Reisingerhof
Reisinger Hannes
Reisinger Lisbeth
Reisinger Elfi (Tochter)
Kehrtegger Franz

—

—

—

Firnbichlerhof
Firnbichler Erwin
Firnbichler Martha
Firnbichler Siggi und Anton (Söhne)

—

—

—

Eitlerhof
Eitler Gernot
Eitler Eva

—

—

Ferchkogelsee

Weil man bei einer Frau immer fragt, warum. So hat man sich auch bei der Elfi gefragt. Wenn ein Mann so ist, glaubt man von Haus aus, man weiß eh. Aber bei einer Frau muss es schon was geben, was sie dorthin gebracht hat. Als wenn es beim Mann sowieso da ist, das Ungute. Oder wenn einer eigen ist. Warum es bei der Elfi jetzt so gekommen ist, da hat jeder seine Geschichte im Kopf gehabt, oben in der Rotte Ferchkogel in den Voralpen.

Warum sie nicht mehr runter ist vom Hof. Versiegelt war der, sogar unters Hoftor und hinten in die Löcher beim Stadl hat sie Fetzen gestopft, dass keiner hereinschauen hat können. Manchmal hat man sie von der Straße aus hinterm Vorhang am Fenster sitzen sehen, wenn drinnen Licht war. Meistens wars aber eh finster.

Dass sie schon immer einen Boscher gehabt hat, die Elfi, haben die einen gesagt. Brauchst dir nur den Vater anschauen, schwermütig war der sein Lebtag schon und hat sich am Ende was angetan. Dann gibts andere, die sagen, dass einer zu ihr rein ist. So ungut, wie sie schauen dabei, kann man sich denken, was war. Aber was weiß man? Und dann gibts die, die sagen, es waren die Bauern, die sie dorthin getrieben haben. Weil sie ihr den Grund nehmen haben wollen. Aber ob man sich darum gleich einsperrt?

Wennst heute die Jungen fragst, was mit der Elfi war, scherts keinen mehr. Ist ja schon eine ganz andere Zeit. Und für die Gäste schüttet man gern die Gräben zu. Setzt ein Gastgeberlächeln auf, weil man ja auf Freundlichkeit und Reinlichkeit aus ist. Am Hof, auf der Gasse und im Gesicht. Seit ein paar Jahren kommen sie jetzt schon herauf in die Rotte Ferchkogel am Ferchkogelsee, im Herbst die Wandergäste und die Badegäste im Sommer. Aber angefangen hat alles im Winter. Und eisig war der im Jahr 1972.

01.

Vom Hochschwab ist ein trockener, kalter Wind herübergekommen. Die ganze Nacht hat es gestürmt gehabt, Schneewehen bis übers Dach sind an den fünf Höfen gelegen in der Rotte Ferchkogel. Im ersten Licht ist der Schneepflug gefahren, unten vom See herauf, Kehre um Kehre, und die Funken sind geflogen in der Dämmerung, wenn er zu tief rein ist mit dem Pflugstahl in die steinige Straße.

Wach war sie schon lange, die Reisinger Elfi. Hat gehorcht. Wie der Pflug heraufkommt und die Viecher mit den Ketten scheppern drüben im Stall. Wie die Mutter „Öha" dazwischenruft und ihnen das Heu vorn in die Tröge schmeißt. Dass sie den Vater gestern nicht mehr heimkommen hat hören, ist der Elfi durch den Kopf. Da ist sie auf, hat sich die Weste übergeworfen, ist in die Schlapfen und raus über den kalten Gang zum Zimmer. Manchmal ist er liegen geblieben bis in den Vormittag. Dass er sich so gehen hat lassen, hat die Mutter fuchsig gemacht. Weil sie nicht glauben hat können, was der Doktor gesagt hat drüben in Anger: dass er die Schwere hat. Wie sie leise die Tür aufgemacht hat zum Zimmer, ist die Tuchent glatt auf dem Bett gelegen und das Polster aufrecht gestanden am Kopfende.

Oft ist er schon fortgeblieben. Auch über Nacht. In seinem Bienenhaus habens ihn dann gefunden im Föhrengrund. Gesessen ist er dort und hat sich nicht gerührt. Als wenn er grad aufgewacht wär, so hat er dreingeschaut. Oder in der Saukanzel im Revier. Manchmal ist er von selber heimgekommen, manchmal haben sie ihn suchen müssen. Aber bei so einem Wetter ist er noch nie raus.

Bis unter die Fenster ist im Hof der Schnee gelegen.
Da hat sich die Elfi einen Weg geschaufelt zur Hoftür hin. Windig wars noch immer und leicht wie Stroh ist ihr der Schnee von der Schaufel geflogen. Ist raus bei der Tür und hat nach ihm geschaut. Grau ist der Firnbichlerhof unten an der Straße gelegen, nur im Stall war schon Licht. Rufen hat sie nicht wollen, ist ja gleich geredet worden. Ist am Haus vorbei bergseitig zum Obstgarten hin, ob sie Stiefelspuren findet. Da hat sie den Baum gesehen: Als wenn ihn wer mit der Axt auseinandergehauen hätt, so ist der Stamm von der alten Kirsche im Schnee gelegen. Aber keine Spur vom Vater. Einmal ist sie um den ganzen Hof und der Schnee ist ihr rein bei den Gummistiefeln. Wie sie zurück ist ins Haus, ist die Mutter in der Küche gestanden.

- Fort ist er wieder, hat sie gesagt. Und dass sie sich keine Sorgen mehr um ihn macht.

- Bei so einem Wetter ist er noch nie fort.

- Wird schon wiederkommen.

- Und wenn was passiert ist? Dass er immer noch wiedergekommen ist, hat die Mutter gesagt, und dass die Elfi jetzt den Stall machen soll.

Um zwölf sind sie beim Essen gesessen. Die Elfi am Sessel, die Mutter auf der Bank. Zwischen ihnen der Platz am Kopfende vom Tisch war leer. Ein Tischtuch haben sie aufgedeckt gehabt, weil Stefanitag war.

- Was willst machen, wenn er nicht kommt, hat die Mutter gesagt, die Hände gefaltet und angefangen zu beten. Kein Wort haben sie beim Essen geredet. Erst wie die Teller mit der Suppe leer waren, hat die Mutter angefangen. Dass sie mit ihm ihr Unglück geheiratet hat und dass er ihr nur Sorgen gebracht hat. Die Elfi ist aufgestanden und zum Herd, hat das Krenfleisch aufgetragen und den Sterz, damit Ruhe ist. Und so wars auch. Nur die Uhr hat man ticken hören draußen im Vorhaus.

Vom ersten Bissen an hat die Elfi das Metallische auf der Zunge gehabt. Hat gewusst, dass das Fleisch gut ist, nur der Mund halt nicht, darum hat sies nicht runtergebracht. Hat gekaut, bis es ein Klumpen war, den hat sie in die Hand fallen lassen. Gleich hat die Mutter rübergegriffen und ihr das Stück Fleisch vom Teller genommen.

- Kann ichs gleich den Sauen geben.

Der Elfi wars recht. Ein bissl was vom Sterz hat sie gegessen. Dass ihr nicht gut ist, hat sie gesagt. Wie die Mutter fertig war, hat die Elfi abgetragen und ist gleich rauf zur alten Schneebergerin. Den Hof in der Kehre oberhalb hat sie gehabt. Dass über die Feiertage ihr Sohn, der Walter, zu Besuch war, hat die Elfi gewusst. Ein Jäger war er, wie der Vater, und wie sie ihm erzählt hat, dass sie ihn suchen, ist er gleich auf, hat sich eingepackt und ist raus.

Oben in den Wolken hats noch immer gestürmt, aber herunten wars still und ab und zu ist die Sonne rausgekommen, wie der Walter von der Straße rüber ist in den Wald. Bis über die Knie ist er eingesunken im Schnee. Wenn er Fährten gesehen hat, dann nur frische, die anderen waren verweht. Dass der Vater bei dem Sturm in der Kanzel übernachtet, hat er sich nicht vorstellen können. Aber eigen war er, der Reisinger Hannes. Manchmal hat man ihn anreden können und er hat einen angeschaut von so weit her, als wenn er einen gar nicht kennt. Dass ihn nichts freut, hat er gesagt. Da hat ihm der Walter oft zugeredet, dass ihn das nicht wundert, wenn man da heroben schwermütig wird in der Rotte.

Die kleine Lichtung hat er erreicht gehabt, oben beim Bach, wo die Saufütterung gestanden ist. Den Futtertrog hat der Sturm umgeweht gehabt und überall sind die Kukuruzkörndl gelegen. Dass die Sauen eine Freud haben werden, hat er sich gedacht und ist weitergestapft zur

Kanzel. Ein Holzbalken ist heruntergehangen von oben. Gleich hat er geschaut, ob er vielleicht runtergestürzt ist, aber glatt ist der Schnee um den Hochstand gelegen.

Immer wieder hat er ihn gerufen und gehorcht. Ein paar Krähen sind aufgeflogen und haben geschrien. Dann ist er über die Leiter zur Kanzel rauf. Die Polster sind drinnen durcheinandergelegen, von Mäusen zerfressen, dass überall der Schaumgummi rausgekommen ist. Draußen ist es schon dämmrig geworden, wie er über die Lichtung geschaut hat. Am unteren Ende hats eine Fichte umgerissen gehabt, quer über dem Schwarzbach ist sie gelegen, Treibholz und Reisig haben sich da schon verfangen gehabt und den Bach aufgestaut, so ist er hin.

Tief und ruhig war das Wasser an der Stelle. Von der Böschung oben ist die Fichte heruntergehangen, die Äste wie Gräten im Bach. Da hat er ihn liegen sehen. Die Strömung ist ihm übers Gesicht gelaufen und hat ihm die Haare zum See hin gekämmt und den Anorak aufgebläht und wieder zusammenfallen lassen. Weiß war die Haut, nur einen schwarzen Strich hat man gesehen auf den Augen und den Lippen. Vielleicht hat er darum auch so hinschauen können. Weil er was Friedliches gehabt hat, der Hannes, dort unten am Grund.

Rasch ist er zurück in die Rotte. Am Reisingerhof hat ihm die Mutter aufgemacht, hat ihn angeschaut und schon gewusst, was war.

- Lisbeth, hat er angefangen, aber sie hat sich gleich umgedreht und ist in die Küche. Und wie sie herinnengesessen sind, hat sie den Kopf geschüttelt, als würd sie gleich losschimpfen mit ihrem Mann, was ihm einfällt. Dass er schon die Gendarmerie gerufen hat, hat der Walter gesagt. Die Lisbeth hat genickt, ist auf und hat den Schnaps geholt. Zwischen ihnen ist die Flasche gestanden und zwei Stamperl daneben.

Wie sie fertig war hinten im Stall mit dem Ausmisten, die Viecher gemolken waren und ihr Futter gehabt haben, ist die Elfi rauf ins Vorhaus, hat sich die Gummistiefel ausgezogen und die Fetzen von den Füßen gewickelt. Da hat sie schon die Stimmen gehört in der Küche. Und wie sie den Walter sitzen hat sehen mit der Mutter und die zwei Stamperln zwischen ihnen, sind die Sekunden schon langsamer geworden. Und schärfer als sonst hat sie alles gesehen. Dass der Walter im Anorak herinnengesessen und die Haube vor ihm auf dem Tisch gelegen ist. Dass die Mutter kerzengerade dagesessen ist, mit kleinen Augen und einem Mund, als wollt sie losschreien.

- Der Vater ist tot, hat sie gesagt und die Augen hat sie nicht gehoben dabei.

Der Walter hat die Elfi angeschaut, wie sie hergekommen ist zum Tisch. Als wenn er sie halten hat wollen mit dem Blick.

- Im Bach hat er ihn gefunden, hat die Mutter gesagt und den Kopf geschüttelt.

Ans Ende von der Bank hat sich die Elfi gesetzt. Da war es schon am Rutschen in ihr. Wie ein Hang, der sich löst, herunterstürzt und in sich zusammenfällt. Unten liegt man, ein Haufen Erdreich, und nichts rührt sich mehr.

Der Vater.

Dass es ihm leidtut, hat der Walter gesagt, aber da war ein Rieseln und Klingeln in ihren Ohren, dass sie ihn gar nicht gehört hat. Im Kopf ist sie herumgerannt. Hat ihn liegen sehen im Bett, als wenn er heimgekommen wär. Und dann im Bach unten. Gleich ist sie weg. Am Vortag hat sie ihn das letzte Mal gesehen gehabt, wie sie rein ist in die Werkstatt, ihn zum Essen holen. Am Reparieren war er und hat die Schweißbrille heruntergenommen. Dass er nichts mag und später kommt, hat er gesagt. Und dann hat er sie angeschaut, länger als sonst. Aber vielleicht hat sie sich das auch nur gedacht, jetzt, wo alles langsamer geworden ist.

Dass ihn der Baum vielleicht erschlagen hat, beim Sturm in der Nacht, hat der Walter gesagt. Da hats geklopft an der Tür und die Schneebergerin ist herinnengestanden in der Küche und hinter ihr zwei Gendarmen. Die hat man heroben noch nie gesehen gehabt. Salutiert haben sie, ein bissl schlampert, mit den Schirmkapperln auf dem Kopf in ihren grauen Uniformen, und haben gefragt, wer den Reisinger Hannes gefunden hat. Ganz amtlich haben sie daraufhin den Walter aufgefordert, sie zum Toten zu führen.

Gleich hat er die Haube genommen und zu dritt sind sie raus in die Kälte und die Dunkelheit und die Gendarmen haben ihre Lampen aufgedreht. Die Elfi hat ihnen nachgeschaut, eine ganze Zeit hat man die Lichtkegel noch über die Hänge wedeln sehen, bis sie verschwunden sind hinter der Kehre.

Durch den Wald sind sie gestapft und die Gendarmen haben geflucht, weil ihnen oben der Schnee rein ist bei den Schuhen. Wie sie dann zum Schwarzbach gekommen sind, hat der Walter die Haube abgenommen wie in der Kirche. Und dann sind die Lampen auf die Suche gegangen, haben den Stamm von der Fichte abgeleuchtet in dem dunklen Wasser. Der Walter hat sich hingehockelt am Ufer, dass er besser unter den Baum schauen kann. Ob sie an der richtigen Stelle sind, hat der eine Gendarm ihn gefragt.

- Sicher, hat der Walter gesagt, aber sicher war er sich da schon lang nicht mehr, weil er im Lichtkegel Steine gesehen hat und Äste, die sich in der Strömung bewegen. Aber der Hannes war fort.

Dass es ihn fortgetragen haben muss, in den See raus, haben die Gendarmen gesagt, wie sie wieder herinnen waren in der Küche. Auf die Frage, ob er eine Waffe gehabt hat, ist die Lisbeth mit ihnen ins Zimmer, hat den Schlüssel vom Waffenschrank unter dem ausgestopften Murmeltier herausgeholt und aufgesperrt. Ein Schrotgewehr ist dringestanden im Kasten und eine Flinte. Unten in der Lade, mit grünem Filz war die ausgelegt, ist der Gürtel mit den Schrotpatronen für die Treibjagd gelegen. Mittendrin war der Platz, wo die Pistole hingehört hat. Und der war leer.

- Habs gewusst, hat die Mutter gesagt.

Ob sie oder die Tochter einen Waffenschein hat, hat der eine Gendarm gefragt. Da hat ihn die Lisbeth angeschaut, als wenn er nicht richtig wär im Kopf. Dass sie die Waffen abgeben muss, hat er daraufhin gesagt, wenn der Mann wirklich tot ist.

- Was soll er sonst sein, hat die Lisbeth gesagt und aus dem Kopfschütteln ist sie gar nicht mehr rausgekommen. Über den Hannes. Und das Unglück. Und das, was jetzt werden soll mit dem Hof.

12. FEBER 1975

Wacht auf mit offenen Augen. Als wenn sie schon lang munter wär, die Elfi. Aber hinter den Augen, da hat sie geschlafen. Liegt oft nur im Halbschlaf im Zimmer in der Nacht. Bis es sie reißt, weil sie im Traum wo runtergefallen ist oder ihr einer nach ist. Atmet schwer, als wenn ihr was auf der Brust hockt. Holt Luft. Atmet aus. Sieht den Hauch im Zimmer. Macht die Augen zu und denkt zurück. An den Tag, der stecken geblieben ist in ihr. Stecken geblieben ist der in ihr und nichts kommt mehr nach seitdem.

- Darfst nicht hindenken, sagt sie sich. Horcht, ob sich was tut. Vorn auf der Straße. Im Stall. Aber nur der Wind weht ums Haus, schlägt die Äste von den Obstbäumen gegen die Regenrinne. Seit zwei Tagen geht der Föhn und der Schnee rutscht vom Dach, in einem fort ist das Schmelzwasser geronnen und noch immer rieselt und tropft es im Hof. Im Vorhaus hört sie die Uhr.

- Vier wirds sein. Eins nach dem anderen kommt hereinmarschiert, was sie tun muss, was sie längst schon hätt tun müssen, und alles sauft sich an im Schädel mit einer Schwere und drückt ihr gegen die Stirn.

- Darfst nicht liegen bleiben.

Setzt sich auf. Wartet, bis das Blut nachgekommen ist, und steht auf. Licht macht sie keins. Soll keiner hereinschauen. Weiß eh, wo alles steht. Geht am Ehebett vorbei, wie zwei Sautröge steht das Trumm im Schlafzimmer.

Wie ihr Franz tot war, haben sie es rausgetragen und eine Holztür hereingebracht, auf den alten Tisch haben sie die gelegt, ein Leintuch drüber, dort haben sie ihn aufgebahrt. Mit einem Polster unterm Kopf und dem Hochzeitsanzug an. Die ganze Nacht hat sie Leichenwache gehalten, bis in die Früh ist sie gesessen. Hat mit ihm reden wollen. Aber nichts ist gekommen. Auch die Urli war still. Und der Vater. Als wenn alle weg wären von ihr. „Sprich nur ein Wort, so wird meine Seele." Aber still wars, die ganze Nacht. Und seither.

Legt sich die Wollwesten übers Nachthemd und geht in die Küche. Sauer riecht es herinnen. Setzt sich auf die Bank am Tisch. Kalt ist es.

Ein Rauschen hat sie in den Augen. Wartet, bis sie sich gewöhnt haben. Aber ganz gewöhnen sie sich nie. Streuen Helles herein, kleine Lichtflankerl. Legt die Hände in den Schoß, streckt die Finger aus, gleich ziehen sie sich wieder zusammen.

- Musst was tun.

Wie eine schwarze Tuchent liegt die Dunkelheit auf dem Herd, der Kredenz, der Abwasch. Mit der Zeit kommen graue Schatten heraus. Die Töpfe, die Reindln, das Geschirr, alles steht heraußen.

Dass sie sich zammreißen muss, sagt sie sich. Dass sie zammräumen muss. Überall, im Haus, draußen im Hof, bei den Viechern im Stall, bei den Sauen, im Stadl hinten. Und gleich fällt sie zusammen in ihr, die Kraft. Als wenn sie ein Loch hätt irgendwo und die Luft ihr ausgeht. Ein Loch, groß wie sie selber.

Steht auf, geht ins Vorhaus, schaut auf die Uhr. Halb vier ist es. Zieht an der Kette mit den Tannenzapfen bis zum Anschlag. Geht ins Zimmer, nach dem Buben schauen. Setzt sich wieder zum Tisch in der Küche. Einen Tee sollt sie sich machen.

Legt Kienholz auf die Glut, gleich schießt es im Herd. Davor stehen die Schuhe mit dem Zeitungspapier drin. Holt die feuchten Fetzen heraus, streicht sie aus und legt sie aufs Anheizpapier. Fährt mit der Hand rein, nass sind die Schuhe noch von gestern. Sieht, wie sie gestanden ist auf dem See, in der Nacht, vorn an der Stelle, wo der Schwarzbach hereinfließt von oben. Wie das Wasser gestiegen ist auf dem Eis und hereingekommen ist bei den Schuhen. Als wenn ihr wer die Knochen quetscht, so hat das Eiswasser geschmerzt. Dann ist sie heim.

Dass sie die Schuhe einfetten wird, wenn sie trocken sind, denkt sie. Und schüttelt den Kopf. Von draußen drückt der Sturm gegen das Fenster, dass es heult in den Flügeln. Mit einer Kraft legt er sich dagegen, als wollt er herein. Sie schaut zum Vorhang, wie er hin- und hergeht unten am Saum.

- Soll er kommen. Zieht den Vorhang auf die Seite und macht das Fenster auf.

Am ersten Samstag nach dem Stefanitag sind sie unten gesessen am Firnbichlerhof. Auf eine Jause hat die Firnbichler Martha die Rotte eingeladen gehabt. Weil sies grad so schwer haben, die Lisbeth und die Elfi, wegen dem Vater. Alle haben sich hergerichtet gehabt, die Männer in frischen Hemden und einem Rock drüber und die Frauen wie für die Kirche. So sind sie gesessen in der Küche: Der Firnbichler und seine Martha, der Gernot, der Tierarzt in der Rotte, die alte Schneebergerin und die Lisbeth mit der Elfi.

Still wars erst eine Zeit am Tisch. Da ist die Firnbichler Martha auf und hat die Biskuitroulade gebracht, und wie dann alle das Süße im Mund gehabt haben und den Kaffee, haben sie angefangen.

Wie das passieren hat können, dass er ihnen fortgetrieben ist, hat der Firnbichler wissen wollen. Wieso man einen liegen lasst im Wasser, hat er gefragt.

- Sei froh, dass der Walter ihn gefunden hat, sonst wüsst ma heut noch nicht, was mit ihm ist, hat die alte Schneebergerin gesagt, langsam hat sie gesprochen und mit ihren schweren Augen hat sie ihn angeschaut. Sogar herinnen hat sie ihr Kopftuch aufgehabt.

- Außerdem darfst ihn nicht anrühren, wennst einen Toten findest, hat der Gernot gesagt.

- Wie den Vater der Schlag getroffen hat, haben wir ihn hereingeholt von der Straße. Da kann mir kein Gendarm was anschaffen, die Martha drauf, und der Firnbichler hat genickt dazu. Neben der Schneebergerin ist die Elfi auf der Bank gesessen und hat sich angelehnt bei ihr.

- Mit einem gscheiten Steckn hätt er ihn schon rausgekriegt, hat der Firnbichler gesagt, aber dann ist das Bild im Zimmer gestanden vom Hannes auf dem Steckn wie ein ersoffenes Wild.

- Was gschehn is, is gschehn, hat die Schneebergerin gesagt.

- Und was hätts genutzt? Der Hannes ist tot, ob er jetzt im Bach liegt oder im See, hat der Gernot gesagt, da ist der Firnbichler aufgestanden und rüber in die Speis.

- Wissts schon was?, hat die Martha die Lisbeth gefragt. Alle haben sie jetzt zu ihr geschaut. An der Tischecke ist sie gesessen und ihre Biskuitroulade hat sie noch nicht angerührt gehabt. Und wie sie nichts gesagt hat, sind die Augen zur Elfi. Heiß ist ihr geworden, wie alle hergeschaut haben zu ihr.

- Bist sehr am Vater gehangen, gell, hat die Martha zu ihr gesagt, als wenn sie mit einem Kind reden würd. Da hat die Elfi genickt, aber angeschaut hat sie sie nicht.

- Daschossen hat er sich, hat die Lisbeth gesagt. Am Schwarzbach unten, dann hats ihn in den See rausgetragen unters Eis, sagen die Gendarmen.

Der Firnbichler hat den roten Doppler in die Mitte gestellt, gleich hat er die Runde gemacht und jeder hat sich eingeschenkt.

- Aufn Hannes!, hat er gesagt und alle haben sie die Gläser gehoben, aber angestoßen haben sie nicht. Und dann wars still am Tisch, die einen haben in ihren Wein geschaut, die anderen auf das gestickte Tischtuch mit der Plastikdecke drüber. Bis der Gernot angefangen hat.

- Nie hast mit ihm gestritten, hat er gesagt mit einer Stimme, ein bissl wie der Pfarrer drüben in Anger. Und wenns was gegeben hat, hat man sichs ausgeredet.

Da hat die Lisbeth den Mund verzogen. Dass er viel zu gutmütig war, hat sie gedacht, und viel zu oft nachgegeben hat. Fest angeschaut hat sie ihn, wie er dasitzt und schön daherredet über den Hannes. Grad der Gernot.

- Ein feiner Mensch war er, dein Vater, hat er zur Elfi gesagt. Glaub mir, ich hab Sachen gesehen. Wirst ja auch als Tierarzt gerufen, wenn was passiert und der Doktor nicht da ist. Stell dir vor, du hättst ihn am Hof wo gefunden. Der hat schon gewusst, was er tut. Dass er euch das erspart.

Da hat die Elfi ihn gesehen, wie er draußen liegt im See, unterm Eis. Hat den Kopf geschüttelt und die Tränen sind ihr in den Augen gestanden. Gleich hat der Gernot seine Hand auf ihre gelegt und ihr sein Sacktuch hingeschoben.

- Normal liegts nicht in unserer Hand, aber muss jeder mit sich ausmachen, hat die Martha gesagt, dann ist sie mit dem Mund runter zur Gabel mit dem Biskuit drauf und hat weitergegessen.

- Was soll er mit sich ausmachen, wenn er tot ist?, hat die Lisbeth gesagt und ist aufgestanden, hat den Doppler beim Hals genommen und zur Martha rübergeschaut.

Die hat sich aufgerichtet, als wenn sie ausweichen hätt müssen.

- Was machts jetzt mit dem Hof?, hat der Firnbichler die Lisbeth gefragt.

- Hab bis jetzt auch alles ich gemacht, mit der Elfi.

- Und wer macht euch die Felder?

Da sind der Lisbeth die Augen klein geworden und das Blut ist ihr in die Wangen.

- Da bleibt alles, wie es ist, und nix wird verkauft.

- Redt ja keiner vom Verkaufen. Könnts ja auch verpachten, hat der Firnbichler gesagt.

- Es bleibt, wies ist.

- Gut ist der Biskuit, hat die Schneebergerin gesagt und alle haben sie genickt der Reihe nach, nur die Lisbeth nicht.

- Er hat ja nur helfen wollen, hat die Martha gesagt, und wieder hat die Lisbeth die Mundwinkel verzogen, sind eh schon ordentlich nach unten gehangen, von Haus aus.

Eine ganze Zeit wars draufhin wieder still. Bis der Gernot von der Seuche angefangen hat, überall ist jetzt von der geredet worden, im Fernseher, im Radio, im Wirtshaus. Dass man achtgeben muss, hat er gesagt, weils im Mariazellerland drüben schon Fälle gegeben hat und sie ein paar Hundert Viecher keulen haben müssen. Dass er keinen Schmarrn daherreden soll, der Firnbichler drauf, weil das alles Zuchtbetriebe waren, und dass die Seuche nie und nimmer heraufkommt zu ihnen. So haben sie weitergeredet und hin und her ist es gegangen. Bis die

Schneebergerin aufgestanden ist. Dass sie müd ist, hat sie gesagt, sich bedankt und allen der Reihe nach die Hand gegeben. Gleich ist die Lisbeth auch auf, hat gesagt, dass sie den Stall machen müssen, und die Elfi ist ihr nach.

Am Tag drauf hats geklopft in der Früh an der Tür vom Vorhaus, dass die Scheibe gescheppert hat. Die Elfi ist raus zum Aufsperren, ist die Martha dagestanden mit einer Güte in den Augen.

- Wir fahren in die Kirche, wollts mit? Da hat die Elfi geschaut. Im Sommer sind die Mutter und sie immer zu Fuß rüber nach Anger in die Kirche. Eine halbe Stunde ist man gegangen, den Weg durch den Föhrengrund runter zum Bach und dann den Buchenwald rauf. Aber im Winter sind sie daheimgeblieben. Oft hat sie sich gedacht, dass der Firnbichler ja was sagen könnt. Oder die Martha. Weil sie ein Auto gehabt haben. Und jetzt ist sie dagestanden.

- Sicher, hat die Elfi gesagt, ist rein in die Küche zur Mutter und die Martha ihr gleich nach, hereinstolziert ist sie.

- Geh bitte, hat sie zur Lisbeth gesagt, wie die sich bedanken hat wollen, wir fahren ja so und so. Und so sind sie im roten Kadett vom Firnbichler Erwin nach Anger.

Hinten am Eingang in dem niedrigen Vorraum von der Kirche sind die Männer gestanden, die Alten in ihren Mänteln mit dem Hut in der Hand und die Jungen mit dem frischen Hemd unter der Jacke, viel zu dünn waren die angezogen, dass man gleich gewusst hat, noch vor der

Predigt sitzen die schon drüben beim Brückenwirt. Auch der Firnbichler ist hinten geblieben.

Die Martha aber ist vor zu ihrem Platz und die Lisbeth mit der Elfi ihr hinten nach. Eng sind die Leute gestanden im Gang, fast bis zur Kanzel, weils ja der erste Sonntag im neuen Jahr war. Ungern haben sie einen durchgehen lassen, manche sind zu Fleiß stehen geblieben, weil die Messe ja gleich angefangen hat, und wer so spät kommt, dem wirds schwer gemacht. Aber immer forscher hat die Martha „Tschuldigts, tschuldigts" gesagt, da haben sich die Köpfe umgedreht und wie sie gesehen haben, wer gekommen ist, sind sie auf die Seite, dass die drei durchgehen haben können wie durch ein Spalier, und die Augen sind ihnen nach, der Lisbeth und der Elfi. Grad waren sie auf ihrem Platz, da hat die Orgel mit einer Wucht angefangen zu spielen, und der Pfarrer mit den Ministranten ist heraus aus der Sakristei und hin zum Altar.

Der Elfi war wohl in der Kirche. Kalt war die Luft und schwer, der Weihrauch ist ihr in die Nase gestiegen und hat sie ausgefüllt mit jedem Atemzug, so hat sie die Augen zugemacht. Ob sie mehr nach dem Vater hätt schauen müssen, hat sie gedacht. Weil die Mutter es schon lang nicht mehr gemacht hat. Und wie der Pfarrer von der Erlösung durch den Herrn Jesus geredet hat, hat sie ihn drüben stehen sehen. Hat dran denken müssen, wie er ihr gesagt hat, dass es für alle einen Platz gibt im Himmel. Auch für die ärgsten

Sünder. Dann werden auch die Selbstmörder ihren Platz haben, hat sie gedacht und für ihn mitgesprochen. „Ich habe gesündigt, in Gedanken, Worten und Werken …" Die Martha neben ihr war immer ein Wort schneller, dass es sie manchmal herausgebracht hat, „… durch meine Schuld, durch meine Schuld, durch meine große Schuld." Und laut hat sie mitgesprochen, als wenn sie der ganzen Gemeinde vorbeten würd. „Darum bitte ich die selige Jungfrau Maria und alle Engel und Heiligen …" Ob sie will, dass der Herr Pfarrer sie heraushört, hat die Elfi gedacht, „… für mich zu beten bei Gott, unserem Herrn."

Beim ersten Gesang hat sie die Augen wieder aufgemacht. Hat die Gesichter gesehen. Die Trafikantin aus Anger, hergeschaut hat die, dass ihr anders geworden ist. Gleich ist sie ins Gotteslob rein. Hat sich beim Singen jedes Wort einzeln angeschaut, als wenn sie sich reinbohren könnt in das Papier und drin verschwinden.

Nach dem Glaubensbekenntnis sind die Fürbitten gekommen. Die ersten hat immer der Messdiener vorgelesen. Und dann, das hats noch nicht lang gegeben, hat sich auch aus der Gemeinde wer melden können. Steht auf einmal die Martha neben ihr auf.

- Herr, wir bitten dich, vergib denen, die in Sünde von uns geschieden sind, und nimm auch sie auf in deine Güte.

Laut und inbrünstig hat mans in der alten Wehrkirche hören können:

- Wir bitten dich, erhöre uns!

Die Augen hat sie nicht gehoben, die Elfi, wie sie nachher zur Kommunion gegangen ist. Nicht zu den anderen und auch nicht zum Pfarrer, wie er ihr die Hostie auf die Zunge gelegt hat. Hat genickt, sich umgedreht und ist zurück zur Bank, hat den Kopf über die gefalteten Hände gebeugt und den pickerten Teig am Gaumen gespürt.

- So schön hat er heut geredet, der Herr Pfarrer, hat die Martha gesagt, wie sie wieder im Auto gesessen sind, hinten die Lisbeth und die Elfi. Die gestreute Straße sind sie raufgefahren rüber in die Rotte.

- Die Fürbitte hättst dir sparen können, Martha, hat die Lisbeth gesagt. Da ist der Erwin langsamer geworden am Steuer und die Martha hat sie angeschaut durch den Spiegel überm Beifahrersitz.

- Wenn sich der Hannes versündigt hat, muss man für ihn beten, Lisbeth. Da wär die Elfi am liebsten auf der Stelle raus aus dem Auto.

- Beten kannst für ihn, so vielst willst, Martha. Aber brauchst dich nicht wichtigmachen in der Kirche, hat die Lisbeth gesagt.

Und dann hat man nur das Knistern vom Basalt unten am Auto gehört. Bis sich die Martha umgedreht hat und ihr wieder die Güte in den Augen gestanden ist.

- Weiß eh, dassd es schwer hast, Lisbeth. Ich hab ihm nur was Gutes tun wollen, dem Hannes, hat sie gesagt und gelächelt, dass die Lisbeth den Kopf weggedreht und aus dem Fenster geschaut hat, bis sie daheim waren.

Still wars an dem Wintertag, nur die Ketten an den Hälsen von den Viechern haben geklirrt, wie die Elfi vorn zwischen den Kuhschädeln gestanden ist im Stall. Hat das Malmen in den Mäulern gehört, wie sie das Heu in die Tröge geschmissen hat. Als wenn die Schädel hohl wären, so laut war das Kauen. Da ist ihr Blick an dem Fenster oben in der Mauer hängen geblieben. Im Eck hat der Schnee eine Lücke gelassen, wo Licht hereingekommen ist in den dunklen Stall. Oft ist ihr das jetzt passiert in den Wochen. Dass sie ins Leere geschaut hat. Weil sies nicht glauben hat können. Dass sich der Schneeberger Walter vielleicht geirrt hat, hat sie gedacht. Dass er gar nicht genau sehen hat können, wer da unten gelegen ist im Wasser. Ob der Vater vielleicht einfach weg ist in der Nacht. Und irgendwann im Vorhaus steht und sagt, jetzt gehts mir wieder gut.

- Tu weiter, sonst kann ichs gleich allein machen, ist die Mutter sie angefahren, hat die nächste Gabel Futter in die Tröge geschmissen und war schon wieder auf dem Weg zum Silo. Wie die Elfi dann zu ihr nach hinten in den Stadl ist, hat sie sie am Arm gepackt.

- Fangst mir nicht wieder zum Spinnen an! Die Elfi ist einen Schritt zurück, hat sich aus ihrem Griff gedreht und sie angestarrt.

- Wennst mir wieder spinnert wirst, Elfi, ich sags dir, da ist die Hand von der Mutter schon in der Luft gestanden.

Wie die Reisinger Großmutter gestorben ist, die Urli, hat die Elfi so eine Zeit gehabt. In einem Zimmer mit ihr hat sie geschlafen. Die Urli im Bett und sie auf dem Diwan. In der Früh ist sie rüber zu ihr und hat ihr zugehört, wie sie erzählt hat aus dem Leben. Und von drüben. Wo der Opa wartet. Manchmal ist ihr die Urli dann unterm Nachthemd über den Rücken gefahren mit der Hand und hat gesucht. Um die Schulterblätter herum, bis sies gefunden hat. Dort, wo man selber nicht hinkommt. Eine kleine Mulde im Schulterblatt.

- Bei den Kindern spürt mans noch, hat sie gesagt und ganz leicht mit dem Finger gedrückt, bis die Elfi sie auch gespürt hat. Die Stelle, wo früher, bevor sie auf die Welt gekommen ist und noch ein Engerl war, die Flügel angewachsen waren.

Wie die Urli gestorben ist, am Nachmittag hat sie sich hingelegt gehabt und ist nicht mehr aufgewacht, haben sie sie in ihrem Zimmer aufgebahrt und bis auf den Kopf ist alles unter dem weißen Tuch gelegen. Zwei Tage ist die Elfi bei ihr gesessen. Eingeschlafen ist sie neben ihr im Sitzen, aber keiner hat sie fortgebracht von dort. Und nach dem Begräbnis hat sie sich ins Bett von der Urli gelegt und hat nicht mehr aufstehen wollen. Erst hat die Mutter ihr gedroht und wie das nichts genützt hat, hat sie sie an den Armen herausgezerrt aus dem Bett. Am Boden ist sie gelegen im Zimmer. Aber wie willst einen zwingen, dass er auf den Beinen steht? Angeschrien hat sie sie und geschlagen, nichts hats genützt. Irgendwann hat die Mutter dann aufgegeben.

Untertags hat die Elfi geschlafen und in der Nacht war sie wach. Hat mit der Urli geredet, sie gefragt, wies drüben ist. Hat gehorcht. Und gelacht, in die Stille hinein. Einmal hat die Mutter gelauscht. Ob sie zu ihr nach drüben kommen kann, hat die Elfi die Urli gefragt, in einem Bettelton. Da ist die Mutter rein ins Zimmer. Aufrecht ist die Elfi im Bett gesessen in ihrem Nachthemd mit offenen Augen, als wenn sie ganz woanders wär. Einen Schreck hat die Mutter gekriegt, dass ihr der Zorn vergangen ist wegen der Spinnerei. Dass sie sich niederlegen soll, hat sie gesagt, aber keinen Millimeter hat sich die Elfi gerührt. Wie die Mutter dann raus ist bei der Tür und noch einmal gehorcht hat, ist es wieder losgegangen mit dem Reden.

Seit dem Tag hat die Elfi aber bei der Mutter im Bett schlafen müssen und der Vater hat sich rüber ins Zimmer von der Urli gelegt. Und wenn sie sich aufgesetzt hat und wieder mit dem Reden angefangen hat, hat die Mutter sie gepackt, an den Schultern gebeutelt und fest in die Matratze gedrückt. Dass sie endlich aufhören soll mit der Spinnerei. Seither hat sie nur noch im Stillen geredet mit der Urli.

- Weißt genau, von was ich red, hat die Mutter gesagt und die Hand ist noch immer in der Luft gewesen. In ihren Augen ist das „Wehe!“ gestanden. Wenn das explodiert ist, sind die Schläge gekommen. Ein Zittern ist der Elfi in den Knochen gesessen. Hat den Kopf eingezogen und ist an der Mutter vorbei.

- Ich schwörs dir, du fangst eine, wennst mir wieder zum Spinnen anfangst, hat sie ihr gedroht.

Mit einer Wucht hat die Elfi die Gabel ins Heu gestochen und ein Büschel herausgeholt, hat sich umgedreht und ist auf die Mutter zu: die Gabel auf der Schulter, mit dem Stiel voran und einer Kraft im Schritt, dass die Mutter ganz schnell auf die Seite gehen hat müssen.

- Ich sags dir!, hat sie ihr nachgerufen, da war die Elfi schon drinnen im Stall mit dem Heu bei den Viechern.

Ende Februar ist der Föhn gekommen. Zwölf Grad hats gehabt zu Mittag, und jetzt schon den dritten Tag hintereinander. Ein Samstag wars, da hats die Elfi nicht mehr ausgehalten und ist runter zum See.

Warm und pickig war die Luft und die Sonne ist hinter den Schmierwolken gestanden. Angeschwollen war der Schwarzbach vom Schmelzwasser und mit so einer Kraft ist er heruntergekommen vom Berg, dass er eine Schneise in den gefrorenen See gefressen hat. Schwarzwasser haben sies genannt. Links und rechts haben sie lange Bretter und Pfosten ausgelegt gehabt, dass keiner reinstürzt. Weils vor Jahren einmal einen Wintergast erwischt hat. Dort ist sie jetzt raus auf den See. Im Schatten ist noch ein Firnpelz gelegen, der hat geknirscht, wie sie die ersten Schritte über die Eisdecke gemacht hat. Hat gehorcht, obs wo kracht. Wurlig sind die Wellen im Schwarzwasser hinausgelaufen, wie sie näher hin ist zum Wasser.

Hat an den Gernot gedacht. Wie er bei ihr heroben war. Nach der Feuerwehrübung. Einen Fetzn hat er gehabt. Und ein batzweiches Herz, dass es ihm schon bei den Augen herausgekommen ist. In der braunen Uniform ist er dagesessen in der Küche, die Mutter war bei der Schneebergerin. Dass es ihm so nahgeht. Mit ihr, der Elfi. Da hat sie schon geglaubt, sie hört nicht recht. Zwanzig Jahre älter ist er als sie und verheiratet mit der Eva. Und dann hat er gleich „wegen dem Vater“ gesagt, und sie hat genickt. Dass er ihr was sagen muss, aber nicht weiß, wie. Einen Schluck vom Most hat er genommen, den sie ihm hingestellt gehabt hat. Dann ist er sich mit der Hand über den Mund gefahren.

- Wir haben ein bissl gefeiert drüben in Anger, musst entschuldigen. Glasig hat er sie angeschaut dabei. Ich sags grad heraus, hat er gesagt und die Lippen vorgestülpt, als wenn sich die Wörter schon sammeln im Mund.

Dass sie ihn gefunden haben, den Vater, hat sie gedacht. Und mit einem Schlag ist ihr heiß geworden im Gesicht.

- Siehst, drum tu ich mir so schwer, hat er gesagt, als wenn er reinschauen könnt in sie. Dann hat er seine Hand auf ihre gelegt und Luft geholt.

- Wenn einer einmal unten ist im See, kommt er nicht mehr herauf. Da hats zwei, drei Grad. Wie im Kühlhaus liegt er dort. Und was meinst, wie viele unten liegen.

Warum sie dann den Sohn vom Schmied gefunden haben, hat sie gedacht, wie sie jetzt weitergegangen ist übers Eis neben dem Schwarzwasser. Der ist auch wieder heraufgekommen von unten. Die Urli hat ihr von dem erzählt gehabt. Dass ihn der Schlag getroffen hat, wie er reingesprungen ist zeitig im Frühjahr. Zwei Tage später haben sie ihn herausgeholt. Am Ufer in den Pflanzen ist er gelegen, mit dem nackerten Buckel nach oben.

Langsam ist sie weiter. Hat gehorcht. Und geschaut, ob sich was tut im Eis. Da hat sie was liegen sehen. Ist über einen Pfosten gestiegen und näher hin. Ein Stofffleck im Wasser, als wenn er auf der Stelle flattern würd. Dass es ein Fetzen vom Anorak ist, denkt sie und sieht den Rücken schon liegen im Eis. Aber hell ist der Stoff, da erkennt sie die gelbe Haube vom Vater.

Geht auf die Knie und kriecht vor. Knirschen tuts unter ihr, die Kälte spürt sie auf den Kniescheiben. Auf einmal kracht es und ein Sprung schießt durch die Eisdecke mit einem Pfiff. Rührt sich nicht. Schaut, ob sie den Riss sehen kann. Beugt sich vor, spürt, ob sich was senkt. Legt sich aufs Eis und reißt an dem Zipfel, bis sie ihn heraußen hat.

Vollgesoffen war die Haube mit dem eisigen Wasser. Hat sie ausgedrückt, bis sie den Stoff spüren hat können und es warm geworden ist in der Hand. Erst war sie froh, dann hat sichs zugezogen in ihr. Hat ihn gesehen, wie er draußen liegt unterm Eis irgendwo. Hat die Haube eingesteckt und ist zurück, dass sie zum Stallmachen rechtzeitig am Hof ist. In der Nacht ist sie in die Küche, hat sie am Herd getrocknet und dann im Zimmer drüben im

Kasten versteckt, ganz unten, wo ihr Kindergewand gelegen ist.

Ist einmal was passiert in der Rotte oder in Anger, ein Brand, ein Tod, Schulden, ein Hof ohne Erben, war der Firnbichler Erwin gleich da und hat gewartet, dass einer die Nerven verliert in seinem Unglück. Ist hin zu ihm und hat gesagt, „Wennst was brauchst, ich bin da.“ Und dann hat er sich ins Wirtshaus gesetzt mit den anderen. In Lauerstellung. Stiller war er in der Zeit. Dann ist die Hilfe im Raum gestanden und dem, der sie gebraucht hat, ist sie durch den Kopf gegangen. Nur war er berüchtigt für seine Hilfe, der Firnbichler. Drum hat man vorher alles probiert, dass man sie nicht braucht.

So hat sich auch die Lisbeth nach dem Tod vom Hannes auf die Suche gemacht. Dass sie wen findet, der ihr die Felder bestellt. Und wie sie nach der Kirche mit ihrer Schwägerin geredet hat, sind sie auf den Kehrtegger Franz gekommen, weitschichtig verwandt war der mitm Hannes. Von einem Bauernhof unten in der Wintermühle ist er gekommen, hat aber Mechaniker lernen müssen in Anger, weil der Bruder den Hof gekriegt hat. Ein paar Mal ist die Lisbeth rüber in die Werkstatt, wo er gearbeitet hat, mit ihm reden. Dass er mit der Landwirtschaft aufgewachsen ist, mit den Maschinen umgehen kann und mitm Meister eh grad nicht so gut ist, hat der Franz gesagt.

Den Reisingerhof hat er von außen gekannt, ein schmaler, alter Dreikanter wars, hufeisenförmig, mit einer Tormauer zur Straße hin, einem großen Holztor und einer grünen Tür daneben. Dass sie Kleinbauern waren, hat er gewusst. Kleinreisinger haben sie drum auch in Anger geheißen, weils dort noch andere Reisinger gegeben hat. Dass aber alles gar so einfach war am Hof, hat ihn geschreckt, wie ihn die Lisbeth herumgeführt hat. Die Ställe für die Viecher und die Sauen waren niedrig und dunkel, grad dass es im Kuhstall schon Metallgestänge gegeben hat vorn am Fressstand. Im Dreck sind die Viecher am Boden gelegen und gestunken hats im Stall, dass ihn gegraust hat. Mitten im Hof ist der Misthaufen gestanden und daneben das Häusl. Ein paar Tage hat sichs der Franz überlegt. Am Ende sich aber lieber am Traktor oben gesehen, draußen am Feld, als unter den Autos in der Werkstatt. Zu dritt sind sie in der Woche drauf beim Brückenwirt gesessen, die Lisbeth, die Elfi und er, und bald waren sie sich einig, dass er bis November aushilft. So ist im Februar 1973 der Kehrtegger Franz zu ihnen gezogen.

Wie er dann aber am Hof war, hat er ordentlich geschaut. Als wenn sie ihm neidig wär um jede Minute, die er nicht arbeitet, so hat die Lisbeth ihm angeschafft. Wenn sie ihn einmal nicht gesehen hat, ist sie rüber in die Werkstatt oder in den Maschinenschuppen, schauen, was er macht. Dass er ja nicht herumsitzt um ihr Geld. Und wenn er mit seinem Moped nach Anger ist oder runter nach Neusach, Ersatzteile holen für die Maschinen, ist sie gleich rein ins Vorhaus auf die Uhr schauen, wie lang er fortbleibt. Und wenn er wieder da war, ist sie zu ihm hin, sich die Rechnung und das Retourgeld geben lassen. Aber nicht nur aufs Geld hat sie geschaut. Am Gewand hat sie gerochen, ob er im Wirtshaus war. Dass sie ihn nicht fürs Saufen bezahlt, hat sie gesagt.

Wie sie ihn einmal nicht finden hat können, hat sie über den Hof nach ihm geschrien, wo er sich rumtreibt. Die Elfi ist hin zu ihr, fragen, was sie braucht.

- Die Melkmaschine hätt er sich anschauen sollen. Nichts hat er gemacht. Und die Viecher schreien schon! Nie hätt sie ihn auf den Hof geholt, wenn sie gewusst hätt, dass man ihm so nachrennen muss, ist die Mutter weiter auf den Franz los.

Die Elfi ist in die Werkstatt, das Licht hat gebrannt und auf der Werkbank sind die Schweißbrille und der Kolben gelegen. Still wars, da ist sie in den Maschinenschuppen. Bis weit nach hinten ins Dunkle sind die Anhänger, Pflüge und Eggen gestanden, weil der Vater nichts wegschmeißen hat können. Sogar die alten Heurechen aus der Zeit vorm Krieg hat er aufgehoben gehabt.

- Franz?, hat sie gerufen und ist durchgegangen zwischen den Trümmern, weil er ja vielleicht irgendwo drunterliegt, was ausbauen mit der Leuchte. Auf einmal hat sie ein Klopfen gehört. Dumpf ist das aus dem hinteren Eck gekommen. Was er bei dem alten Klumpert sucht, hat sie sich gedacht.

- Franz, die Mutter braucht was, hat sie gesagt, ist stehen geblieben und hat gehorcht. Da hat sie wieder das Klopfen gehört, aber aus der anderen Richtung. Dreht sich um und sieht ihn oben am Traktor im Fahrerhaus sitzen mit dem Rücken zu ihr.

- Was sagst denn nichts, Franz, die Mutter ist schon ganz zornig!

Und wie er sich dann noch immer nicht gerührt hat dort oben im Halbdunkel, ist sie ungeduldig geworden.

- Franz!, hat sie ihn gerufen, wie sie durchgegangen ist zwischen den Maschinen auf den Traktor zu. Auf einmal dreht er sich um und sie fährt zusammen. Weils nicht der Franz war. Sondern der Vater. Langsam steht er auf in seiner blauen Arbeitsjacke mit dem Jagerhut auf, schaut zu ihr, hebt die Hand und winkt ihr, als wenn er ihr was zeigen will, da rennts ihr kalt über den Rücken. Sieht noch, wie er heruntersteigt aus dem Fahrerhaus zur anderen Seite hin. Keinen Millimeter hat sie sich gerührt. Ob ers wirklich war. Ob er wo steht. Ob er herkommt zu ihr.

- Vater?, hat sie gesagt, so leise, dass nur sie es gehört hat. Und hat gehorcht. Ob wer geht auf dem lehmigen Boden. Das Herz hat ihr im Brustkorb gepumpert und immer noch hats gerieselt am Rücken. In dem Moment ist die Werkstatttür aufgegangen.

- Elfi?, hat der Franz hereingerufen, laut und kräftig. Dass er unten beim Gernot war wegen dem Schlauch für die Melkmaschine und den jetzt austauscht, dass die Mutter noch melken kann, hat er gesagt, und schnell ist sie hin zu ihm.

- Was ist leicht?, hat er gefragt.

- Ich werd die Viecher melken, braucht die Mutter nicht machen, hat sie gesagt und ist mit ihm rüber in den Stall. Und wie die Maschine repariert war, ist sie von Kuh zu Kuh, hat die Zapfen auf die Euterfinger gesteckt, bis sie leer gezutzelt waren, dann ist sie weiter. Und der Franz hat erzählt, von Anger drüben und vom Firnbichler Erwin, ungut ist der zu ihm in einem fort und dass er gar nicht weiß, warum, weil er ihm nichts getan hat, so ist es die ganze Zeit gegangen, und mit der Mistgabel hat er das dreckige Stroh herausgeholt zwischen den Viechern und aufgeladen auf die Scheibtruhe, mit der ist er dann raus auf den Misthaufen im Hof, hat sie ausgeleert, als wenn er das für sein Lebtag gern machen würd, und wie er wieder herinnen war, hat er weitergeredet und gelacht, zur Elfi hin, als wenn was platzen würd in der Luft, so laut war sein Lacher, und die Elfi war froh, dass sie nicht allein war mit den Viechern an dem Abend beim Melken im Stall und mit der Zeit hat auch das Zittern aufgehört in ihr.

Wenns windstill war, hat man vom Berg oben die Förderbänder klackern hören können in der Rotte und die Steinmühlen schlagen vom Basaltwerk. Zweimal in der Woche sind die Sirenen gegangen. Dann hats einen

Boscher gegeben, der ist hin und her zwischen den Felswänden auf der anderen Seite vom See. Immer tiefer haben sie sich reingesprengt in den Hausberg und den Basalt herausgeholt. Vom Vater hat der Schwarz Manfred das Werk übernommen gehabt und mit der Zeit ordentlich ausgebaut. Bis nach Neusach haben sie jetzt geliefert und den ganzen Tag über sind die Laster auf der Schotterstraße durch die Rotte runter zum See und von dort weiter ins Tal.

Manchmal ist einer stehen geblieben beim Tierarzt unten, wenn sie grad draußen war, die Eva, vom Gernot die Frau. Aus Wien ist sie gekommen, dort hat sie auch den Gernot kennengelernt, wie er Tierarzt studiert hat. In Hosen hat man sie meistens gesehen und hohen Gummistiefeln, einem Janker, und ihre Haare hat sie mit einem Reif zurückgesteckt gehabt. Schlampert ist die nie dahergekommen. Drum war das immer ein schöner Schlenker für die Fahrer, wenn sie vorm See noch beim Hof vom Tierarzt stehen geblieben sind.

Haben den Motor abgestellt, sich eine angeraucht und ein bissl getratscht, was grad zu reden war, oben vom Fenster herunter, im Sommer im Unterleiberl und im Winter im Anorak. Eine Hetz hat man mit ihr haben können. Wenn dann die Zigarette fertig war, haben sie den Motor angelassen, dass es gescheppert hat, und eine Staubwolke hinter sich hergezogen auf der Schotterstraße, wie sie weitergefahren sind.

Mit seinem Basaltwerk hat der Schwarz Manfred schon einen Stand gehabt in der Rotte. Aber nicht alle haben ihn mögen. Wenn was auszurichten war, ein runder Geburtstag, der Kirtag, das Feuerwehrfest, hat man Gift drauf nehmen können, dass sich der Schwarz Manfred ausgeredet hat auf einen Termin oder eine Sitzung. Und wenn alles fertig war, ist er dahergekommen und hat allen gedankt, als wenns seine Veranstaltung wär. Da hat die Firnbichler Martha jedes Mal einen Zorn gekriegt. Weil für die Nächstenliebe muss sich jeder zusammenreißen, die kriegt keiner geschenkt.

Überall, wo er gesessen ist, hat er den Vorsitz übernommen und sich breitgemacht mit der Stimme, wenns

um ihn gegangen ist. Wenn dann aber ein anderer was gesagt hat, sie zum Beispiel, die Martha, wars vorbei mit der Inbrunst. Sehnig ist er geworden um die Augen, bis sie kleine Schlitze waren, und die Mundwinkel hat er nach hinten gezogen, weil er geglaubt hat, er muss freundlich tun. Hin- und herspaziert ist die Martha dann in seinem Gesicht, das war ihr eine Genugtuung. Was für ein Falott du bist, Schwarz, hat sie sich gedacht, und die Spucke ist ihr bitter geworden auf der Zunge.

Mit der Schwarz Ingrid hat die Martha aber gut können. Obwohl die auch oft so gespreizt getan hat, als Frau vom Herrn Basaltwerksdirektor. Aber da hat die Martha ihre Güte drübergelegt, auch wenns ein bissl gezogen hat im Herzen.

An einem Samstag gleich in der Früh ist sie rauf zu ihr. Und wie sie über den Hof gegangen ist, hat sie die alte Holzscheibtruhe gesehen, mit Erde gefüllt und Narzissen drin. Gewurmt hat sie die, bis ihr eingefallen ist, dass sie selber noch eine stehen hat im Schuppen. Gleich ist sie raus aus den Gedanken und hat an die Tür geklopft mit einer Freude im Gesicht.

- So liab ist das mit der Scheibtruhe, hat sie gesagt, wie sie hereingekommen ist. Groß war die Küche von der Ingrid und modern, alles aus Kunststoff, und statt dem Holzherd ist ein elektrischer mit Backofen drin gestanden.

- Schau her, die hab ich dir mitgebracht, Ingrid. Und dann hat sie ihr die Märzenbecher gegeben zum Einsetzen, in den *Bauernbündler* hat sie die eingewickelt gehabt. Zu Besuch ist die Martha nie mit leeren Händen gekommen, weil sie sonst gleich was schuldig war. Und besser der andere ist ihr was schuldig. Wie sie am Reden waren, hat ihr die Ingrid einen Kaffee hingestellt und auf der Arbeitsplatte den Teig geschnitten für die Spagatkrapfen, die sie machen hat wollen. Den Elektroherd hat sie aufgedreht und den Topf mit Öl zum Ausbacken draufgestellt.

- Fahren jetzt viele Laster durch die Rotte, hat die Martha gesagt.

- Hat ja ausgebaut, der Manfred, letztes Jahr. Und nach einer Pause hat sie gefragt: Wie kommst leicht drauf?

- Mir ist es wurscht, bin eh den ganzen Tag drin am Hof. Aber die Eva hat zum Erwin was gesagt. Wegen den Lastern.

- Aha, die Ingrid drauf. Die Eva hat sich doch immer gut verstanden mit den Fahrern, was ich so gehört hab. Was hats gesagt, die Frau Tierarzt?

- Eh nix. Dass sie der Dreck ärgert, den sie machen. Wegen dem Staub von der Schotterstraße.

- Soll die Gemeinde asphaltieren. Sagt der Manfred eh schon lang. Aber der alte Bürgermeister hat immer wegen dem Geld gesudert und der junge hat große Pläne, aber rausgekommen ist bis jetzt noch nichts.

- Muss ma sich halt zammsetzen. Den Erwin wurmts auch, dass er dauernd ausweichen muss, grad wenn er mitm Hänger unterwegs ist. Und der Franz hat auch schon was gesagt.

- Der hats grad nötig. Wie lang ist der schon am Hof? Vier Wochen? Sechs? Und tut schon hussen.

- Hat eh nix gesagt. Nur dass ihn ein Laster von der Straße gedrängt hat. Weißt eh, wie die Männer bei so was sind.

- Der hat da heroben gar nix zu melden. Hast mit der Lisbeth geredet?

- Mit der kannst nicht reden. Seit das mitm Hannes war, ist sie noch hantiger geworden.

- Und die Elfi?

- Gschreckt ist sie wie immer.

- Kein Wunder bei der Mutter. Da hat das Öl auf dem Herd angefangen zu rauchen und die Ingrid ist schnell hin und hat die Temperatur heruntergedreht.

- Will dich nicht aufhalten, hat die Martha gesagt.

- Passt schon, ist eh zu heiß, das Öl.

- Dass die Elfi nicht merkt, hat die Martha nach einer Zeit gesagt, wie der Franz sich einschleicht bei ihr. Sieht doch jeder, was er will. Macht ihr schöne Augen.

- Der Elfi? Ich hab geglaubt der Marianne, so oft, wie er drüben ist beim Brückenwirt.

- Würd mich nicht wundern bei der, hat die Martha gesagt.

- Der Franz ist ein Fuchs. Das hat der Manfred schon gesagt. Ein Windiger ist das. Richtet sichs, wie ers braucht. Und redt jedem nachm Mund. Bei dem weißt nie, was er denkt.

Da soll der Schwarz Manfred grad reden, hat sich die Martha gedacht. Aber gleich drauf hat sie gesagt:

- Aber die Lisbeth passt schon auf die Elfi auf.

- Die hat ihn doch geholt.

- Aber zum Arbeiten, nicht als Bauer. Die gibt doch die Elfi nicht her. Braucht sie ja selber.

- Wennst mich fragst, die Lisbeth hat genauso einen Boscher wie die Elfi, hat die Ingrid gesagt. Und damit war die Martha zufrieden. Weil dafür hat sie schon ein Gespür gehabt: dass man geht, wenn der andere sich ordentlich herausgelehnt hat. Vielleicht sogar ein bissl zu weit. Und so hat sie gesagt, sie muss noch die Jause richten, und hat die Ingrid stehen lassen in ihrer Ölwolke in der Küche. Gestunken hat das jetzt dort, da hat auch die moderne Abzugshaube nichts genützt.

12. FEBER 1975

Da reißt es die Fensterflügel auf, der Sturm weht herein, die Vorhänge flattern, ein Reindl fällt, scheppert in der dunklen Küche, Geschirr zerbricht am Boden. Streckt den Kopf in die kalte Luft und schaut in den Himmel, Wolkenfetzen fliegen vorbei, der Wind fährt ihr ins Gesicht, von der Kredenz flattern Zettel herunter. Wie in einen See taucht sie ein mit dem Kopf in die Nacht, bleibt draußen in der Kälte, die Haare wirbeln durcheinander, dann holt sie ihn wieder herein, macht das Küchenfenster zu.

Mit den Schlapfen schiebt sie die Scherben auf die Seite und knipst die Lampe an über der Bank. Da sieht sie sie im Nassen liegen, zwischen den Papierln am Boden, die Sterbebilder vom Vater und vom Franz. Wischt sie an der Weste ab, legt sie auf die Bank. Den Vater stellt sie auf den Tisch und setzt sich.

Was für ein Manderl er war, denkt sie. So schmal. Wegen der hohen Stirn haben sie ihn aufgezogen in der Rotte, was er leicht für ein Bauer ist. Weil einem Bauern nicht die Haare ausgehen. Als wenn er sich seinen Teil denken würd, so schaut er auf dem Bild, lächelt. Ist gern für sich geblieben. In der Werkstatt drüben. Am Feld. Eigenbrötler haben sie ihn genannt. Die Mutter hat er narrisch gemacht, weil sie ihm dauernd was anschaffen hat wollen. Hat sich nichts sagen lassen. Wenn er was nicht wollen hat, ist er gegangen.

Stellt den Franz dazu, mit seinen 24 Jahren. Schaut einen an wie einer, der sich aufs Ausgehen freut. Mit seinem Scheitel, gewellt war der, und gleich sieht sie ihn, wie er sich frisiert vor dem Spiegel im Bad. Lang ist er immer gestanden, als wenn er jedes Haar einzeln ausrichten hat müssen. Eitel war er. Ordentlich. War immer am Reden. Und am Tun. Wollt alles niederreißen, was war, den ganzen Hof. Seit einem halben Jahr ist er jetzt tot, der Franz, denkt sie und klappt das Sterbebild zu.

Aufrecht sitzt sie auf der Bank. Wo der Vater gesessen ist. Im Rücken die dunkle Holzverkleidung. Hinter der Mauer gehts in den Keller runter. Später dann ist der Franz da gesessen. Jetzt sie. Mit dem Holz im Rücken. Drückt die Schulterblätter an. Spürt die Fugen und die Kälte, wie sie heraufzieht von unten. Vier schlägt die Uhr im Vorhaus.

Die Augen sind ihr schwer von der Nacht. Holt den Besen aus der Kammer, kehrt die Scherben auf und haut sie in den Mist. Knipst die Lampe wieder aus über der Bank und geht zum Fenster. Der Schnee leuchtet im Mondlicht. Schaut rauf über die kahlen Birnbäume zum Hof von der Schneebergerin. Dunkel liegt er da. Sie kennt jedes Eck. War als Kind oft spielen oben, mitm Walter.

- Schaut immer rein in einen, die Schneebergerin, mit ihren müden Augen. Hat keine Ruh, bevor sie nicht was gefunden hat. Meints eh gut mit einem.

Ihr macht sie auf. Sonst lässt sie keinen mehr herein. Die Türen hat sie zugesperrt, das Tor verriegelt, Fetzen hat sie in die Löcher gestopft hinten am Stadl, in die Luken vom Stall und in den Spalt vom Hoftor. Dass keiner hereinschaut. Redt auch mit keinem mehr. Nicht mit der Martha, nicht mit dem Firnbichler, mit dem Schwarz Manfred nicht.

- Schauen alle rein in einen, wennst redst.

Geht ins Zimmer rüber zum Buben. Neben dem Diwan liegt er in der Wiege, schnauft. Wischt ihm über die Stirn, richtet das Polster. Zieht den Vorhang vom Fenster auf die Seite, schaut auf die Straße. Finster ist noch alles am Firnbichlerhof unten. Hört das Bellen. Heiser klingt es, als wenn der Brustkorb schon wund wär vom Aaron. Geht zurück zum Buben. Schüttelt das Flascherl mit dem Tee. Nur ein Schluck ist noch drinnen.

- Wird gut schlafen.

Wenn einer ordentlich was getrunken hat, siehst es ihm an. Einem jeden siehst es an. Aber jedem halt anders. Der Firnbichler Erwin ist immer fester geworden. Angeschaut hat er einen dann mit Augen, als wenn die aus Porzellan wären. Dass er sich gehen hat lassen im Wirtshaus, hat man nie erlebt.

Anders wars beim Eitler Gernot. Der war nicht nur Tierarzt, sondern auch dem Firnbichler sein Stellvertreter als Jagdleiter. Dabei war das Öffentliche überhaupt nicht seins. Am liebsten ist er in der Firnbichlerdeckung gestanden. Hat von hinten heraus gewitzelt und wenn wer gelacht hat, hast sehen können, wie er größer wird und sich gleich umschaut. Aber wehe, wenn er einmal hat einspringen müssen als Stellvertreter. Flecken hat er gekriegt im Gesicht, wenn er vor andern hat reden müssen, bei der Trophäenschau oder wenn einer gefeiert worden ist. Viel zu laut hat er gesprochen, mit einem Pressen in der Stimme. Wenn er dann mit „Liebe Kameraden, liebe Freunde" angefangen hat, sind seine Augen in die Runde gegangen. Da hat nur einer grinsen müssen und es war aus mit ihm. Hat nur mehr aufm Boden geschaut beim Reden. Da habens schon gewitzelt, dass er am Ende wieder das Schuhwerk verabschieden wird, der Herr Stellvertreter.

An einem Samstag um Ostern herum ist er einmal im Wirtshaus gestanden, neben ihm der Franz. Erst haben sie über den Schnee geredet, der noch immer auf den Feldern gelegen ist, und dass die Sauen alles umgraben, die ganze

Saat ist schon hin, hat er gesagt, der Gernot, mit einem Schwung im Mund, dass er immer wieder von vorn angefangen hat, von den Feldern und dem Schnee und den Sauen. Das ist dem Franz schon komisch vorgekommen. Weil der Gernot ja gar kein Bauer war.

- Bei uns richtens keinen Schaden an, hat der Franz gesagt.

- Aha, der Gernot drauf. Und dann hat er eine ganze Zeit zur Marianne rübergeschaut, der Wirtin, am Ende der Schank hat sie mit dem Kaufmann von Anger geredet.

- Bist leicht schon fest am Hof, Franz?

- Warum?

- Weilst „unsere Felder“ sagst.

- Wenn ich am Hof von der Lisbeth arbeite.

- Macht ja nichts, hat der Gernot gesagt. Freut mich ja, wennst dich verstehst mit der Elfi. Ist halt ein bissl gschreckt, aber fesch is sie. Da ist er mit dem Mund und der Nase im Krügerl verschwunden und die Augen haben frech zum Franz geschaut, als wenn das Glas der Rüssel wär von einer Sau.

- Sicher, hat der Franz gesagt, aber zum Arbeiten bin ich dort und nicht zum Schauen. Mit einem Grinser hat der Gernot ihm den Arm um die Schulter gelegt.

- Geh her Franz, weiß eh schon jeder, was rennt zwischen euch. Was redst denn noch herum? Und gleich ist der Arm schon wieder herunten gewesen von der Schulter, da hat der Franz nur hinschauen müssen.

- Was soll ich mit der Elfi? Ist zwei Jahr älter wie ich.

- Die Eva ist auch älter wie ich.

Der Franz hat noch einen Schluck genommen vom Bier und zur Marianne rübergeschaut, wie sie noch immer dort gestanden ist mit dem Kaufmann. Den Kopf hat der nach vorn gestreckt über die Schank wie ein Ross, dass er hinkommt zu ihrem Mund mit seinem Ohr, da hat sie ihm was reingeflüstert, dass es ihn gleich gebeutelt hat vor Lachen.

- Sie hats halt auch nicht leicht, die Elfi, hat der Gernot gesagt, die Gschicht mitm Vater. Dann hat er eine Pause gemacht, „Ja, der Hannes" gesagt und schwer eingeatmet.

- Weißt leicht was?, hat der Franz gefragt.

Der Gernot hat erst sein Bier ausgetrunken, dann hat er die Finger zusammengelegt und gepfiffen, dass es einem in den Ohren gestochen hat.

- Zwei Bier noch, Mariandl!

- Das Pfeifen kannst dir sparen, Gernot, ist sie ihn angefahren, und für dich immer noch Marianne.

Da ist ein Lachen von den Tischen gekommen im Rücken vom Gernot. Mit einem Schwung hat die Marianne die zwei Krügerl auf die Schank gestellt.

- Schau a bissl auf ihn, hat sie zum Franz gesagt und gezwinkert dazu mit den langen Wimpern, dass ihm ein Lächeln auf den Lippen gestanden ist.

- Schau a bissl auf di, hat der Gernot ihr nachgerufen, du … schlamperte …

- Gernot, hat ihm der Franz jetzt zugeredet, lass halt. Und dabei ist er hingerückt zu ihm. Jetzt sag, habts was gefunden vom Hannes? Dass ers ihrem Mann erzählen wird, dem Reini, dass sie mitm Kaufmann herumtut, hat der Gernot gemurmelt und in sich reingelacht.

- Obs vom Hannes was gefunden habts, hat der Franz noch einmal gefragt. Die Pupillen vom Gernot sind hin- und hergeschwommen in dem wässrigen Blick. In einem Zug hat er sich das halbe Bier in den Mund geleert und ihn draufhin müde angeschaut.

- Den Hannes, den wer ma nimmer finden. Kannst Gift drauf nehmen. Da hat keiner was dafürkönnen, verstehst mich, Franz?

- Hat ja keiner was gsagt, aber dann müsst er trotzdem im See liegen.

- Eh.

- Und warum glaubst, dass er nicht gefunden wird? Da hat der Gernot ihn angeschaut, als wollt er sich festhalten an ihm. Aber immer wieder sind die Augen abgerutscht.

- Lass gut sein, Franz. Vor und zurück ist er mit dem Oberkörper an der Schank. Die Elfi, feschissie, hat er gesagt. Dann hat er sich umgedreht, so schnell, dass es ihn selber fast umgehaut hätt, hat die Hand zu den Tischen gehoben und ist raus bei der Tür.

- Und die Rechnung, Gernot?, hat ihm die Marianne nachgerufen.

- Zahl ich, hat der Franz gesagt. Da ist sie hin zu ihm und die getuschten Wimpern sind aufgegangen, weiter als sonst, und fast gerollt ist die Stimme, so rund war die, wie sie geplaudert haben.

Kalt war das Frühjahr 1973, bis in den April ist der Schnee gelegen und erst der Mai hat die ersten warmen Tage gebracht. Wenn der Franz einmal wo gesessen ist am Hof, hat ihm die Lisbeth gleich was aufgetragen zum Arbeiten. Manchmal hat sie schon suchen müssen, aber gefunden hat sie immer was. Wie an dem Abend, wie er runtergehen hat müssen zur Hütte vom Vater unten am See.

Die Seilwinde hat er sich anschauen sollen, mit der man das Ruderboot aus dem Wasser holt. Eingerostet war die und die Zähne schon verwachsen miteinander. Weil der Hannes vor Jahren das letzte Mal raus ist auf den See. Früher hat man ihn schon in der Früh draußen sehen können im Boot. Nach Hechten hat er gefischt. Aber irgendwann hat ihm das Wasser Angst gemacht und er ist nur mehr vor der Hütte gesessen und hat rausgeschaut auf den See.

Wie der Franz so gehämmert und gefeilt und die Rostbrocken abgeschlagen hat, ist ihm vorgekommen, dass sich was rührt hinter ihm. Hat sich umgedreht, aber gesehen hat er nichts, drum hat er weitergetan und sich nichts dabei gedacht, bis er fertig war. Erst ist sie noch schwer gegangen, die Winde, da hat man sich plagen müssen, dass die Kurbel einmal herumgeht, aber wie er noch einmal ordentlich Maschinenöl in die Kugellager und die großen Zahnräder gespritzt hat, ist sie leichter gelaufen und am Ende richtig weich, dass er zum Spaß das Boot aus dem Wasser gekurbelt hat und wieder zurück und wieder herauf. Auf einmal wars ihm, als hätt er wieder was gehört, und hat aufgeschaut. Ist die Elfi in der Tür gestanden. Ein bissl hat er sich schon geschämt, dass sie ihn so beim Spielen erwischt hat. Aber gleich hat er drauflosgeredet, da hat man zuschauen können, wie die Stimme rauf ist und wieder runter, eine Melodie war das, wie er so erzählt hat in einem fort, bis ihm die Luft ausgegangen ist.

Dass sie beim Vater die Seilwinde nicht einmal anrühren hat dürfen. Weil er immer das Schlimmste befürchtet hat, hat die Elfi gesagt. Und dann ist sie hin, hat die Kurbel mit dem glatten Holzgriff genommen und angerissen, weil sie geglaubt hat, dass man eine Mordskraft braucht dafür. Aber leicht ist das jetzt gegangen, da hat er gelacht aus Freude über das gerichtete Werkl, und ein bissl Stolz war auch dabei. Und sie hat zurückgelächelt. Das erste Mal eigentlich.

Dann haben sie sich rausgesetzt vorn bei der Hütte. Glasig blau war der See, dass man glauben hat können, der Himmel selber liegt vor einem. Wie sie als Kind Angst gehabt hat vor den Hechten in den Höhlen am Ufer, wenn sie ins Wasser rein ist, hat die Elfi erzählt. Und jedes Mal, wenn der Vater mit einem heimgekommen ist, hat sie sich gefreut, als wenn er ein Ungeheuer erlegt hätt. Dass er oft Stunden am Wasser gesessen ist am Abend und in der Früh. Dass ihm der See gutgetan hat, hat sie gesagt.

Und dann war da eine Stille zwischen den beiden, in die hat auch der Franz nicht hineinreden wollen. Im Augenwinkel hat er gesehen, dass sich was tut neben ihm. Lichter wars auf einmal, und wie er sich zur Elfi dreht, sieht er, dass sie ihn anschaut. Aber gleich waren ihre Augen schon wieder draußen am See. Dass sie zurückmüssen zum Hof, hat sie nach einer Weile gesagt. Wie ein Bub ist er aufgestanden und mit ihr mitgegangen, weil er einen kleinen Drehwurm gehabt hat vorn in der Stirn und ein Hüpfen in der Brust. In der Nacht ist er lang wach gelegen, weil der Wirbel ja eine Zeit gebraucht hat, bis er sich gesetzt hat bei ihm im Kopf, und wies dann wieder ruhiger geworden ist in ihm, hat er gewusst, was er will.

Wenn einer hereinkommt von draußen, ein Auswärtiger, steht er schon unter Aufsicht, ob er sich einfügt in die Rotte. Aber wo man sich einfügt, das ist schon die Frage. Und ganz unten hat er sicher nicht anfangen wollen, der Kehrtegger Franz. Wenn man sich sieht auf der Straße oder im Wirtshaus, da fängts schon an. Weil das ja die wichtigste Frage ist beim Grüßen: wer als Erster? Und sicher hat der Franz vorgegrüßt, beim Schwarz Manfred und auch beim Gernot und bei der Eva sowieso. Bei den Frauen ist es ja auch nicht um oben und unten gegangen, drum hat man gern vorgegrüßt als Mann. Bei der einen, weil sichs gehört, bei der anderen, weils einen freut. Und auch beim Firnbichler hat der Franz vorgegrüßt, aber anders. Weils halt auch drauf ankommt, wie einer grüßt. Von unten herauf, mit einem Suchen in der Stimme, ob der andere eh auch zurückgrüßt. Oder ganz zum Schluss, wenn man fast schon vorbeispaziert ist am anderen und der schon den Ärger im Bauch sitzen hat, und dann wirft man ihm schnell noch ein „Griaß di" hin.

Auf seinen Stand hat der Franz aber nicht nur beim Grüßen geschaut. Froh war er jedes Mal, wie er oben am Traktor gesessen ist und rausfahren hat können auf die Felder. Wenn er dann aufs Gas gestiegen ist und seine 30, 40 PS unter sich gespürt hat, das war schon ein Hochgefühl, wenn man auf so einem Kraftberg sitzt als Mann. Da hat er die Lisbeth Lisbeth sein lassen in seinem Fahrerhaus und der Traktor hat fest gescheppert über die Straße und über den Feldweg rauf auf den Acker. Zu Mittag ist er zurück und hat eine Staubwolke hinter sich hergezogen auf der Schotterstraße. Schmal war die, drei Meter vielleicht, an manchen Stellen dreieinhalb, aber mehr warens nicht.

An einem Freitag im Mai ist ihm der Firnbichler Erwin entgegengekommen. Der Franz hat rauf zum Hof wollen und der Firnbichler runter zum See und weiter nach Neusach, den Anton, den jüngeren Sohn, abholen vom Internat. So sind sie sich gegenübergestanden: oben der rote Kadett mit seiner verchromten Stoßstange und unten der Franz auf seinem Traktor. Jetzt hätt der Franz vielleicht zehn Meter zurückfahren müssen in die Kehre, und die Geschichte wär erledigt gewesen. Nur hat er an dem Tag den Heulader hinten drauf gehabt. Sicher geht das auch mit dem Zurückschieben, aber es war halt doch ein Umstand. So hat er dem Firnbichler ein Zeichen gegeben, dass er zurückfahren soll, freundlich hat er mit dem Kopf gedeutet.

Der Firnbichler Erwin hat ihn angeschaut mit seinen kalten Augen hinten in den Höhlen, ist ein paar Meter vor, hat das Fenster runtergekurbelt und ihm mit der fahrigen Hand gedeutet, dass er verschwinden soll. Als wenn er das Recht hätt auf die Straße und nicht der Franz als Auswärtiger. Aber der Franz oben in seinem Fahrerhaus hat nur auf den Anhänger gezeigt und die Hände in die Höhe gehoben, fast mitleidig hat er dreingeschaut, den Berggang eingelegt und ist Zentimeter um Zentimeter auf die Stoßstange vom Firnbichler zu.

Auf einmal zieht der die Handbremse an, reißt die Tür auf, steigt aus und stellt sich vor den Traktor, dass der Franz stehen bleiben muss. Dass er sich schleichen soll mit seinem Kübel und wenn er nicht Traktor fahren kann, soll er zurück in seine Werkstatt, hat er ihm raufgerufen mit einem Zorn in den Augen.

Aber wenn einer unten steht und der andere sitzt oben und der eine hat eine Stimme und der andere eine Maschine mit einem Lärm und ordentlich viel Kraft unter der Motorhaube, ist das Spiel fast schon entschieden. Da hat der Franz gar nicht grantig schauen müssen, sondern nur den Sachzwang für sich arbeiten lassen. Weil er jetzt schon wieder ein bissl von der Kupplung gegangen ist und der Traktor sich weiter vorgearbeitet hat in Richtung Firnbichler.

Der hat die Augen zusammengezwickt und dem Franz den Zeigefinger ins Gesicht gestreckt. Dass er sich noch schön anschauen wird, hat er ihm raufgebrüllt und noch allerhand mehr, was der Franz aber nicht verstehen hat können, und so ist der Firnbichler ins Auto, hat die Tür zugeschmissen und war schon am Zurückschieben, da hat er im Rückspiegel was gesehen. Vom Basaltwerk oben ist ein Laster aus der Kehre gekommen mit Anhänger hinten dran und einem ordentlichen Schuss. Um die Traktoren haben sich die Laster nie geschert, drum ist er auch munter weitergefahren, bis er sich hinterm Kadett eingebremst hat. Normal hat der Firnbichler keine Freud gehabt mit denen. Aber jetzt hat er fast gegrinst. Hat sich umgedreht zum Franz, mit der Hand gewedelt, als wenn er eine Fliege verscheuchen würd, und den Gang eingelegt. In Zentimeterarbeit hat der Franz draufhin zurückgeschoben, als wenn er am Abgrund stehen würd mit dem Traktor und dem Hänger hinten dran, und hat auf Zeit gespielt. Den Firnbichler hat das aber nicht mehr gekratzt. Die Schadenfreude ist ihm im Gesicht gestanden, wie er langsam vorbeigefahren ist in der Kehre und raufgeschaut hat zum

Franz. Dass die Bosheit den Höhenunterschied zum Traktor gar nicht heraufschafft, hat sich der Franz gesagt und mit dem Finger an der Stirn salutiert, als wenn er ihn grüßen würd. Aber halb hat er ihm auch den Vogel gezeigt, weils ihn halt doch gewurmt hat am Ende.

12. FEBER 1975

Auf dem Diwan liegt sie, der schlafende Bub neben ihr. Hört den Schäfer vom Firnbichler bellen. Macht die Augen auf.

- Darfst nicht hindenken, sagt sie sich. Aber der Kopf geht seinen eigenen Weg, dem kann man nicht anschaffen, was er denken soll, und da rennt das Radl schon. Sieht, wie sie auf die Straße rausgehen wird, wenn sie den Lärm hört vom Laster oben bei der Kreuzung. Wird ein Stück runtergehen zum Firnbichlerhof, dämmrig wirds noch sein, dann wird sie stehen bleiben und horchen, wie weit er schon ist. Wie er runterschaltet und der Motor aufheult und die Bremsen quietschen vor der Kurve. Und wenn er um die Kehre kommt und Gas gibt, der Laster vom Basaltwerk mit dem Hänger, bei jedem Schlagloch scheppert der, wird sie ihm entgegengehen, auf der linken Seite. Ausweichen wird er zur Mitte hin, viel Spiel hat er nicht. Die Hand wird der Fahrer heben vom Lenkrad, weil sie auch die Hand hebt zum Gruß, aber mit den Augen wird er schon wieder vorn auf der Straße sein, ob was entgegenkommt von unten aus der Kehre. Und wie er auf sie zufährt, wird er sie gar nicht mehr im Kopf haben und sehen wird er sie auch nicht mehr, oben in dem Fahrerhaus, drei Meter über der Straße, dann wird er den Stoß hören und das Rumpeln spüren und den Ruck in der Lenkung, wenn das Rad drübergefahren sein wird über sie, aber da hört sie schon auf, weil sie das keinem antun kann, nicht dem

Fahrer und nicht den Gendarmen und nicht den Feuerwehrlern, dass sie ihren Körper zusammenklauben, und auch dem Herbert nicht, dem Herbert kann sies nicht antun, weil sich so was anhängt an einen, an ihn und an seine Kinder, wenn er welche haben wird, und es heißt, die Mutter hat sich, das kann sie nicht tun, tut sie nicht. Und steht auf. Halb fünf schlägt die Uhr.

Im Vorhaus zieht sie sich den Anorak an, nimmt den Korb, sperrt die Tür auf zum Hof, wickelt die Fetzen um die Füße, steigt in die Gummistiefel. Finster ist es noch draußen, dreht das Hoflicht auf, die Birne im Glaskolben, und geht die Stufen hinunter.

Zu regnen hats angefangen. Stapft durch den nassen Schnee über den Hof, vorbei am Zimmer von der Mutter, am Saustall, am Heustadl, schiebt den Riegel vom Holzschuppen auf, die Hand streckt sie vor ins Dunkle, in die Spinnenhäute mag sie nicht rennen, macht Licht und geht zur Kreissäge nach hinten. Dreht den Starkstrommotor auf, eine Zeit braucht es, dass das Sägeblatt in Schwung kommt, das dreht sich, bis man die Zähne nicht mehr sehen kann, und ein Summen steht im Schuppen, so sauber, wie nur ein Stahlblatt summen kann, bis der Schrei kommt. Wenn die Zähne ins Holz fahren. Der Lärm geht ihr rein bei den Ohren, löscht alles aus, was drin ist im Kopf. An jedem Hof hats wen gegeben mit Stümpfen an der Hand, meistens hats den Daumen erwischt und den Zeigefinger, manchmal auch den Mittelfinger. Wie Kriegsverletzungen haben die Bauern ihre Stümpfe getragen, so stolz. Aber sie gibt acht. Vom ersten Scheit an ist sie mit den Augen bei den Händen und beim Sägeblatt, das sich reinfrisst in das Trumm. Weil die Unfälle aus der Ablenkung heraus passieren. So steht sie und schiebt immer neue Scheite in die Säge und das Schreien tut ihr gut, wenn die Zähne durchs Holz marschieren. Und wie sie neue Scheite holt, steht wieder der Summton im Schuppen, rund und hart. Dann schneidet sie weiter. Den Schädel putzt ihr der Lärm aus. Am Ende stapelt sie das Holz, schlichtet den Rest in den Korb, schultert ihn und geht schwer über den Hof.

Die Viecher sind wach geworden vom Lärm, brüllen im Stall. Wie sie am Heustadl vorbeikommt, steht das Tor offen. Ob sies vergessen hat, denkt sie. Bleibt stehen. Da wird ihr anders. Zieht die Lippen ein, beißt drauf, dass es schmerzt. Der ganze Leib wird ihr hart. Schreit mit dem Mund zu. Als wenn ihr einer die Hand vorhält. Fest presst sie die Lippen zusammen.

- Wenns einer hört, denkt sie.

Dass sie was im Hirnkastl hat, werden sie sagen. Halten sie eh schon für deppert im Schädel, weil sie keinen hereinlässt und nichts mehr redet.

- Wenn er wiederkommt. Horcht. Geht den Hof ab mit den Augen. Stockfinster ist es, wo das Hoflicht nicht hinkommt, hinterm Vorhaus, in den Ecken. Hört wieder das Bellen.

- Werds vergessen haben, sagt sie sich, drückt das Tor vom Heustadl zu, stapft durch den Schnee zurück ins Haus. Holt das Reindl vom Regal, nimmt das Tuch herunter, streut Mehl in den Trog. Ledrig ist der Teig geworden über Nacht. Fängt an zu kneten. Tief fährt sie rein mit den Händen, gibt Mehl dazu, dass er fester wird, formt den Klumpen, wendet und drückt ihn, dass ihr das Weiche zwischen den Fingern herausquillt, knetet ihn durch, bis ihr ganz warm ist. Heizt den Brotofen an im Gang draußen. Drei Laibe gehen sich aus. Lässt den Teig in die Strohkörberln fallen und dann rasten.

- Wer das Brot essen soll, denkt sie.

Wie dann schon Pfingsten vorbei war, ist die Schneebergerin einmal herinnengesessen bei der Lisbeth und der Elfi beim Kaffee. Einen Teller Bananenschnitten hat sie mitgebracht gehabt. Erst hat sie ein bissl was von ihrem Walter erzählt, der bald die Meisterprüfung macht als Zimmerer. Dann sind sie auf den Gernot gekommen. Am Pfingstsonntag hats ihn aus der Kehre getragen gehabt, oberhalb vom Firnbichlerhof, wo die Kapelle steht, wie er zu Mittag heimgefahren ist vom Brückenwirt. Das Hupen haben sie alle gehört in der Rotte, wie er am Dach gelegen ist und nicht rauskönnen hat aus dem eingedrückten Kombi. Der Firnbichler hat ihn dann mit dem Frontlader wieder aufgestellt mit einem Grant, weil Feiertag war.

- Hat sich eh nichts getan, der Gernot. Das Auto ist halt hin, hat die Schneebergerin gesagt. Aber warum er grad jetzt den Unfall baut …

- Einen Rausch wird er gehabt haben, hat die Lisbeth gesagt.

- Sicher, aber von dem red ich nicht. Die Eva war heroben bei mir. Normal redts ja mit keinem.

- Sicher redts. Über die Laster regt sie sich auf und husst die Leute auf.

- Schon, wenns wen andern angeht. Aber nicht, wenn ihr was im Magen liegt.

- Was hats leicht?

- Dass es dem Gernot nicht gut geht, hat sie gesagt. Und nach einer Pause, seit dem Tod vom Hannes.

- So gut warens doch nicht miteinander, hat die Lisbeth gesagt.

- Drum hat ihn die Eva drauf angesprochen. Erst hat er nichts sagen wollen. Aber sie hat ihn nicht auslassen. Bis er erzählt hat, dass der Hannes in der Nacht, wo er sich was angetan hat, noch bei ihm unten war in der Jagdhütte. Mitm Firnbichler Erwin.

Da hat sich die Elfi aufgesetzt auf der Holzbank und ist näher hin zur Schneebergerin.

- Dass der Firnbichler den Vater angeredet hat auf den Seegrund, hat die Eva gesagt. Und ihn gedrängt hat, dass er ihn hergibt. Dass er krank ist und ihn nicht mehr bewirtschaften kann, dass der Grund verwahrlost und schon ausschaut wie eine Gstettn, so hat der Firnbichler auf ihn eingeredet, hat die Schneebergerin gesagt.

- Und der Gernot?, hat die Lisbeth gefragt.

- Nichts hat er gemacht, sagt die Eva. Zum Trinken habens angefangen.

- Haben ihn am End bsoffen gemacht, hat die Lisbeth gesagt.

- Und dann soll der Hannes dem Firnbichler den Grund versprochen haben. Mit Handschlag, sagt die Eva, hat die Schneebergerin gesagt.

- Keinen Millimeter Grund, nicht einen, kriegt der von uns, der Hund, hat die Lisbeth gesagt, ist aufgestanden mit einem Schwung, dass der Sessel fast umgefallen wär, zum Fenster hin und hat den Kopf gebeutelt.

- Jetzt versteh ich, warum dir die Eva die Gschicht erzählt hat, hat sie dann gesagt. Würd mich nicht wundern, wenn der Firnbichler die Tage herüberkommt oder die Martha und über den Seegrund reden will.

- Glaubst?, hat die Schneebergerin gefragt. Vielleicht hat sie auch nur ihr Herz ausschütten wollen.

Die Elfi hat den Vater sitzen sehen zwischen den Männern, wie sie mit ihm trinken unten in der Jagdhütte und der Firnbichler ihn nicht auslässt.

- Der Vater hat doch nichts trinken dürfen, hat sie gesagt, wegen den Pulvern.

Eine ganze Zeit sind die Worte in der Küche gestanden und im Kopf von der Elfi ist die Geschichte gewachsen, immer weiter, wie er ihn in den Tod getrieben hat in der Nacht, der Firnbichler, wegen dem Grund.

Nach dem Nachtmahl ist die Elfi manchmal noch raus in die Dämmerung. Neben der Straße ist sie spaziert, aber nie runter, beim Firnbichlerhof vorbei, nur bergauf ist sie gegangen. In der Kehre, wos den Gernot rausgetragen hat mit seinem Kombi, ist die Kapelle gestanden. Weil dort schon einmal was passiert ist, fünfzig Jahre war das her. Der Großvater vom Firnbichler ist mit einer Fuhre Holz am Anhänger mit der Zugmaschine heruntergefahren oben vom Wald. Und weil er einen rechten Schuss draufgehabt hat, sind die Baumstämme ins Rutschen gekommen. Oben ist der Holzknecht gesessen. Der hat noch springen wollen, ist hängen geblieben, dann hats ihn runtergehaut und die Stämme auf ihn drauf. Wie der alte Firnbichler Hilfe geholt hat, habens geglaubt, dass er Glück gehabt hat, der Holzknecht, weil sich die Baumstämme verspreizt gehabt haben über ihm. Geredet hat er mit ihnen ganz normal, wie sie Stamm um Stamm weggeschafft haben. Nur wie sie ihm den letzten Baumstamm vom Brustkorb gehoben haben, ist ihm das Blut aus dem Mund geronnen. Hat die Augen verdreht und war tot. Daraufhin hat der alte Firnbichler die Kapelle hinstellen lassen und zwei Linden daneben.

Die Elfi war gern heroben. An dem Juniabend hat sie die Tür hinter sich zugemacht, die Kerzen angezündet, die Spinnerinnen und die hinnigen Fliegen weggekehrt vor dem kleinen Altar und sich niedergesetzt. Erst hat sie nur in die Flammen geschaut. Dann auf die Madonna. Leicht ist ihr der tote Jesus auf dem Schoß gelegen, als wenn er schweben würd, so schön war er geschnitzt. Mit der Zeit hat die Elfi dann angefangen zu reden. Erst mit sich, im Stillen. Dann mit der Urli. Wegen dem Franz hat sie sie gefragt an dem Tag. Was er für einer ist. Was sie von ihm denkt. Nichts ist gekommen. Dann hat sie wegen dem Vater gefragt. Ob er drüben ist bei ihr. Aber still ist es geblieben. Ob das vielleicht auch eine Antwort ist, hat sie gedacht, dass sie nichts sagt, die Urli. Nichts zum Franz und nichts zum Vater.

Zwei Ave Maria hat sie gebetet und ein Vaterunser, dann hat sie sich bekreuzigt, einen Knicks vor der Holzfigur gemacht und ist raus. Warm war der Abend noch und in den Wiesen haben die Grillen gezirpt. Langsam hat sie einen Fuß vor den anderen gesetzt, mit einem kleinen Spiel drin, als wenn sie die Beine baumeln lassen würd. In den Kirschbäumen an der Straße sind die Vögel gesessen und haben gezwitschert. Ein, zwei Wochen noch, dann sind die Kirschen reif, hat sie sich gedacht. Hat gespürt, wie ihr die Ohren weit werden, wo sie allein heraußen war, kein Mensch und kein Laster und kein Traktor, die durchgefahren sind. Da ist sie stehen geblieben und hat auf den See geschaut. Ein grauer Glanz ist auf dem Wasser gelegen.

Obs vielleicht doch nicht der Vater war, der unter der

Fichte gelegen ist, hat sie wieder gedacht. Aber gleich hat sie den Firnbichler gesehen, wie er sich aufbaut vor dem Vater und auf ihn einredet in einem fort, bis er nachgibt unten in der Hütte vom Gernot. Wollt schon weitergehen, dass sie die Bilder loswird im Kopf, da ist die Stalltür aufgegangen unterhalb von der Böschung am Firnbichlerhof. Den Mist wird er rausführen, hat sie sich gedacht. Aber nicht der Erwin ist herausgekommen, sondern der Siggi, der älteste Sohn vom Firnbichler. Immer hat er einen Spott um den Mund gehabt. Und goschert war er zu ihr. Hat die Tür gleich wieder zugeschlagen, ist hinten am Stall vorbei zum Holzschuppen und hat eine Scheibtruhe Holz herausgeholt. Was er mit dem will um die Zeit, hat sich die Elfi gefragt.

Hat eh die ganze Hausmauer voller Scheitln liegen gehabt. Schaltet die Kreissäge an und vorbei wars mit der Ruhe. Die Elfi hat sich umgedreht und zum Hof von der Schneebergerin rübergeschaut. Ob sie noch rein soll zu ihr. Da hat sie ein Krachen gehört am Firnbichlerhof. Im Stall muss es gewesen sein, so dumpf ist es heraufgekommen. Ob was passiert ist, hat sie sich gedacht und war auf einen Schlag wach. Wieder ist die Tür vom Stall aufgegangen und der Firnbichler hat dem Siggi was angeschafft. Der hat die Kreissäge abgedreht und schon war er drin im Stall. Ein Stück ist die Elfi weiter, zum nächsten Baum hin, dass sie nicht mitten auf der Straße steht. Und wie dann das Licht ausgegangen ist im Stall, hat sie schon weitergehen wollen. Warum er das Holz nicht fertigmacht, hat sie sich gefragt und noch einmal hingehorcht nach unten.

Kommen die zwei heraus und schleifen einen Körper hinter sich her. Am Misthaufen sind sie vorbei, da hat sie sie nicht sehen können, dann waren sie auch schon bei der Grube zwischen den Obstbäumen. Ziehen ihn hinein und gleich drauf hat man hören können, wie die Schaufeln in den Erdhaufen stechen und die Grube zuschütten.

Oben von der Kreuzung ist auf einmal ein Knattern gekommen, da ist sie die Straße runter, als wenn nichts wär, und grad wie sie bei der Hoftür war, ist der Franz mit dem Moped um die Kurve gebogen. Miteinander sind sie in die Küche, dort hat sie ihm alles erzählt.

- Franz, du musst was tun!, hat die Elfi gesagt. Dass es irgendwas mit dem Vater zu tun hat, hat sie gedacht, auch wenns vorn und hinten nicht zusammengepasst hat.

- Die haben die Seuche am Hof, hat der Franz gesagt und unter dem Tisch ist sein Bein auf- und abgegangen. Wie ein Hendl hat er den Kopf bewegt zwischen dem Fenster und ihr, hin und her, und drin ist ein Plan gewachsen.

- Ich werd was tun, Elfi. Der Firnbichler kommt mir nicht aus. Mitten im Gefecht war er schon und hat die Worte gehört, die er sagen wird. Auf einmal spürt er, wies warm wird auf der Hand, weil ihre auf seiner liegt. Langsam hat die Elfi den Kopf gehoben und ihn angeschaut mit einem Blick, da hätt er direkt reinspazieren können bis ins Herz.

Am gleichen Abend ist der Franz noch runter zum Gernot. Unterwegs war der wieder, drum hat er mit der Eva geredet. Dass der Firnbichler hinterm Hof ein Viech verscharrt hat, hat er gesagt. Und dass es die Maul- und Klauenseuche sein wird. Dass der Gernot als Tierarzt was tun muss, weil die hochansteckend ist. Das Wort hat er sich aus der Zeitung gemerkt gehabt. Hochansteckend. Dass sich die Lisbeth und die Elfi sorgen, weil sie eh schon verschuldet sind bis über beide Ohren mit dem kleinen Hof. Wenn sie jetzt noch die Viecher verlieren, ist es aus, hat er gesagt.

Stolz war er, wie die Eva jetzt genickt hat. Weil er gespürt hat, dass sie auf seiner Seite steht.

- Was mischt dich denn ein, Franz?, hat sie gesagt. Da hat er aber geschaut.

- Eva, wenn die die Viecher verlieren, ist es aus, hat er noch einmal gesagt.

- Du hast einen Zorn aufn Firnbichler und willst ihm was heimzahlen.

- Was redst denn. Ich werd nicht unsere Viecher aufs Spiel setzen, weil sich keiner was sagen traut gegen ihn.

Jetzt hat die Eva gelächelt. Weil ihr der Mut schon getaugt hat, mit dem er als Auswärtiger gegen den Firnbichler angeht. Als wenn er das gespürt hätt, ist der Franz jetzt gleich weiter in seinem Plan.

- Sind dir leicht eure Rösser wurscht, Eva? Da hat er seinen Kredit auch schon wieder verspielt gehabt.

- Pferde kriegen die Seuche nicht. Die haben Hufe, keine Klauen. Aber ich werd mitm Gernot reden. Wenn der Firnbichler die Seuche hat, muss ers melden und aus. Und jetzt lass es gut sein, hat sie gesagt und ihn zur Tür geführt.

Gewunden hat sich der Gernot, wie sie ihm später alles erzählt hat. Obs nicht ein Schlupfloch gibt in der Geschichte. Am nächsten Morgen hat er dann aber den Amtsveterinär in Neusach angerufen, dass es da heroben einen Verdacht gibt. Vier Stunden später war der da und ist vorstellig geworden auf dem Firnbichlerhof. Hat alle Viecher untersucht, die 26 Kühe, zwei Stiere und die Schweindln – und alle waren sie gesund. Die Grube hat er sich auch angeschaut. Nur war die leer.

An der Küchentür hats gepumpert am Tag drauf in der Früh und bevor noch wer „Herein!“ sagen hat können, ist sie schon herinnengestanden, die Martha.

- Was fällt dir ein, den Erwin anzuschwärzen, Franz! Wer bist denn überhaupt? Ein paar Monat bist heroben und glaubst, du kannst dich aufspielen?

- Was regst dich denn auf, Martha? Die Elfi hat halt was gesehen, wie sie bei euch am Hof vorbei ist, und sich Sorgen gemacht, hat der Franz ruhig gesagt.

- Dassd dich nicht schämst, Elfi!, ist die Martha sie gleich angefahren. Was für ein hinterfotziges Mensch du bist! In der Rotte redt man miteinander, bevor man was nach außen trägt.

- Müssts halt sagen, was war, hat der Franz gesagt.

- Gar nichts müss ma. Die Elfi soll aufhören herumzulügen. Sonst werds uns anders kennenlernen, hat sie gesagt und die Türschnalle schon in der Hand gehabt. Außerdem könnts schon einmal den Grund am See räumen, den hat euer Vater nämlich dem Erwin verkauft. Bis jetzt hat er nichts gesagt, aber jetzt ists vorbei mit Freundlichsein.

Damit ist sie raus aus der Küche und hat die Tür vom Vorhaus zugehaut. Im Hof draußen haben sie sie noch immer gehört und erst gedacht, dass sie vor sich hinschimpft, dann ist eine zweite Stimme dazugekommen, angeschrien hat sie gegen die erste, dann ist sie ruhiger geworden, dass man nur noch die Martha gehört hat. Und dann den Knall, wie die Hoftür zugeflogen ist.

Ob er jetzt ganz deppert worden ist, ist die Lisbeth den Franz angegangen, grad dass sie herinnen war in der Küche.

- Hamma nicht genug Scherereien? Was legst dich mitm Firnbichler an?

- Ist dir leid um ihn? Gredt hast immer anders, hat der Franz gesagt.

- Du hast da am Hof überhaupt nix zu richten. Und wennst was machst, dann fragst vorher. Hast mich verstanden?

- Jetzt horch einmal zu, Lisbeth!, hat der Franz gesagt. Erstens gehts um eure Viecher. Weil wenn jemand die Seuche vom Hof drüben hereintragt, schaust dich schön an. Dann kannst nämlich alle Viecher keulen. Und zweitens ...

- Wichtig hast dich machen wollen in der Rotte und dem Firnbichler was heimzahlen, sonst nix.

- Wennst meinst, hat der Franz gesagt.

- Du sollst arbeiten, dafür bist da. Und für sonst gar nix.

- Ich hab dem Franz aufgetragen, dass ers dem Gernot sagen soll, hat die Elfi gesagt.

- Seids jetzt beide deppert geworden? Der Franz verschwindt mir, sobald die Ernte herinnen ist. Was wollts noch alles anrichten? Und jetzt an die Arbeit, hat sie gesagt und ist zur Tür. Die Elfi und der Franz aber haben sich nicht gerührt, als wenn sie sich abgesprochen hätten. Und wie die Mutter schon fast draußen war, hat der Franz gesagt:

- Außerdem wollen wir heiraten, die Elfi und ich.

In der Sekunde ist die Lisbeth stehen geblieben.

- Nur über meine Leich, hat sie gesagt und ein Ton war in der Stimme, als hätt sie „über deine Leich“ gesagt zum Franz.

Am liebsten wär die Elfi ihr nach, mit ihr reden, dass kein Streit ist. Ein Sog war in ihr zur Mutter hin. Und im Kopf hat sie den Satz vom Franz gehabt. Dass er was will von ihr. So schnell, dass sie gar nicht gewusst hat, was sie will. Dann hat sie wieder zur Mutter gedacht und zu ihrem Zorn.

- Haben noch gar nicht gredt drüber, hat sie gesagt.

- Willst leicht nicht? Da hat sie gesucht in sich, ob sie was findet. Aber leer wars in ihr, wie ausgeräumt. Nur die Mutter ist ihr durch den Kopf.

- Elfi, magst mich heiraten?

Ob sich was rührt, wenn sie ihn anschaut, hat sie probiert. Aber gleich waren die Augen wieder auf der Tischplatte.

- Magst?, hat er noch einmal gefragt. Dass sie eh schon spät dran ist, hat sie gedacht. Und die Mutter ihr immer Knüppel zwischen die Beine geworfen hat, wenn einer was wollen hat von ihr. Der See ist ihr eingefallen, wie sie unten gesessen sind und geredet haben, der Franz und sie, bis in die Dämmerung.

- Sicher willst, hat er gesagt.

- Und die Mutter?

- Elfi, du bist 26.

Ans Dreinreden hat sie gar nicht gedacht, nur den Unfrieden hat sie nicht wollen.

- Dann sind wir die Bauern und keiner schafft uns an. Weil wir zammgehören, Elfi, hat er gesagt und seine Hand auf ihre gelegt. Dann ist er auf und hat einen Eiswein aus dem Kammerl geholt. Süß war der und schwer und mit jedem Schluck ist die Leere in ihr ein bissl wärmer geworden. Obs nicht noch zu früh ist zum Heiraten, hat sie gesagt.

- Worauf willst denn warten?, hat der Franz gefragt und den Kalender von der Wand geholt. Den 30. Juni 1973 haben sie sich ausgesucht, einen dicken Kulikranz hat der Tag gehabt, bis in den September hat sich der durchgedrückt.

Groß wie Mähdrescher waren die Maschinen oberhalb vom Schwarzhof an der Kreuzung, wos nach Anger rübergeht. Ein paar Tage sind sie schon dort gestanden. Bis die Elfi einmal in der Früh ein Donnern gehört hat, aber nicht im Himmel. Der Boden hat gezittert unter ihr, wenn sich die Trümmer bewegt haben. Jeden Tag sind sie ein Stück weiter heruntergekommen und nach einer Woche waren sie in der Kehre vor dem Hof. Vorn eine Planierraupe, dahinter der Teerwagen mit dem großen Kessel obendrauf. Bis ins Zimmer ist der scharfe, pickerte Dampf hereingekommen, wie sie den Teer aus dem Kessel heruntergelassen und verstrichen haben. Dann ist die Walze gekommen und hat den Belag zusammengepresst, bis er glatt war und geglänzt hat in der Sonne.

Als wenn eine neue Zeit angebrochen wär, so stolz war man in der Rotte auf die neue Straße. Statt über staubigen Schotter ist man jetzt über Asphalt gefahren, oben von der Kreuzung nach Anger bis runter zum See. Mit den Reisigbesen haben die Frauen am Abend den Mist weggekehrt, wenn die Kühe was fallen lassen haben oder der Traktor beim Düngen was verloren hat. Nicht nur im Hof und in der Einfahrt, auch draußen auf der Straße. Und gleich hat man geschaut, obs die anderen eh auch machen.

Aber mit der neuen Straße hat sich auch noch was anderes getan. Seit ein paar Jahren schon sind im Sommer die Gäste heraufgekommen zum See. Ein Weg hat drum herumgeführt mit Uferzungen ins Wasser, dort haben sie sich hingelegt, die Sommerfrischler. Die meisten sind mit dem Postautobus gekommen, manche mit dem Auto.

Aber kaum war die Straße fertig, sind sie mehr geworden: die Ausflügler und die Autos. Wo man früher ein paar Wagen neben der Straße am See gesehen hat, warens jetzt manchmal Kolonnen, die aufgefädelt in der Hitze gestanden sind, Stoßstange an Stoßstange, die VW Käfer und die Simcas, Fiats, Opels und Fords und manchmal war sogar ein Mercedes dabei mit Ledersitzen drinnen.

Den jungen Bürgermeister von Anger hats gefreut. Weil alle was davon gehabt haben. Der Kaufmann aus Anger ist an den Wochenenden rübergefahren mit seinem

Kombi und hat Limonade, Bier, Wurstsemmeln und Süßigkeiten verkauft. Und die acht Fremdenzimmer vom Brückenwirt über der Gaststube waren bis spät in den Oktober hinein ausgebucht, wenn die Wandergäste heraufgekommen sind. Und noch wen hats gefreut: die Firnbichler Martha. Weil der Erwin schon lang gesagt hat, dass der Fremdenverkehr kommt. Wie sie 1970 das Wohnhaus und den Stall umgebaut haben am Hof, haben sie im Altenteil auf der Seeseite drei Fremdenzimmer eingerichtet. In den ersten Jahren haben sich die leeren Kastln in dem karierten Heft nicht füllen wollen, wo die Martha die Buchungen eingetragen hat, nicht einmal im Sommer. Aber seit die Asphaltstraße am Hof vorbeigeführt hat und runter zum See, sind die ausgemalten immer mehr geworden, vom ersten Jahr an.

02.

— — — — — — — — —

Die ganze Zeit über, wie der Pfarrer geredet hat vom Bund, den sie, die Reisinger Elfriede, eingehen wird mit ihm, dem Kehrtegger Franz, ist ihr schon ein Pumpern durch die Brust gegangen. Allein hätt sie nie im Leben da stehen wollen vor allen in der Kirche. Aber zu zweit waren sie jetzt. Dass sie sich mitm Franz ihr Unglück in ihr Leben holt, hat die Mutter auf sie eingeredet gehabt, wieder und wieder. Gedroht hat sie ihr, dass sie den Franz vom Hof jagt, wenn sie nicht gscheit wird. Dass sie dann mitm Franz geht, hat die Elfi gesagt. Dann renn halt in dein Unglück, hat sie gesagt, ist weg und hat nicht mehr mit ihr geredet.

Den Ärmel vom Kleid hat sie zwischen die Finger genommen vorn am Altar und ist mit dem Daumen über den festen Stoff gefahren. Rau hat er sich angefühlt und oben am Hals hat er gekratzt, wenn sie den Kopf gedreht hat. Ganz aufrecht hat sie stehen müssen, weils sonst Falten geschlagen hat, das umgenähte Hochzeitskleid von der Schwägerin. Weil die viel üppiger war vorn um die Brust herum.

- Wisst ihr nicht, dass der Leib ein Tempel ist, den ihr von Gott habt, hat der Pfarrer gesagt. Da hat sie aufgehorcht. Ein Tempel waren sie jetzt, fest und schwer. Als wenn sie Zuckerwasser trinken würd, so gut hat ihr das getan. Hat wieder zum Franz geschaut. Was dem durch den Kopf geht, hätt sie gern gewusst. Ein bissl verzwickt ist er dagestanden. Da hat sie ihn angestoßen mit dem Ellenbogen. Aufgeschreckt ist er, dann hat er gelächelt. Fesch hat er ausgeschaut in seinem Anzug, wie einer aus der Stadt.

In der ersten Reihe ist die Mutter gesessen und hat den Fuß rausgestreckt in den Mittelgang. Ob sie jetzt noch Schmerzen gehabt hat oder obs was anderes war, dreingeschaut hat sie, als wenns ihr alles zusammenziehen würd. In der Woche vor der Hochzeit ist ihr der Stier beim Ausmisten auf den Fuß gestiegen, angeschwollen ist der gleich, dass sie fast nicht mehr rausgekommen ist ausm Gummistiefel, der Franz hat ihn aufschneiden wollen. Ein schwarzlila Klumpen war der Fuß schon und immer weiter ist er geschwollen, da hats die Elfi mit der Angst gekriegt und gedrängt, dass sie den Doktor holen. Dass sie sie in Ruh lassen und den Stall machen soll, ist sie sie angefahren. Aber wenigstens geredet hat sie seither wieder mit ihr.

Nach der Messe sind sie rüber ins Wirtshaus. Die Eltern vom Franz waren dabei und der Bruder mit seiner

Familie, von der Elfi ihrer Seite nur die Mutter und alle aus der Rotte, bis auf den Schneeberger Walter. Hundertachtzig Gäste haben Platz gehabt hinten im Festsaal vom Brückenwirt, zwanzig waren sie. Oben am Kopfende war für sie gedeckt und links und rechts ein Stück in den Saal hinein.

Wie der Pfarrer fertig war mit dem Dankgebet, ist der Franz aufgestanden und hat alle begrüßt mit einer Stimme, als wenn der Saal voll wär bis hinten. Von seiner Zeit am Hof von den Eltern hat er geredet und dass er als Bub gern Bauer geworden wär. Dass aber der Bruder den Hof gekriegt und er einen Beruf gelernt hat, auf den er stolz ist. Aber den ganzen Tag unterm Auto liegen für andere Leute ist halt auch kein Spaß, hat er gesagt, und dass er jetzt das ist, was er immer werden hat wollen: ein Bauer. Und sein eigener Herr.

- Am Reisingerhof hab ich aber nicht nur das Glück in der Arbeit gefunden, hat er gesagt, sondern auch, und da hat er auf die Elfi geschaut und ihr die Hand hingehalten, das Glück in der Liebe. Langsam ist sie aufgestanden, hat genickt und sich schon setzen wollen, da hat der Franz weitergeredet. Dass er sich bei allen bedanken möchte, die ihn aufgenommen haben in der Rotte. Den Gernot hat er angeschaut und die Eva, die hat zurückgelächelt, den Schwarz Manfred und die Ingrid und beide haben sie genickt, dann ist er rüber zum Firnbichler und zur Martha mit den Augen. Der Erwin hat ihn anrennen lassen und sie hat auf den Boden geschaut, da ist er weiter, hat sich von der Schneebergerin ein Nicken abgeholt und am Ende hat er zur Mutter geschaut und „Danke auch dir, Lisbeth" gesagt. Die Elfi hat vorn am Kleid gezupft, weil sie ein bissl gebückt gestanden ist.

- So und jetzt lassts euch schmecken, hat er gesagt, sich niedergesetzt mit ihr, da ist auch schon die Suppe gekommen.

Links von der Elfi ist der Franz gesessen, daneben die Mutter. Nach vorn war sie gebeugt über den Tisch und den Arm hat sie um den Teller gelegt, als würd sie ihn festhalten wollen. Mitm Mund ist sie runter zum Löffel, ein Stück vom Leberknödel ist drin verschwunden und gleich wieder heraußen gewesen, weil sie zu blasen vergessen hat.

Über die Elfi drüber hat der Franz in einem fort mit den Eltern und dem Bruder geredet, rechts neben ihr sind die gesessen, wie sichs gehört hat. Mit dem Knie ist die Elfi unterm Tisch zu ihm hin, aber wild ist sein Bein auf- und abgegangen, dass er sie gar nicht bemerkt hat.

Dann ist die Marianne mit ihrer lauten, heiseren Stimme hereingekommen, die Brückenwirtin. Jeden hat sie angeredet, wie sie sich zum Abservieren gebückt hat, obs geschmeckt hat. Bei den Männern ist sie ein bissl tiefer runter und hat ein paar Worte mehr geplaudert. Ganz kurz sind die Blicke bei ihr im Ausschnitt verschwunden, aber gleich waren sie wieder heraußen, weil ja die Frau daneben gesessen ist, und da ist die Marianne auch schon weiter.

Als Nächstes ist der Schweinsbraten gekommen und die Elfi ist rein mit dem Serviettenknödel in den Saft, dass er sich ordentlich vollsauft und auf der Zunge schwimmt. Mit jedem Bissen hat sie mehr Freude im Mund gehabt, wieder hat sie den Franz mit dem Knie angestoßen, weils ihr so geschmeckt hat. Ob das Essen eh passt, hat er gefragt und die Elfi hat übers ganze Gesicht gestrahlt. Grad hat sie sagen wollen, wie lang sie keinen so guten Schweinsbraten mehr gegessen hat, da schaut sie ihn an und merkt, dass er die Mutter gemeint hat.

- Ist in Ordnung, hat die gesagt und sich ein Stück Fleisch in den Mund gesteckt.

- Ist er leicht nicht gut?, hat der Franz noch einmal gefragt. Draufhin hat sie sich den Mund abgewischt und ihn angestarrt mit einem Blick, dass der Franz zu blinzeln angefangen hat.

- Was tust denn so gschaftig, Franz, wie wenns dein Essen wär. Musst jetzt nicht großtun.

Die Elfi hat runtergeschluckt, am Klopfen im Hals vorbei. Hat zum Franz geschaut und dann zur Mutter. Die hat weitergegessen, als wenn nichts wär.

- Tu ma nicht streiten am Hochzeitstag, hat die Elfi gesagt.

- Du redst mir nicht drein, hat die Mutter gesagt, nach vorn hinaus mit dem Blick in den Saal, hast mich verstanden? Am Fleisch hat die Elfi gerissen, dass es von der Schwarte heruntergeht, da hat man die Gabel am Teller kratzen hören.

- Obst mich verstanden hast, Elfi! Schau mich an, wenn ich mit dir redt, ist sie sie angegangen und mit der rechten Hand hat sie auf den Tisch gehaut, dass die Elfi zusammengezuckt ist.

- Brauchst den Franz nicht anfahren. Und mich auch nicht!, ist der Elfi jetzt der Zorn aufgegangen im Bauch, leise hat sie gesprochen, aber scharf war ihre Stimme, als wenn sie schreien würd, und gleich hats ihr den Hals zusammengedrückt, dass kein Wort mehr herausgekommen und die Hitze ihr ins Gesicht gestiegen ist.

Der Franz hat sich den Mund abgewischt und sie beruhigen wollen, die Elfi wie die Mutter, da ist die Lisbeth schon gestanden, hat den Sessel zum Tisch gestellt, die Elfi mit einem Blick angeschaut, als würd sie gleich ausspucken, sich umgedreht und ist raus.

Gleich hat die Elfi wieder an ihrem Schweinsbraten gezupft und wie narrisch ist der Fuß vom Franz rauf und runter unterm Tisch. Nach einer Zeit hat sie dann die Augen gehoben. Alle sind sie noch am Essen gewesen im Saal, manche haben schon eine gute Farbe gehabt im Gesicht. Dass der Mutter nicht wohl war, hat der Franz zu den Eltern gesagt, und dass sie schon wieder kommen wird.

Obs eh allen geschmeckt hat, hat die Marianne dann in die Runde gefragt, lustig ist es zurückgekommen und sie hat abserviert.

Am unteren Ende vom Saal ist der Gabentisch gestanden, dort haben sie beim Hereingehen alle ihre Geschenke abgestellt gehabt. Dass man sie nicht persönlich übergibt, war den meisten nur recht so. Grad den Geschenkeschwindlern, die hat man schon gekannt im Ort. Der Schwarz war so einer. Seine Ingrid hat nichts Teures kaufen dürfen, aber schön eingepackt hat sies immer. Und die Eva, die war genau das Gegenteil. Für die hats nicht teuer genug sein können, aber das hat man auch sehen sollen, drum hat sie das Geschenk manchmal auch gar nicht eingepackt, nur eine Schleife drumherum gebunden. Und so ist das große Geschirrservice in dem schönen Karton mit dem Sichtfenster und dem modischen Foto drauf auf dem Tisch gestanden, dass es jeder sehen hat können. Zu zweit haben sies hereingetragen, der Gernot und sie, und alle haben gewusst, der Eitler und die Eitlerin haben wieder das Wertvollste geschenkt.

Das größte Geschenk wars aber nicht. Das ist nämlich von den Firnbichlern gekommen. Den ganzen Weg zum Gabentisch sind die Augen von der Elfi dem Firnbichler nach, wie er noch vor der Nachspeise zum Tisch hin ist, das Packerl heruntergehoben hat und vorgekommen ist. Direkt vor ihnen ist er jetzt gestanden, auf der anderen Tischseite, mit dem Geschenk in der Hand.

- Der Martha ist nicht wohl herinnen, wir werden bald gehen, aber das möcht ich euch persönlich geben, hat er gesagt.

Still ist es geworden im Saal und immer mehr haben hergeschaut zu ihnen. So ist der Franz auf, hat das Geschenkpapier aufgerissen auf der Seite, da hat er schon gewusst, was es war: ein Bild, wies die Eltern überm Bett hängen gehabt haben. Normal war der Heiland drauf, am Ölberg, den Blick zum Nachthimmel, oder am See Genezareth, im Boot, die Netze voll und die Jünger ängstlich. Ein bissl altmodisch ist es ihm schon vorgekommen als Geschenk, aber erleichtert war er, wie er dann das Bild gesehen hat: das letzte Abendmahl.

Die Elfi ist aufgestanden, hat ihm die Hand gegeben, froh, wie sie war, dass er so herkommt zu ihnen mit seinem Geschenk. Der Franz hat dann das Bild in die Höhe gehoben, da hat ers gesehen: Vorn beugt sich der Judas über den Tisch, gibt dem Heiland die Hand und in der andern hält er das Blutgeld. Dem Firnbichler aber ist eine Freude in den Augen gestanden. Dann hat er aus dem Rock ein Stoffsackerl geholt, das hat er ihnen auf den Tisch gehaut, dass es aufgeht, voll mit 10-Groschen-Stücken, frisch von der Bank hat er die geholt gehabt, so silbern, wie sie geglänzt haben.

- Für den jungen Hausstand!, hat er gesagt und gegrinst dabei, dann hat er sich umgedreht und wie er schon wieder drüben war auf seinem Platz, ist es ihnen gedämmert, die Boshaftigkeit mit dem Judas und dem Blutgeld, aber der Franz hat ihm nachgerufen, „Danke, aber echtes Silber wär mir lieber", und ein paar haben gelacht. So haben sie sich gesetzt, die Elfi und der Franz, und haben getan, als wenn nichts wär, aber die Hochzeit hat einen Depscher gehabt. Oder eigentlich zwei.

Wie dann aber die Feuerwehrmusik angefangen hat zu spielen, haben sie getanzt, die Elfi und der Franz, und gleich sind die Eltern, der Gernot, die Eva und ein paar andere dazugekommen, und mit dem Essen im Bauch und dem Wein im Kopf haben ihnen der Firnbichler und die Lisbeth gestohlen bleiben können in der Nacht.

Am Feld draußen hat der Franz gern gearbeitet. Dort war er der Bauer und keiner hat ihm was dreingeredet. Ist am Traktor oben gesessen und hat geackert, gesät, geerntet. Aber gleich wie er drinnen war im Hof, ist ihm anders geworden. Und nicht nur wegen der Lisbeth. Vor dem Dreck hat ihm gegraust. Mit einem Druck, als wenn man am Brunnen pumpen würd, schießt es heraus aus den Viechern, wenn sie brunzen, und dann kleschen auch schon die Fladen auf den Boden, dass es hinspritzt überall. Legen sich rein, dass ihnen die braunen Krusten bis zum Hintern rauf picken. Und überall, wo es nass ist und warm auf den Viechern, sitzen die Fliegen. Um die Augen, ums Maul und hinten, wo oft noch die Kotbatzen heraushängen aus der rosa Fleischwulst.

Den Franz hats gereckt, wenn er rein ist in den Stall. Das Gesicht hat er verzogen und gleich durch den Mund geatmet, dass ihm die feuchte Luft nicht in die Nase ist. Da hat er die Bazillen schon spüren können, die er einsaugt mit jedem Atemzug.

Jeden Abend ist er im Bad gestanden mit der Kernseife, der Bürste und dem Nagelzwicker und hat den speckigen Dreck herausgeholt unter den Nägeln, dass es geknirscht hat. Vom Feld, vom Mist, von den Viechern, von den Maschinen. Nie ist er wo hin mit dreckigen Nägeln, nicht ins Geschäft, nicht auf die Gemeinde, nicht ins Wirtshaus. Grad als Kleinbauer hat der Franz drauf geschaut, dass er nicht schlampert daherkommt.

Von Anfang an ein Dorn im Aug war ihm der Misthaufen mitten im Hof. Drei, vier Meter war der hoch und oben ist das lange Brett gelegen, dass man von der Stalltür weg mit der Scheibtruhe bis nach vorn kommt, wieder eine Fuhre Mist draufschmeißt, dass er weiterwächst. Am Ärgsten wars jetzt im Hochsommer, wenn die Hitze den Mist noch einmal aufgebacken hat. Das Brummen hat man im ganzen Hof gehört, ein Gewurl war das, die Schmeißfliegen und die Pferdebremsen, und sofort sind sie auf einem gesessen und haben einen gebissen, so schnell hat man gar nicht hinhauen können.

Am meisten hat dem Franz aber gegraust vor dem Häusl unten im Hof. Neben dem Misthaufen ist es gestanden, wos reingeht in die Senkgrube. Wenn man den Holzdeckel über dem Loch aufgehoben hat, sind die Asseln und Ohrenschlüpfer auf der Unterseite gesessen und aus dem Loch ist ein Gestank heraufgekommen wie frische Saujauche aufm Feld. Seit Jahren hat keiner mehr die Grube ausgehoben gehabt, und alle haben ihre Haufen drauffallen lassen, immer weiter ist der Kegel unter einem gewachsen, dass es am Ende schon heraufgespritzt hat bis zum Hintern, wenn man sein Geschäft verrichtet hat. Wie dann einmal wieder nur der zerschnittene *Bauernbündler* zum Auswischen aufgelegen ist, hats ihm gereicht.

Beim Nachtmahl sind sie zusammengesessen, die Elfi, die Lisbeth und er. Wie nachm Krieg leben sie herinnen mit dem Misthaufen im Hof und dem Häusl, dass einer Sau graust, hat er gesagt. Und dass endlich was geschehen muss, weil er nicht mehr in dem Dreck leben und der Armeleutehof sein will in der Rotte.

Das hätt er sich überlegen müssen, bevor er hereinheiratet auf den Hof, hat die Lisbeth gesagt. Und dass sie heute noch die Schulden vom Vater zahlen.

- Musst halt was reinstecken in den Hof, dass mehr herauskommt, hat der Franz gesagt.

- Untersteh dich, Franz, dass du mir sagst, was ich zu tun hab! Schau lieber, dassd was weiterbringst. Viel hast noch nicht gschafft. Und dass ich euch den Hof überschreib, darauf könnts lang warten. Vorher verkauf ich ihn!, hat sie gesagt, ist aufgestanden und raus bei der Tür.

Für die Elfi war der Hof so fest wie der Berg, auf dem er gestanden ist. Nie hat sie sich überlegt, wie der anders werden könnt. Aber mit dem Franz hat sich schon was verändert. Bis auf die Schneebergerin haben alle ausgebaut gehabt in den letzten Jahren. Größer sind die Höfe geworden, und statt den alten buckligen Feldsteinmauern haben sie Ziegelwände hingestellt, doppelt so hoch und schnurgerade sind die dagestanden. Nur ihr Hof ist klein geblieben. Der kleinste in der Rotte.

Ein paar Mal hat die Elfi probiert mit der Mutter zu reden in der Zeit. Dass sie was ändern müssen, weil der Hof sich fast nicht mehr trägt. Dass sie neue Viecher kaufen sollten, die mehr Milch geben. Damit sie mehr Geld überhaben und es ihnen besser geht. Dass sie sich selber zuhorchen soll, hat die Mutter gesagt, wie sie dem Franz nachm Mund redet. Dass sie noch bis zum Hals in den Schulden stecken. Und dass sie mit dem Franz in ihr Unglück rennt. Damit war das Thema für sie erledigt.

Eisig ist es zugegangen zwischen der Lisbeth und dem Franz seit der Hochzeit. Wie er einmal mitm Traktor beim Hoftor herein auf sie zugefahren ist, hat sie sich tummeln müssen, dass sie zu den Stiegen kommt. Und sicher ist er stehen geblieben, aber so, dass sie sich geschreckt hat. Und so gach hat er abgebremst, dass er hinten vom Hänger noch einen ordentlichen Ruck bekommen hat im Fahrerhaus. Nach vorn hauen hat er sich lassen in dem Sitz und nachfedern, dass man sieht, was für eine Wucht er herunterbremsen hat müssen wegen ihr. Wie sie nur einen Schritt ausm Weg war, hat er schon Gas gegeben, dass es schwarz herausgekommen ist aus dem Auspuffrohr.

Mindestens ein Jahr hat man getrauert als Witwe. Und danach noch ein zweites Jahr die schwarze Binde getragen am Arm. Manche Frauen sind bis zu ihrem Tod gar nimmer herausgekommen aus dem schwarzen Gewand. Und die Lisbeth? Dass sie erst trauert, wenn man den Hannes findet, hat sie gesagt. Aber von dem Tag an, wo der Franz den Hof geführt hat, hat sie Schwarz getragen.

12. FEBER 1975

Schneidet sich ein Brot herunter, schmiert Schmalz drauf, salzt es, beißt ab und legt es aufs Brett. Fliegen krabbeln über den Tisch, setzen sich aufs Brot.

- Fangt alles von vorn an, sagt sie sich. Verscheucht die Fliegen, gleich sitzen sie wieder drauf. Schiebt das Brot von sich weg. Schaut am Tisch, zum Herd, zur Abwasch, zur Kredenz. Was alles herumsteht. Zammräumen muss sie. Im Hof muss sie zammräumen, den ganzen Dreck, der draußen herumliegt. Da spürt sie, wie es kommt. Ein grauer Flaum wie ein Pelz legt er sich über die Schultern. Süß und warm liegt er auf ihr, als wenn die Sonne draufbrennt. Eine Schwere rinnt ihr unter die Haut. Eine dunkle. In die lässt sie sich reinrutschen wie in den Schlaf.

- Nimmt alles seinen Lauf, sagt sie sich. Hört die Viecher schreien im Stall. Das Brüllen überschlägt sich schon in der Höhe. Halb sechs ist es auf der Uhr. Steigt in die Gummistiefel, dreht draußen das Licht auf und geht über die Stufen in den Hof. Zu regnen hats aufgehört. Zieht die Stahltür vom Silo auf, faulig steigt ihr das Gärfutter in die Nase, fährt mit der Gabel rein, schmeißt es in die Scheibtruhe, bis sie voll ist. Dreht das Licht auf im Stall und schon kommen die Viecher in die Höhe aus dem Stroh. Zwei bleiben liegen.

Schmeißt ihnen das Futter in die Rinne, und gleich sind die Mäuler am Fressen. Dann geht sie rein zwischen die Viecher, den ärgsten Mist herausholen. Eng stehen sie und die Bäuche hängen heraus auf der Seite. Forsch geht sie durch, das runde Stielende von der Gabel stößt sie ihnen rein, schreit dazwischen, dass es ihr selber in den Ohren sticht, wie fremd die eigene Stimme, da springen sie auf die Seite. Hinten am Ende vom Stall steht der Stier. Der kriegt am Schluss. Von der Seite her schmeißt sies ihm in den Trog, dass das Metallgestänge zwischen ihr steht und dem Trumm von einem Viech. Einmal ist er ausgekommen, weil ein Kettenglied geplatzt war. Ist heraus aus seinem Eck und ein paar Schritte gegangen nach vorn zu den Kühen. Die Mutter ist gleich zu den Nachbarn um Hilfe, weil der Vater fort war. Zu viert sind sie mit Stricken und Stöcken hin zum Stier und haben ihn zurücktreiben wollen. Jetzt erst ist er wild geworden, auf sie los und raus auf den Hof, herumgesprungen ist er dort und hat sich aufgebäumt und gebuckelt. Mittendrin ist er stehen geblieben. Da hast schon gemerkt, der weiß gar nicht recht, was er draußen soll. Nach einer Zeit habens ihn gehabt mit dem Strick um den Hals und zwei haben ihn gehalten, da hat er noch einmal gebuckelt, aber so ein schweres Tier ist ja bald erschöpft vom Zerren und vom Springen, so habens ihn zurückgebracht zu seinem Platz.

Von Weitem geht sie bei ihm mit der Gabel zwischen den Haxen rein. Sieht die zwei Kühe, wie sie immer noch liegen, den Kopf auf der Seite im Stroh. Hingehen will sie nicht. Dass sie wen holen sollt, der nach ihnen schaut, denkt sie und beutelt den Kopf. Verteilt Stroh unter den

Körpern, gleich säuft es sich voll mit dem Mist, der noch liegt. Dreht das Licht ab. Ob sie ihnen Heu gegeben hat, denkt sie und geht rüber zum Stadl. Stampft auf dem Betonboden auf, dass der Schnee und der Mist heruntergehen von den Gummistiefeln, und steigt die lange Holzleiter rauf zum Heuboden. Schaut runter, weil sie immer hinschauen muss, und sieht ihn liegen. Da ist er gelegen, der Franz. Mit dem Kopf in der Lacke.

Schmeißt das Heu genau dorthin, dass es weggeht, das Bild. Steigt herunter und führts den Viechern rüber in den Stall. Vier Scheibtruhen voll. Dass sie Ruh geben bis zum Abend.

In der Küche legt sie Holz nach, da hört sie die Glocke. Um sechs schlägt sie immer, jeden Morgen geht die Schneebergerin rauf in die kleine Kapelle läuten. Was heute los ist, denkt sie, weils aufhört zwischendrin. Dann drei Schläge, ein Scheppern ist es mehr als ein Läuten, da erkennt sie die Glocke, unten ausm Zimmer von der Mutter. Schneidet rasch ein Brot herunter, schmiert Schmalz drauf, macht einen Tee und bringt es ihr. Das Licht neben dem Bett brennt schon im Zimmer. Aufrecht sitzt sie, die Decke bis über die Brust.

- Hab dich eh gehört, sagt sie, stellt das Tablett hin, geht zum Ofen, heizt ein. Die Mutter schaut zur Tür, als wenn noch wer kommen würd. Dann greift sie nach dem Häferl, zur Hälfte voll ist es, dass sie nichts ausschüttet. Wie das Feuer brennt, macht die Elfi unten die Ofenklappe zu.

- Läutest mir wieder, wennst was brauchst, sagt sie und geht über den Hof nach oben ins Haus.

Den ganzen Vormittag war schon ein Aufruhr in der Rotte. Weil die Gendarmerie unten am See gestanden ist. Durch den Feldstecher hat die Elfi sie gesehen, oben vom Fenster aus, und hat gehofft, dass ers ist und dass ers nicht ist. Dass eine Ruh ist und dass er irgendwo anders ist. Der Gernot hat ihn gefunden gehabt, ist gleich rauf zur Schneebergerin telefonieren, da habens bald alle gewusst. Den Anorak hat er angehabt, das hat sie ein bissl beruhigt. Weil sie immer gedacht hat, dass er nackert im Wasser liegt.

Hat den grauen Käfer von der Gendarmerie und einen Kombi auf der Wiese stehen sehen, ein paar Männer am Ufer und einen im Wasser, hinter der Böschung ist der manchmal aufgetaucht. Sommerfrischler und Badegäste haben sich gesammelt gehabt um die Stelle und der Franz war auch schon unten am See. Zwei Gendarmen sind vorn gestanden und haben keinen hingelassen. Den einen hat der Franz gekannt. Und wie der ihn gesehen hat, ist er auf ihn zu, den Schaulustigen fernhalten, offiziell.

- Ist ers?, hat der Franz gefragt.

- I derf nix sagen, hat der Gendarm gesagt. Und genickt.

- Ertrunken? Auf den Boden geschaut hat er, als wenn er beobachtet werden würd, und den Kopf geschüttelt, ganz leicht.

- Hat er sich umbracht? Da sind die Schultern in die Höhe gegangen in der grauen Uniform und die Knöpfe haben in der Sonne geblitzt. Hat sich hingedreht zum Franz und das Schirmkapperl tiefer ins Gesicht gezogen.

- Wahrscheinlich, hat er gesagt. Ein Loch hat er hinten im Schädel. Und Quetschungen habens gefunden an der Schulter. Da wissens nicht, ist das von der Zeit im Wasser oder von davor.

- Dank dir, hat der Franz gesagt, und der Gendarm ist wieder zurück.

Erst haben sie nichts geredet, wie er oben gesessen ist mit der Elfi in der Küche. Im Kopf hat sie den Vater vor sich gesehen. Wie er vom Traktor gestiegen ist. Als wenn er sich noch einmal verabschieden hätt wollen von ihr.

- Druckstellen an der Schulter soll er haben.

Auf einen Schlag waren die Bilder weg im Kopf und das Weiche im Herz.

- Habens ihm doch was angetan.

- Kann auch von der Zeit im Wasser kommen. Das hat die Elfi gar nicht mehr gehört. Aufgestanden ist sie und zum Fenster hin. Gleich hat sies gesehn. Wie sie ihn festgehalten haben und ihm dann die Pistole in die Hand drücken und ihn erschießen.

- Elfi, setz dich her da! Wenns was finden, werdens was tun.

- Und wer untersuchts? Die Gendarmerie in Anger? Dann weiß ich, was rauskommt.

- Unten in Neusach machen sies.

Ganz fahrig ist sie geworden. Ob der Vater überhaupt

nur zurückgekommen ist zu ihr, weil sie ihn umgebracht haben? An die Handbewegung hat sie jetzt gedacht, oben am Traktor. Dass er winkt, hat sie geglaubt. Aber jetzt wars ihr klar: zur Schulter hin hat er gezeigt.

- Franz, du musst was tun. Geh runter und red mit ihnen. Sag, dass sie ihn bsoffen gemacht haben an dem Abend, der Firnbichler und der Gernot. Am End hat der Vater den Grund gar nicht hergeben wollen und sie haben ihn … Hörst mich, Franz?

- Gar nix werd ich, hat er gesagt und sie beim Arm genommen. Wir warten, was die Gendarmerie sagt.

- Aber ich weiß, dass ers war.

- Einen Zorn hast auf ihn. Aber bevor ich nix weiß, tu ich nix. Hast mich verstanden?

Mit einem Ruck hat der Franz sie losgelassen und ist raus aus der Küche. Da war auf einmal wieder alles auf dem Rückmarsch in ihr und leer war der Kopf, wie ausradiert. So ist sie zur Mutter runter.

Nach der Hochzeit ist die ins Jagdkammerl vom Vater gezogen, auf der Seeseite vom Hof. Dort ist sie jetzt gelegen auf dem Bett unter dem Auerhahn mit seinen roten Augenbögen und den schillernden Federn. Seit ein paar Tagen ist sie nicht mehr raus, weil der Fuß sie so geschmerzt hat, und die Vorhänge hat sie zugezogen gehabt am helllichten Tag. Die Elfi hat ihr eine Rahmsuppe hingestellt, da hat sie gleich das Brot reingebröckelt und angefangen zu essen. Und wie sie mit dem zweiten Teller fertig war, hat die Elfi ihr gesagt, dass sie den Vater gefunden haben.

- Ist endlich Ruh, hat sie gesagt und die Augen zugemacht. Nichts hat sich gerührt in ihr. Nach ihrer Hand hat die Elfi gegriffen, aber grad wie sie sie gespürt hat, hat die Mutter sie schon weggezogen. Dass sie wegen dem Fuß einen Termin für sie ausgemacht hat beim Arzt, unten in Neusach, hat die Elfi gesagt. Weil die Mutter ja zum Doktor in Anger nicht gegangen ist. Da hat die Lisbeth sie angeschaut und um den Mund hats gezuckt. Aber gesagt hat sie nichts.

Auf den Tag hat der Franz schon gewartet gehabt. Wie er am Vorabend gesehen hat, dass das Licht ausgeht bei der Mutter, ist er noch eine ganze Zeit im Vorhaus gesessen, aber nicht beim Most. Einen Kaffee hat er sich gemacht gehabt. Ob er leicht noch rausgeht ins Revier, hat die Elfi ihn gefragt. Ganz gefasst war der Franz und hat genickt. Ob was ist, hat sie wissen wollen, da hat er den Kopf geschüttelt und sie lang angeschaut. Aber reingegangen ist nichts in seine Augen. Fest waren die, als wenn er schon auf der Lauer liegen würde. So hat ihm die Elfi „Waidmanns Heil“ gewünscht und ist ins Bett. Der Franz ist sitzen geblieben, bis unten im Türschlitz zum Zimmer das Licht ausgegangen ist. Und wie alles geschlafen hat, hat er die Hofsicherung herausgedreht, den Hauptwasserhahn abgesperrt und hat angefangen.

Am nächsten Morgen sind die Elfi und die Lisbeth mit dem Postautobus nach Neusach. Wie sie vom Hof waren, hat er sich auf den Traktor gesetzt, vorn hat er die Gabel draufgehabt, so ist er über den Hof gefahren. Seit Wochen hat er das schon geplant gehabt. Wie er reinfährt ins Alte. In die Sturheit und in die Boshaftigkeit von der Lisbeth. Als wenn sie ihn einsperren hat wollen in dem Dreck. Langsam ist er jetzt die Rampe rauf neben dem Misthaufen zum Stall. Ist runter vom Traktor, hat hinten das Tor vom Stadl aufgemacht, da hat schon der Gernot gewartet mit drei Burschen aus Anger. Und dann hat der Franz den Viechern die Ketten heruntergenommen, die Kälber aus den Kobeln gelassen und alle nach hinten geführt, wo die anderen sie weitergetrieben haben. Am Ende haben sie den Stier von der Kette genommen. Ganz damisch war er erst, weil er ja sein ganzes Leben im Stall gestanden ist. Mit einem Strick hat der Gernot ihn am Nasenring geführt und die Burschen sind auf der Seite mit Stecken neben ihm her. Ruhig ist er mitgegangen den Feldweg runter, als wenn ers gar nicht anders kennen würd.

Wie die Viecher weg waren, ist der Franz wieder rauf auf den Traktor. Auch wenn er einen Zorn gehabt hat, hinreißen hat er sich nicht lassen. Genau hat er geschaut, wo die Mauer locker war. Ganz oben ist er rein mit der Eisengabel ins Mauerwerk unter den Dachbalken. Hat die Feldsteine herausgeholt, die die Mauer gestützt haben. Eine Freude war das für den Franz, wie die Eisenstangen reingefahren sind ins Mauerwerk. Als wenn sie drauf gewartet hätten, dass er kommt, so leicht haben sich die Brocken gelöst aus dem brüchigen Mörtel. Und wie die oberste Reihe heraußen war, hat er vorn die Schaufel montiert und nach oben gekippt, dass er eine Fläche gehabt hat, und ist hin zur Stallmauer. Neben der Tür hat er angefangen zu drücken. Vorsichtig ist er aufs Gas gestiegen, da hat er schon die Schwere von der Mauer gespürt. Ein paar Mal ist er vor und zurück, dann hat er das Schwanken gesehen oben, und mit der Bewegung ist er mit, jedes Mal, wenn sie nach innen gegangen ist, hat er ein bissl Gas gegeben und schon ist die erste Mauer gekippt. Dick ist die Staubwolke am Stallboden aufgestiegen und mit jeder neuen Wolke hat er sich leichter gefühlt. Wieder und wieder ist er reingefahren mit einer Vorsicht, als wollt er jedes Mauerstück einzeln auskosten, wie es umstürzt in den alten Stall. So hat er sich vorgearbeitet. Am Abend ist die Schneebergerin vorn zum Tor gekommen ihm ausrichten, dass die Elfi von Neusach angerufen hat und dass sie noch einen Tag unten bleibt mit der Mutter. Das war dem Franz nur recht.

Wie die Lisbeth die Mandeln rausbekommen hat als Kind, haben sie ihr einen weißen Trichter über den Mund und die Nase gesetzt, wie ein Papierstanitzel, da hat die Schwester Äther reintropfen lassen. Gestochen hat der in der Nase und bis zehn hat sie zählen müssen, da ist ihr gleich anders geworden, erst in der Stirn, dann weiter hinten im Kopf, als wenn ein Ball in ihr immer größer und sie ausfüllen würd mit einem kitzligen Schwindel, bis sie ihn hinten im Hals gespürt und ihn schlucken hat müssen, den Ball, der sie wegträgt, bis sie die Zahlen verloren hat, verstreut waren die, der Sechser ist hinten im Wald gelegen und der Siebener, den hat sie suchen müssen und ist rein ins Wasser, hellblau war das erst und dann immer dunkler zum Grund hin, aber sie hat atmen können, zum Glück, aber da hat sie schon nicht mehr gewusst, was sie sucht da herunten.

Wie sie jetzt hereingekommen ist auf den Hof, war er wieder da, der Ball. Hat ihr den Kopf gefüllt mit einem Schwindel, als wenn ihr gerade wer einen Prügel drübergezogen hätt von hinten über den Schädel. Wo der Stall war, hat man durchschauen können. Bis zum Firnbichlerwald. Und die Viecher waren weg. Was der Traktor macht, was er rausreißt. An der Kette zieht er was durch den Schutt heraus. Was Großes. Braunes. Den Stier, denkt sie, da geht der Blick auf den Misthaufen. Liegt dort ein Kalb. Die Viecher hat er erschlagen, ist es ihr durch den Kopf. Da fährt ihr der Schwindel in die Knie und sie fällt zusammen. Wie eine Holzkugel schlägt der Schädel am Steinboden auf.

Jetzt erst ist die Elfi nachgekommen, weil die Mutter immer schneller war und vor ist. Sieht, wie sie daliegt, stürzt hin, schüttelt sie an den Schultern. Der Kopf rollt auf die Seite, dass sie zusammenfährt. Springt auf und ist zum Franz vor. Grad hat der den runden Kobel von den Kälbern aus dem Schutt geholt, da hat er sie erst gesehen: die Elfi, wie sie schreit und mit den Armen fuchtelt. Hat sie gegrüßt vom Traktor oben. Weil er das schon durchgespielt gehabt hat im Kopf, was er macht, wenn sie heimkommen und herfallen über ihn. So hat er sie erst einmal aus dem Weg gescheucht und das Holztrumm in die Höhe gehoben. Wie sie immer noch schreit und fuchtelt, dreht er sich um zum Reversieren, da sieht er sie liegen: die Lisbeth mitten im Hof. Würgt den Motor ab, reißt die Tür auf, hupft herunter und ist hin zu ihr. Zu zweit haben sie sie reingetragen ins Zimmer und aufs Bett gelegt. Die Elfi ist gleich in die Küche, hat Geschirrtücher geholt, die hat sie nass gemacht und ihr auf die Stirn gelegt.

- Was hast getan, Franz?

- Den Stall hab ich weggerissen. Dass was weitergeht.

Den Puls hat er gesucht, erst am Handgelenk. Gegraust hat ihm, wie er ihr in den Kragen hat greifen müssen, dass er zum Hals kommt. Kalt war die Haut und feucht. Dann hat er den Herzschlag gehabt. Dass die Elfi ihr noch ein Polster unterlegen soll, hat er gesagt, und wie sie den Kopf in die Höhe gehoben hat, ist sie gleich wieder weg mit der Hand. Wie ein Schwamm war das Haar, zu einem Dutt hat sies zusammengesteckt gehabt, vollgesoffen mit Blut. Einen Moment hat sie die Hand in die Luft gehalten, dann ist sie gerannt, rauf zur Schneebergerin telefonieren.

Eine Stunde haben sie auf die Rettung gewartet, sind bei der Mutter gesessen im Zimmer und die Elfi hat ihr die Wangen gestreichelt in einem fort.

- Und die Viecher?, hat sie den Franz gefragt.

- Die sind beim Gernot im Stall, bis wir einen neuen haben.

- Und das Kalberl? Der Franz hat mit den Schultern gezuckt. Weil er nicht gewusst hat, obs noch gelebt hat, wie er angefangen hat mit dem Einreißen. Im Kobel drin ist es gelegen und hat sich geduckt. Oder es war schon tot.

- Das war das kranke. Hin wars in der Früh, wie ich alle runtergetrieben hab, hat er gesagt.

Dass die Mutter auf der Stiege gestolpert ist wegen ihrem hinnigen Fuß und auf den Stein gefallen ist, hat ihr der Franz noch eingeschärft, wie die Rettung die Mutter geholt hat. Dann ist die Elfi eingestiegen und mit Blaulicht ist der Wagen Kehre um Kehre den Berg rauf.

Wie der Franz schon wieder reingehen hat wollen, ist die Firnbichler Martha heraufgekommen. Dass sie gleich zur Himmelsmutter gebetet hat, wie sie die Rettung gesehen hat, hat sie gesagt.

- Die Lisbeth ist ausgerutscht. Gehirnerschütterung wirds haben, hat er gesagt. Müssens halt untersuchen, damits nachher nicht heißt, sie haben was übersehen.

- Hab mir nur Sorgen gemacht, weil die Elfi so gach rauf ist zur Schneebergerin.

- Weißt ja, wie sie ist.

- Wann kommts denn wieder?

- Das weiß nur der Herrgott, hat der Franz gesagt und war schon in der Hoftür.

- Is doch so schlimm?

- Pfiat di, hat er mehr zu sich gesagt und die Tür zugedrückt, dass sie nicht am End auch noch hereinschaut. So ist er zurück zu seinem Trümmerhaufen, rauf auf den Traktor und hat den Motor angelassen.

Vom Hirnwasser hat der Arzt im Spital unten in Neusach geredet und vom Nervenwasser und von Schwellungen, die zurückgehen können oder sich vergrößern, und dass sie in zwei Tagen aufwachen kann oder in zwei Wochen. Obs sein kann, dass sie gar nicht mehr aufwacht, hat die Elfi fragen wollen, da hat der Arzt schon einen Schwung gehabt im Kittel und ist weiter ins nächste Zimmer und die Schwester ihm nach. Dass man sie oben in der Rotte anrufen wird, wenn sich was tut, haben sie ihr gesagt.

So ist die Elfi zwei Tage drauf wieder herinnengestanden am Hof. Wie ausgestorben war der jetzt, ein Schacht, der ins Freie geführt hat, neben dem Misthaufen ein Schuttberg, auch das Dach haben sie jetzt schon abgetragen gehabt. Fremd hat sie sich gefühlt. Wie der Franz sie gesehen hat, ist er runter vom Traktor und sie sind rein. Dass er weiterschaufeln soll, hat er dem einen Burschen aufgetragen, der ihm am Hof noch geholfen hat.

Was er sich gedacht hat dabei, hat sie wissen wollen. Dass er nicht länger hat warten können, hat er gesagt, und fest war die Stimme vom Franz. Dann haben sie sich angeschaut. Zum ersten Mal waren sie jetzt allein am Hof. Nur das Knirschen von der Schaufel im Schutt hat man gehört.

- Wie willst das alles zahlen?

- Schau Elfi, hat er gesagt, als wenns eine Liebeserklärung wär: Wir kriegen den Hof, so oder so. Aber jetzt muss gebaut werden. Ich hab mitm Vater geredet, der hat mir was geborgt, auf drei Jahre. Wirst sehen, bald ist alles neu und alle werden Augen machen.

Dass er sich was traut, der Franz, hat sie gedacht. Fährt rein mit dem Traktor in die alten Mauern und reißt alles nieder. Dass was Neues anfangt. Aber gleich ist was anderes heraufgekommen. Allein hat sie sich im Hof stehen sehen, finster wars und immer stärker hat es gezogen vom Wald her, ein Sturm ist hereingefahren durch das Loch und bitter kalt war ihr.

Der Franz hat das Fenster aufgemacht und so grell gepfiffen mit den Fingern im Mund, dass es den Burschen gerissen hat und der Franz gar nichts mehr hat sagen müssen, so schnell hat er den Tschick in den Schutt geschmissen und weitergeschaufelt.

- Franz?, hat die Elfi gesagt und ihre Hand auf seine gelegt. Ich krieg ein Kind.

Mit leeren Augen hat er sie angeschaut, die sind ihr eingefahren, dass sie gleich ihre Hand wegnehmen hat wollen. Aber dann hat der Franz die Baustelle rausgeschmissen aus seinem Kopf und den Burschen und das Geld, das er ihm zahlt, aber sicher nicht fürs Rauchen und Herumstehen, und hat weitergedacht, da hat er sie gesehen, die Frau, das Kind, den neuen Hof und sich mittendrin, und hat sie umarmt, so fest er nur können hat.

- Siehst, drum muss erst recht was weitergehn, hat er gesagt.

Fast runtergefallen wär ihr die Freude schon. Und wie sie jetzt seine Arme gespürt hat und den Kopf neben ihrem, war ihr, als wären sie jetzt schon zu dritt. Ein Glück ist ihr über den Rücken gelaufen. Dass was Neues anfängt, das hat sie bis nach unten gespürt.

Anfang August ist der Anruf gekommen vom Spital und am gleichen Tag noch ist die Elfi runter zur Mutter nach Neusach. Nur zwanzig Minuten hat sie zu ihr dürfen, weil sie Zeit braucht, hat die Schwester gesagt. Dasig war sie und schwach, aber erkannt hat sie die Elfi. Nach einer Zeit hat sie nach den Viechern gefragt, da hat die Elfi ihr die ganze Geschichte erzählt und dass es den Viechern gut geht und der Stall jetzt viel größer wird. Genickt hat die Mutter, aber eigen. Als wenn sie von woanders herüberschauen würd zu ihr und sie grad noch versteht. Um den Mund herum war ihr alles zuwider, so verzwickt ist der gewesen und immer wieder sind ihr die Augen zugefallen. Was mit den Viechern ist, hat sie nach einer Zeit gefragt. Und ein bissl später noch einmal.

Zwei Tage drauf ist wieder ein Anruf vom Spital gekommen. Dass die Mutter einen Schlaganfall gehabt hat, nicht mehr spricht und den rechten Arm nicht mehr bewegen kann bis auf zwei Finger. Dagelegen ist sie, als wenn sie sich nicht gerührt hätt seit dem letzten Mal. Grau war sie im Gesicht und die Augen sind ein Stück offen gestanden. Ganz nah ist die Elfi hin mit dem Kopf zu ihrem. Hat sie angeschaut und gehorcht. Dunkel sind die Pupillen zwischen den Lidern gelegen. Aber da war niemand daheim. Dass sie ein Kind kriegt, hat sie ihr gesagt und ein Pfeifen gehört, obs aus dem Mund gekommen ist oder aus dem Brustkorb, hat sie nicht sagen können, vielleicht wars auch nur ein schwerer Atem. Oder aber doch die Stimme und die wollt ihr was sagen? Flach hat sie jetzt wieder geatmet. Da hat die Elfi die Hand von der Mutter genommen, klein und kühl ist die in ihrer gelegen. Eine ganze Zeit ist sie so bei ihr gesessen. Dass man nur hoffen kann, hat der Arzt gesagt. Alle drei, vier Tage ist die Elfi seither mitm Postautobus runter ins Spital und bei ihr gesessen.

Am Hof sind die ganze Zeit über die Mischmaschinen gerannt und mit jedem Tag ist die Ziegelmauer vom neuen Stall ein Stück in die Höhe gewachsen. Drinnen haben sie die Metallgitter am Boden, die neuen Tränken und Futterrinnen eingebaut und das Förderband auf den Misthaufen, der jetzt hinterm Stall gestanden ist, dass der Dreck endlich draußen bleibt. Beim Dachstuhl ist der Franz sich nicht einig geworden im Preis mit den Zimmerern, drum haben sie den Estrich oben mit Teerpappe ausgelegt und mit alten Reifen beschwert. Und weil er auch bei den Fenstern mit dem Tischler nicht zusammengekommen ist, haben sie Plastikplanen in die Rahmen genagelt. Ende September war der Rohbau fertig. Und das, hat der Franz sich gedacht, hat man feiern müssen.

Urlaub hat der Schwarz Manfred gemacht, einmal im Jahr ist er mit der Ingrid auf Italien runter. Weil er Unternehmer war. Und die Städter aus Wien und Neustadt und Graz, auch die haben Urlaub gemacht, sogar jetzt im Herbst sind sie noch heraufgekommen zum Bergwandern auf den Ferchkogel oder zum Spazierengehen um den See. Aber mit dem Hof hats keinen Urlaub gegeben. Kannst nicht zu den Viechern hin und sagen, bis in einer Woche. Drum hat die Elfi erst gefragt, ob er einen Boscher hat, der Franz, wie er gesagt hat, dass er mit ihr wegfahren möcht nach Mariazell. Aber der hat alles schon geplant gehabt: dass der Gernot und die Eva nach den Viechern schauen die drei Tage, dass sie mitm Auto vom Gernot fahren und dass das ja eigentlich ihre Hochzeitsreise ist.

- Und die Mutter?, hat die Elfi gefragt, aber auch da hat der Franz schon vorgebaut gehabt. Dass die Elfi sonst auch nur zweimal die Woche bei ihr unten ist und dass sie der Schneebergerin die Nummer vom Hotel dalassen, wenn was ist im Spital.

Beim Wort „Mariazell" ist bei der Elfi gleich die Freude angesprungen in der Brust. Den Ort hat sie nämlich gekannt, im Kleinen halt: von dem grünen Guckfernseher mit den Diabildern von der Urli. Oft hat sie als Kind reingeschaut und gesehen: das Altarbild mit der Madonna, die Kirche, den Platz davor mit den Standln und die Gemeindealpe mit dem Sessellift. Und ein See war auch noch dabei, obwohl der nicht in Mariazell war. Der Erlaufsee.

Ob sie das Geld dafür haben, hat sie ihn gefragt. Da hat der Franz nur gelacht und gemeint, dass die Sparerei jetzt ein Ende hat. Und dass mit dem Stall und den Viechern bald mehr Geld da sein wird. Gern hat sie sich überreden lassen, weil sie mit dem Herzen schon dort war. Dass man mindestens einmal im Leben eine Wallfahrt nach Mariazell gemacht haben muss, hat die Urli gesagt. Und jetzt fahren sie zusammen. Zu dritt eigentlich. Als wenn die Luft gezuckert wär, so hat sichs angefühlt, das Glück in ihr, und gleich hat sie den Franz umarmt in sich drinnen.

Ein bissl Bauchweh hat sie dann aber schon gehabt an dem Oktobermorgen, wie sie im Stall gestanden sind und dem Gernot und der Eva die Viecher überlassen haben. Die Eva hat sie in den Arm genommen und gesagt, dass sie sich nicht zu sorgen braucht und ihre Flitterwochen genießen soll. Flitterwochen, das war auch so ein Wort, das hat die Elfi nur von andern gekannt.

Der Gernot hat ihr die Autotür aufgehalten wie ein Chauffeur, dann sind sie eingestiegen und der Franz hat

Gas gegeben. Am Anfang hat die Elfi die Dörfer noch gekannt und die Hügel und die Berge dahinter. Mit der Zeit sind die immer höher geworden und ihre Namen hat auch der Franz nicht mehr gewusst. Die Elfi hat sich schaukeln lassen in dem Auto, gefedert war das viel besser als der Postbus. Irgendwann hat es angefangen zu kitzeln in ihr. Vom Bauch aus ist es aufgestiegen, über die Luftröhre, da war es nur ein Summen, ganz in ihr noch, dass es keiner hört. Dann ist es lauter geworden und nach oben gekommen, bis in den Mund herauf, und sie hat angefangen zu singen. Eigentlich wars nur ein Kinderreim, aber bei ihr ist er zum Lied geworden.

„Marienkäfer, Marienkäfer, flieg nach Mariabrunn,

schick uns heute oder morgen recht a schöne Sunn. Marienkäfer, Marienkäfer, fliegst in Himmel nauf, richt den lieben Eltern schöne Grüße aus …"

Fast gelegen ist sie auf dem Beifahrersitz und hat den Kopf zurückgelehnt gehabt, und wie sie die Strophen ein paar Mal wiederholt hat, hat der Franz mitgesungen. Und immer neue Lieder sind ihnen eingefallen.

Zwischendrin hat sie ihn angeschaut, wie er am Steuer gesessen ist mit dem großen Lenkrad in den Händen, das Fenster offen und der Wind ist ihm durch die Haare gefahren. Bunt hat der Wald draußen geleuchtet an dem warmen Oktobertag und da waren ihnen noch nicht einmal die Lieder ausgegangen, sind sie schon am Ortsschild Mariazell vorbeigefahren und gleich drauf am großen

Hauptplatz mit der Basilika. Alles war genau so wie in dem kleinen Spielzeugfernseher von der Urli: die Kirche mit den drei Türmen, hoch ist der mittlere in den Himmel gestanden, und davor der Platz mit den Geschäften und den Holzstandln.

Wie sie ins Hotel gekommen sind, ist die Elfi still geworden. Die Luster, die Fauteuils und das Sofa in der Empfangshalle, groß und elegant ist ihr das alles vorgekommen. Ans Stadttheater Leoben hat sie denken müssen, mit der Schule ist sie einmal dort gewesen. Ein bissl streng hat der Herr hinter der Rezeption mit ihnen geredet, wie er ihnen den Schlüssel mit dem schweren Messinganhänger gegeben hat. Außer ein Danke hat sie kein Wort herausgebracht und während der Franz die Zettel ausgefüllt hat, hat sie an ihrem Rock gezupft, weil er vom Sitzen im Auto Falten gehabt hat. In modischen Kostümen sind zwei Damen in den Fauteuils gesessen, das eine rot, das andere hellblau. Die waren sicher geschneidert, so gut, wie die ihnen gepasst haben, hat sie sich gedacht. Und nach der Schrift haben sie geredet. Ob sie aus Wien sind, hat sich die Elfi gefragt. Ein paar Autos mit W auf den Nummerntafeln hat sie vor dem Hotel stehen sehen. Da hat sie sich gleich ein bissl aufgerichtet innerlich. Weil man über die Wiener nur schlecht geredet hat in der Rotte und auch drüben in Anger. Dass die obergscheit und faul sind und keine Ahnung haben vom Leben am Land. Und wie die zwei jetzt noch angestoßen haben mit ihrem hellroten

Getränk und lustig geworden sind, hat sich die Elfi noch ein Stück weiter aufgerichtet. Frauen, die zu Mittag schon trinken und dann auch noch laut werden.

Mit einem Schwung ist der Franz dem Laufburschen zum Aufzug nach, als wenn er in dem Hotel ein und aus gehen würd. Einen kleinen Balkon haben sie im Zimmer gehabt, mit Fensterläden davor, die hat sie gleich aufgemacht. Weiß und glatt sind die Tuchenten und die Polster aufm Bett gelegen, wie Schneewehen. Die Elfi hat sich auf die Bettkante gesetzt und ist mit der Hand über den Stoff gefahren. Wie fein der war. Und frisch gebügelt. Der Franz hat sich aufs Bett fallen lassen, aufgeplustert hat sich da die bauchige Tuchent, dass die Elfi gedacht hat, jetzt platzt sie gleich und die Federn fliegen durchs Zimmer.

- Nachher gehen wir dir Gwand kaufen, hat der Franz gesagt. Ein großer Spiegel ist an der Wand gehangen, da hat sie sich sehen können. Daheim hat sie nur den im Kasten gehabt.

- Schaust ja wie eine Bauersfrau aus. Da hat sie sich angeschaut in dem beigen Rock und der braunen Weste drüber.

- Wie soll ich sonst ausschauen?

- Weil wir in der Stadt sind. Wirst sehen, wir finden dir was Schönes.

Die Verkäuferin in dem Modehaus hat genau gewusst, was der Elfi passt. Einen Poncho hat sie ihr verkaufen wollen, in Orange mit braunen Streifen. Die Elfi hat lachen müssen und ihr gesagt, dass sie doch auf kein Gschnas geht. Am Ende sind es ein Wollkleid und ein Blazer geworden. Und Schuhe aus rotem Leder zum Zuschnallen. Dass sie den gelben Sonnenhut dazunehmen soll, hat die Verkäuferin sie überreden wollen, da hat die Elfi nur gesagt, dass sie im Herbst keinen Sonnenhut mehr braucht.

1.020 Schilling haben die Sachen gekostet, so viel hat sie noch nie für Gewand ausgegeben gehabt. Normal haben sie am Kirtag eingekauft oder wenn Markt war in Anger. Modische Kleidung haben die keine gehabt. Dafür wars auch nicht teuer und hat lang gehalten, das Gewand. Drei paar Schuhe hat die Urli in ihrem ganzen Leben gehabt, ist der Elfi jetzt eingefallen. Fast hätt sies schon wieder zurückgeben wollen, da hat der Franz schon den Tausender hingelegt gehabt und zwei Zehnermünzen dazu.

Draußen hat sie ihn fest umarmt. Wie sie dann durch die Stadt gebummelt sind, ist sie vorsichtig gegangen, dass sie nirgends ankommt mit den Schuhen. Aber irgendwann ist sie dann richtig geschlendert durch die Grazer Straße, am Arm vom Franz. Der war von Anfang an stadtfein mit seinen schwarzen Schuhen, der Stoffhose mit den weiten Beinen, der schwarzen Kunstlederjacke und dem weißen Hemd mit dem großen Kragen, zwei Knöpfe offen, dass man drunter das Ketterl sehen hat können. Im Café am Hauptplatz hat er ein Bier getrunken, draufhin ist er müde geworden und hat zurückwollen ins Hotel, ein

Mittagsschlaferl machen. Dabei wars schon drei. Der Elfi wars nur recht, weil sie so Zeit gehabt hat für die Basilika.

Ob er ihr ein Geld dalässt, dass sie sich bei den Standln was kaufen kann, hat sie gefragt.

- Willst leicht Weihwasser kaufen und so Klumpert? Unwillig hat er nach dem Geldtaschl gegriffen und einen Zwanziger rausgeholt.

- Weihwasser nicht, aber was für die Nothelfer. Dass alles gut geht mitm Kind.

Er hat den Zwanziger wieder genommen und zwei Fünfzig-Schilling-Scheine hingelegt.

- Aber schmeiß mirs nicht in Opferstock! Die Kirche hat genug Geld.

Wie aufm Kirtag ist sie sich vorgekommen zwischen den kleinen Geschäften und Holzstandln unterhalb der Kirche. Überall sind Sachen von den Ladendächern heruntergehangen: Andenken, Heiligenbilder, Kalender, und darunter sind Mutter-Gottes-Statuen gestanden, in Gips und aus Plastik, mit Kerze davor oder elektrisch, manche haben sogar geblinkt. Das Bild von zwei Kindern hat sie sich angeschaut, die über eine Brücke gehen in den Bergen, und wenn man das Bild gekippt hat, ist hinter ihnen der Schutzengel gestanden und hat ihnen die Hand zwischen die Schulterblätter gelegt. Schwer ist ihr da geworden, aber eine süße Schwere wars. So lang hat sie nicht mehr an die Urli gedacht. Dann hat sie die kleinen Fernseher stehen sehen, reingeschaut hat sie in einen und die Bilder waren noch immer dieselben. Die Muttergottes im Strahlenkranz, die Basilika, der See. Ganz allein war man in den Guckerln mit den Bildern, und geleuchtet haben sie, als wenn ein anderer Glanz auf ihnen liegen würd.

An dem Standl mit Devotionalien hat sie einen Kinderkopf und zwei Herzen aus Blech in Flammen mit einer Dornenkrone drüber gekauft, für den Franz und für sie. Und eine Blechschatulle, nicht viel größer als ein Fingerhut, mit dem heiligen Dionysius drinnen. Dass er der Schutzheilige war gegen Seelenleiden und schlechte Träume, hat sie in dem zerfledderten Büchel gelesen. Im Deckel hat die Schatulle ein Fenster gehabt, da hat man den Kopf von der kleinen Holzfigur sehen können. Auf rotem Samt ist er drinnen gelegen in seinem Gehäuse. Immer wieder hat sie reingeschaut zu ihm, als wenn man im Winzigen das ganz Große sehen könnt.

Wie sie den Weihrauch gerochen hat in der Kirche wars ihr, als würd sie gleich einen Stock tiefer sitzen in sich. Zu einem Marienaltar im Seitenschiff ist sie hin, wo keine Leute waren, hat zwei Schilling in den Opferstock geworfen, zwei lange Kerzerln angezündet und sich niedergekniet auf die Gebetsbank. Wie lang sie schon nicht mehr in der Kirche war, hat sie gedacht. Und was alles passiert ist. Zu den Kerzen hat sie geschaut, da ist ihr der Blick verschwommen. Immer tiefer ist sie rein ins flackernde Kerzerlmeer.

Mittendrin hat sie eine Flamme gesehen, die ist ganz aufrecht gestanden. Dort ist sie geblieben mit den Augen, so lang, bis alles um sie herum verschwunden ist. Ganz von allein haben sich Kopf und Mund und Zunge zusammengetan, wie sie angefangen hat, ein Ave Maria nach dem anderen zu beten, gedreht haben sich die Worte in ihr und im Flüsterton sind sie raus über die Lippen zu den Kerzen hin, zu der einen, die gestanden ist wie eine Pappel so gerade. Und wie sie so betet, wars ihr, als würd sich eine Stimme auf ihre legen, von oben drauf, so leicht und dünn war die, fast durchsichtig, da hat sie gespürt, dass die von drüben kommt, und ist immer langsamer geworden mit den Worten, bis sie ganz still war.

Obs ihr gut geht drüben, hat sie sie gefragt. Warm ist es in ihr aufgestiegen. Dass sie bald ein Kind kriegen wird, hat sie gesagt. Da wars ihr, als würd ihr die Urli über den Rücken streicheln, von oben nach unten, nur einen Hauch hat sie gespürt. Dass sie jetzt den Hof machen und dass was Neues anfängt, so hat sie in einem fort geflüstert und gleich wieder angefangen zu beten, dass der Faden nicht abreißt, bis sie auf einmal eine andere Stimme gehört hat, brüchig war die wie trockene Erde, mit den Händen hat man die greifen können, so nah, dass sie sich umgedreht hat, ob nicht wer neben ihr kniet, aber keiner war da. Ist recht, Elfi, ist recht, hat sie die Stimme sagen hören unter ihrer und in der Sekunde hat sie gewusst, dass es die vom Vater war, ihr Herz hat gepumpert, dass sie schon geglaubt hat, es überschlägt sich, und dann, von fern her, da war er schon auf dem Weg zurück, hat sie was auf der Schulter gespürt, als wenn ihr wer die Hand drauflegen würd, dann ist das Gebetsradl ausgerollt in ihr, auch ihr Herz ist langsamer geworden, sie hat Luft geholt und schwer ist der Kopf nach vorn auf die Gebetsbank gesunken.

Am Abend sind sie essen gegangen. Dass sie sich bestellen kann, was sie will, hat der Franz gesagt. Und genau das hat sie gemacht: eine Französische Zwiebelsuppe mit überbackenem Toast, ein Cordon Bleu und nachher eine Kardinalschnitte. Mit einem Achterl Rot und einem Krügerl haben sie angestoßen.

- Auf uns, Elfi!, hat er gesagt. Auf uns, auf den Hof und auf unser Kind. Und jetzt lass mas uns gut gehen.

Weil Samstag war, sind sie nach dem Essen in die Tanzbar gegangen. Da hat die Elfi geschaut, wie sie die Treppe runter sind in dem Kellergewölbe. Eng wars, dunkel und verraucht, dass man die bunten Lichtstrahlen wie Scheinwerfer im Nebel gesehen hat. Sicher hats in Anger auch die Burschen gegeben mit Mopeds und Schnauzer und längere Haare haben die auch gehabt. Aber so richtig Langhaarige hat sie nur aus den Illustrierten gekannt. Bis über die Schultern sind manchen die Haare gehangen und Jeansjacken haben sie getragen mit Abzeichen drauf. Ob das Rowdys sind, hat sie gedacht, von denen hat sie gelesen gehabt. Und die Mädchen waren angezogen, wenn man sich in Anger so sehen hätt lassen, wär man gleich verschrien gewesen als Flitschn. Enge Leiberl und Blusen, und wie sie genauer geschaut hat, hat sie sehen können, dass sie nichts drunter angehabt haben. Und wie sie getanzt haben.

Im Eck haben sie noch ein Tischerl gefunden und wie der Franz vor ist zur Bar die Getränke bestellen, hat sie sich weiter umgeschaut. Wild ist es zugegangen auf der Tanzfläche. Und überall im Dunklen sind Pärchen gestanden. Geküsst haben die sich. Wie dann die Hand von einem Burschen unters Leiberl gerutscht ist, hat sich die Elfi weggedreht. An den Schneeberger Walter hat sie gedacht. Wie sie 15 war, ist sie mit ihm an der Autobushaltestelle in Anger gestanden, im Winter. Gern hat sie den gehabt. Im Bushäusl haben sie geplaudert und irgendwann hat er sie angeschaut und ist langsam her mit seinem Mund zu ihrem. Geschwind hat er ihr ein Bussl gegeben auf die Lippen und ist wieder zurück. Im Bus sind sie dann nebeneinandergesessen und beide haben über dem Brummen vom Dieselmotor nach vorn geschaut den Scheinwerfern nach. Beim Aussteigen hat er nur „Pfiat di" gesagt und hat schon fortwollen, da hat sie seine Hand genommen und gedrückt. Schnell ist er draufhin die Straße rauf zum Schneebergerhof. Am nächsten Tag hat sie von der Mutter Schläge bekommen, weils wer gesehen gehabt hat.

Mit einem Cola für die Elfi und einem Cola Rum für sich ist der Franz zurückgekommen. So haben sie sich zugeprostet, aber gehört haben sie nichts, weils so laut war herinnen. Auf einmal ist der Franz aufgestanden und hat sie aufgefordert. Selber herumhupfen hat sie sich aber nicht getraut, da ist er allein auf die Tanzfläche. Wie er sich die Bewegungen bei den anderen abschaut, hat sie gedacht. Fesch war er mit seinem weißen Hemd. Der Schweiß ist ihm schon heruntergeronnen. Dass er bald aufhören wird zum Tanzen, hat sie gedacht. Und wie sie sich nach einer Zeit wieder umgeschaut hat nach ihm, war er weg.

An der Bar hat sie ihn dann stehen sehen und neben ihm eine, mit der er geplaudert hat und gelacht. Dann hat er sich noch ein Cola Rum bestellt und mit ihr angestoßen. Auf einen Schlag ist der Elfi die Freude aus dem Körper gefahren, zusammengefallen ist sie drinnen, da hat er hergeschaut zu ihr. Hat das Glas gehoben und ihr gedeutet, dass er gleich kommt. Und wie er dann wieder bei ihr war und gesagt hat, dass das eine Kollegin aus der Arbeit war und dass sie sich lang nicht mehr gesehen haben, hat sie wieder ein bissl ein festeres Gefühl gehabt. Dass sie müde ist und zurück möchte ins Hotel, hat sie gesagt. Dann ist sie gleich wieder ins Taumeln gekommen, weil er sitzen geblieben ist, dass sie schon geglaubt hat, er will ohne sie dableiben. Grad dass er nicht noch einmal zu dem Mädel hin ist. Dann ist er auf mit einem Ruck und hat gesagt,

„Gut, dann ist die Gaudi vorbei und wir gehen heim." Im Hotel haben sie nicht viel geredet. Ob er grantig ist, hat sie wissen wollen, da hat er nur den Kopf geschüttelt. So sind sie schlafen gegangen.

Für den nächsten Tag hat der Franz schon ein Programm gehabt. Fröhlich war er auf einmal für zwei. Mit der Mariazeller Bahn sind sie eine Station gefahren und alles hat er bewundert. Wie schön der Zug ist und wie er sich schon auf den Berg freut, den sie besteigen wollen, die Bürgeralpe, und wie froh er ist, dass sie die Reise gemacht haben. So sind sie rauf, er voraus und die Elfi nach, weil ihr das Bergaufgehen schon ein bissl beschwerlich war. Am Ende hat er oben in der Hütte auf sie gewartet bei einem Bier. Backhendl für zwei haben sie bestellt und nach dem Maronibecher und dem Kaffee sind sie rauf auf die Aussichtswarte. Dort hat er zwei Schilling ins Fernrohr gesteckt und wie die Uhr geratscht hat in dem Apparat, hat er den Erlaufsee gefunden und den Semmering und den Ötscher und dann sogar die Spitze vom Ferchkogel, die hat er der Elfi gezeigt. Drinnen im Rohr hat sie den Berg gesehen und an den Hof gedacht und an die Mutter.

- Franz, hat sie gesagt, bist mir bös, wenn wir heut schon fahren? Ich mag heim. Da hat der Franz überlegt. Und gerechnet. Und weil sie jetzt eh schon zu viel ausgegeben gehabt haben, hat er gesagt, „Mir solls recht sein." So sind sie am Abend noch heimgefahren, haben getratscht im

Auto und mit jedem Kilometer, den sie der Rotte nähergekommen sind, ist es wieder leichter geworden zwischen ihnen. Am Ende haben die Flitterwochen vom Franz und von der Elfi dann halt nur zwei Tage gedauert statt drei.

12. FEBER 1975

Vom Klopfen wird die Elfi wach, da ist es schon hell draußen. Pumpert wer am Fenster. Schnell hintereinander, da weiß sie schon.

- Euch mach ich nicht die Freud. Dass es wieder die Buben sind. Am Dreikönigstag waren sie das erste Mal da. Sternsinger. Hat sie nicht reingelassen vorn bei der Hoftür, dann sind sie zum Fenster und haben gepumpert, immer fester. Dann wars still. Und wie sie den Vorhang weggetan hat, sind sie aufgesprungen, unterm Fenster haben sie gelauert gehabt, haben Fratzen geschnitten und geschrien. Als wenn sie eine Schwachsinnige wär, hinter der man herspottet. Ein paar Mal waren sie da seither. Das letzte Mal

haben sie Geld sammeln wollen fürs Gschnas, da hat einer mit dem Stock aufs Fensterkreuz geschlagen, dass das Glas in der Ecke gesprungen ist. Geht nicht mehr hin zum Fenster. Am Ende schlagens ihr noch die Scheibe ein. Hätten schon ihre Detschen, wenn der Franz noch am Hof wär.

- Elfi, geh her! Ich bins.

Ist es die Schneebergerin. Langsam schiebt sie den Vorhang auf die Seite. In ihrem dicken grauen Wollmantel, dem Kopftuch auf und dem Stock in der Hand steht sie draußen. Länger war sie nicht mehr da.

- Machst mir auf? Neugierig schaut sie sich um, wie sie herinnen ist, sieht die Pfannen mit dem Fett und die Töpfe am Herd stehen, unterm Fenster, in den Regalen, auf der Kredenz, überall steht was heraußen, am Tisch, beim Fenster, auf der Anrichte. Die Elfi räumt das Zeug vom Tisch, dass sie Platz haben.

- Wie lang solls noch so weitergehen, Elfi?

Jedes Mal, wenn sie herinnen war, hat sie das gefragt. Und immer ist die Elfi weg mit den Augen, weil die Schneebergerin sie gar so angeschaut hat. Dass sie sie nicht auslässt, denkt sie. Dass sie hereinwill zu ihr.

- Hab dir was mitgebracht, sagt die Schneebergerin und stellt ihr einen Guglhupf auf den Tisch. Gleich geht die Elfi in die Speis den Kaffee mahlen, leert das Pulver in den Filter auf der Kanne am Herd, gießt Wasser drauf.

- Schaust mich heut gar nicht an? Da dreht sie sich um, lächelt, aber lang hält sies nicht aus. Wollen alle rein in sie. Über die Augen bringen sie sie zum Reden. Und die Schneebergerin hat das gut können. Aber sie geht nimmer raus. Und keiner kommt ihr mehr rein. Nicht über die Augen und nicht über den Mund.

- So geh halt zum Doktor, Elfi.

Was sie beim Doktor soll. Wo sie weiß, was ist. Was war. Deckt auf, holt noch die Butter aus der Speis.

- Wies da ausschaut, jedes Mal ärger, sagt sie, schmiert sich die Butter auf ihren Guglhupf und beißt ab.

Dass sie sich zammreißen muss, denkt die Elfi. Und zammräumen. Herinnen. Draußen. Den ganzen Hof.

- Musst wirklich was tun, Elfi! Soll ich ihn dir schicken, den Doktor? Schüttelt den Kopf.

- Das Einsperren nützt nichts. Musst herauskommen, sonst verrennst dich. Jetzt schaut sie sie an. Will ihr nur helfen. Und weiß gar nichts. Nichts von ihr und nichts vom Franz und nichts von nachher.

- Elfi, ich hab dem Doktor gesagt, dass er kommen soll. Wird in den nächsten Tagen nach dir schauen.

Steht auf und geht rüber zum Herd, hin und her springt sie im Kopf, wie sie sieht, dass er hereinkommt, am Ende bringt er wen mit, der Doktor, und sie sehen, wies da ausschaut, nachm Buben werdens fragen und nach den Viechern, alles muss sie zammräumen, da ist es schon am Rutschen in ihr, fahrig wird sie, ob sie ihn fallen lassen soll, den Topf, denkt sie, schiebt ihn in die Mitte vom Herd, hebt den Deckel, sauer riechts heraus, gestockt ist die Milch schon, schiebt ihn wieder auf die Seite, und wie sie so herumtut, dreht sich die Schneebergerin um zu ihr.

- Der Föhn macht einen narrisch, gell? Aber wirst sehen, wenn der Winter vorbei ist, gehts besser. Dann wirds früher licht und man kann raus. Ich nehm mir noch ein Stück, gell?, sagt sie und greift zu. Die Elfi nickt vor sich hin.

- Wie gehts dem Buben? Wo ist er leicht?

Mit dem Kopf zeigt sie zur Tür.

- Im Zimmer drüben? Hab ihn so lang nimmer gesehen. Führst mich rüber?, fragt die Schneebergerin, stützt sich auf den Stock und steht auf. Ob sie sie geschickt haben, denkt die Elfi.

- So ein Glück hast mit ihm, sagt sie, wie sie im Zimmer stehen. Bis um halb zehn schläft er. Weckt er dich leicht oft in der Nacht? Da nickt die Elfi und denkt ans Geschrei, wie er zerrt an ihr. Und an die Pulver, wenn er sich gar nicht beruhigen mag. Was sie auch tut. Ist auch gut für den Buben, wenn er viel schläft. Tut ihm eh nicht viel rein in den Tee.

Mit dem Zeigefinger fährt die Schneebergerin dem Herbert über die Wange, macht ihm ein Kreuzzeichen auf die Stirn, dann gehen sie raus.

- Horch zu, wennst magst, bringst ihn mir rauf. Dann hast ein bissl Zeit, kannst was tun. Ich bring der Mutter noch einen Guglhupf ins Zimmer, sagt sie an der Tür. Wie ein schweres Tier in dem Wollmantel geht sie über den Hof. Die Elfi setzt sich auf ihr Stockerl an der Hauswand, wartet, bis sie wiederkommt.

- Wird schon, Elfi. Und lass den Doktor rein!, sagt sie, wie sie bei der Hoftür rausgeht.

Warum sie die Tür offen lässt, fragt sie sich. Hat noch nie zum Zumachen vergessen. Ob sies ihr zu Fleiß macht, denkt sie, zieht die Gummistiefel an, geht zur Hoftür, schaut ihr nach, wie sie über die Schneehaufen neben der Straße steigt und der Wind ihr am Kopftuch zupft.

Grell steht die Sonne hinter den Wolken. Überall hat der Föhn schon Löcher ins Weiß gefressen, Schneemäuler, wo das Braun herauskommt und das graue, gedrückte Gras. Dreht sich um und geht zum Gartl. Den ganzen See hat man von dort sehen können. Silbrig schimmert das Eis in dem schwülen Licht. Nur dort, wo der Schwarzbach hereingekommen ist, ist der See offen geblieben. Das Schwarzwasser.

Wird wachsen. Von dort fängt der Frühling an, denkt sie. Da geht der Himmel auf und die Sonne liegt auf dem Eis. Der Wind fährt übers Schwarzwasser und die Wellen glitzern. Die Bretter um die offene Schneise im Eis hat man sehen können. Und wie sie so schaut, wird ihr warm auf den Schultern und nur noch das Bild vom glitzernden Wasser hat sie im Kopf.

Auf einmal wirft einer die Motorsäge an oben im Wald, ein Heulen ist das erst und dann ein Jaulen, wenn die Kette stecken bleibt im Holz. Dann rennt der Motor ruhig. Wie wenn man einen Apfel auseinanderbricht, ganz nah am Ohr, so kracht es, ein Wehen hört sie im Wald und dann den dumpfen Schlag. In den Obstbäumen fliegen die Krähen auf. Ein paar Flügelschläge, dann lassen sie sich in den Wind fallen.

Und wie sie den Vögeln nachschaut, hört sie den Traktor kommen. Kann nur einer sein. Dass er über ihren Grund fahren wird in den Wald, denkt sie. Geht zurück und sperrt die Hoftür zu hinter sich.

03.

Wenn man die Jäger nur vom Hornblasen kennt, brav aufgefädelt vor der Kirche mit ihren Spitzbubenbacken und alle im Jagergwandl, fromm wie Firmlinge stehen sie da in ihrem Grün. Der reinste Ortsverschönerungsverein. Innen drin in der Jägerschaft pfeift aber eine ordentliche Missgunst bei manchen. Wer das bessere Revier hat, den kapitaleren Hirsch an der Wand, die größeren Raubvögel im Vorhaus: aufgeplustert hängen die dort, die Bussarde und Falken und Sperber, mit einem Stechen in den Augen, dass man denkt: Recht ist dir geschehen, was schaust auch so bös.

Und grad bei den Jagdversammlungen sind manche so richtig gamsig geworden. Ein Theater war das, wie die Mannsbilder da gegockelt haben, als wären sie selbst der Auerhahn, den sie geschossen haben, den Kropf aufgebläht und das Federkleid gespreizt zur Balz. Weils ihnen am Ende nur darum gegangen ist, wer die kapitalere Trophäe gehabt hat.

Unterm Firnbichler hat sichs aber anders abgespielt. Da war die Jagdversammlung kein Honigschlecken. Ganz genau hat er geschaut, wenn man den Abschuss hergezeigt hat. Beim Geweih, Kopfschmuck haben sies genannt, hat immer der Unterkiefer liegen müssen. Weil in den Zähnen ja das Alter steht, vom Abschliff her. Und je stärker der Bock war, den einer vorgelegt hat, desto strenger ist der Firnbichler geworden. So schnell hat man gar nicht schauen können, hat man schon sein Urteil gehabt. Dass es kein Abschussbock war, weil zu jung. Vorbei wars da mit dem Jägerstolz. Fürn Firnbichler wars praktisch, wenn man als Jagdleiter der Richter sein hat können im Dienst des Wildes. Weil das Stockerl, auf das man sich stellt, so schön im Dunkeln bleibt. Und der Jagdneid.

- Ein so ein Falott ist der Firnbichler, hat der Franz dann auch geschimpft an dem Abend, wie er heimgekommen ist von der Jagdversammlung. Die Worte sind ihm ausgerutscht im Mund, da hat die Elfi schon gewusst, was ist, und ihm ein Grammelschmalzbrot geschmiert gegen den Rausch.

- Ein so ein Falott ist der Fianbichlaeawin, hat er noch einmal gesagt, als wenn jedes Wort in einer Talgschicht liegen würd. Runtergeputzt hat er mich vor allen wegen dem Hirsch. Sagt, dass es ein Zweierhirsch ist und ich den nicht schießen hätt dürfen. Und dass ich was blechen muss. Dabei war er alt genug! Verstehst Elfi? Heimzahlen will er mirs! Und der Gernot hat brav die

Pappn gehalten und nichts gesagt, feig, wie er ist, der Herr Stellvertreter.

Der Hirsch, der Firnbichler und der Gernot, als wenn sie Ringelspiel fahren würden, so sind sie dahergekommen, immer und immer wieder, wie der Franz geredet hat in seinem Dusel an dem Abend. Dass sie ihn nur niedermachen, weil er ein Auswärtiger ist. Und weil der Firnbichler einen Zorn hat auf ihn.

Die Elfi war froh, dass er herinnengesessen ist. Wie er sich beruhigt gehabt hat in seiner Suderei, hat er sie angeschaut. Dass ihn sein Spezi, der Gendarm, angeredet hat, hat er gesagt. Wegen dem Vater. Und dass sie nichts gefunden haben. Nichts Eindeutiges halt. Dass man nach über einem halben Jahr im Wasser nichts mehr sagen kann. Dass es gut ist, hat die Elfi gesagt. Und dass er sich schlafen legen soll.

Nach dem zweiten Schmalzbrot ist er auf, hat sich am Türstock festgehalten und ist mit einem Schwung raus in den Gang und rüber ins Schlafzimmer. Im Gewand hat sie ihn dann liegen sehen, nur die Schuhe hat er ausgezogen gehabt. Da hat sie überall das Licht abgedreht und sich zu ihm gelegt.

- Franz?, hat sie im Dunkeln gefragt, weil sie gern noch was gehört hätt. Nichts ist gekommen. Seit ein paar Wochen schon war er da, der Hohlraum um sie herum. Als wenn mit dem Herbst auch die Freude gegangen wär. Oft war er jetzt fort, der Franz. Weil er sich hat sehen lassen müssen in Anger, grad als Auswärtiger, hat er jedes Mal gesagt und heimgekommen ist er mit einem Fetzn.

Gesagt hat die Elfi nichts. Nur war sie jetzt viel allein. Und gesorgt hat sie sich. Wegen dem Hof. Und der Mutter. Im Jagdkammerl ist sie wieder gelegen, seit sie sie heraufgebracht haben mit der Rettung Mitte November. Körperlich war sie schon besser beieinander, nur im Kopf halt nicht. Dagelegen ist sie und hat nichts geredet.

- Franz?, hat die Elfi noch einmal gefragt in dem dunklen Zimmer. Aber nur sein Schnarchen hat sie gehört. Dann hat sichs bei ihr angefangen zu drehen. Der Hof, die Mutter, die Schulden, der Grund, weg hat sie wollen im Kopf, aber da ist es schon weitergegangen, und mit

jeder Runde ist ihr enger geworden um die Brust. Vom Rücken auf die Seite hat sie sich gedreht und wieder zurück, weil sie nicht mehr gscheit liegen hat können mit dem Bauch, wo sie doch schlafen hätt sollen fürs Kind, am End macht sie ihm auch Angst, mitten in der Nacht ist es und ihr Herz pumpert und pumpert, so ist sie gelegen, bis sie das erste Licht unten bei den Vorhängen am Boden gesehen hat. Nach den Viechern hat sie schauen wollen und wie sie sich in die Höhe hebt mit einem Ruck, spürt sie ein Reißen und gleich drauf plätschert es auf den Boden.

Gerechnet hat sie nicht damit, weils ja erst im Februar kommen hätt sollen. Den Franz hat sie anschreien müssen, bis er verstanden hat in seinem Schädelweh, dass er was tun muss. Dann hats bei ihm gefunkt und er ist rein in die Schuhe und runter zum Gernot das Auto ausborgen.

Am 6. Jänner 1974 in der Früh ist der Herbert auf die Welt gekommen, nach dem Großvater vom Franz haben sie ihn benannt. Schmächtig war er mit seinen zweieinhalb Kilo, aber in den Brutkasten hat er nicht müssen. Ein paar Mal ist der Franz im Spital gewesen, hat ihr Blumen gebracht und sich den Buben angeschaut, zerdrückt, wie der war. „Ein Zniachterl", hat er gesagt und ihn gar nicht angreifen wollen. Durchsichtig war die Haut, dass man fast reinschauen hat können in den Körper. Wenn sie dem Franz eine Hendlsuppe gemacht hat und drin sind noch gelbe Fettflankerln geschwommen, ist ihm der Mund schmal geworden, fast spitz. Genauso ein Gesicht hat er jetzt gemacht. Da hat die Elfi den Buben wieder zugedeckt. Der Franz hat dann eh bald wieder gehen müssen, wegen den Viechern am Hof.

Am Tag, wie man sie entlassen hat, hat er schon am Eingang gewartet. Dass sie schön schauen wird, hat er gesagt, wie sie beim Portier vorbei sind und raus auf den Vorplatz. Kalt wars und der Schnee hat geknirscht unter den Stiefeln. Aber wie dann die Sonne auf ihrem Gesicht gelegen ist, hat sie den Herbert an sich gedrückt, die frische Luft eingeatmet, ganz tief, und sich gefreut, dass sie wieder heraußen war. Dann ist der Franz vor ihr stehen geblieben und hat „Bitte schön" gesagt. Steht da ein leuchtend grüner Wagen, sportlich hat der ausgeschaut, und das Erste, was ihr eingefallen ist, war: bitte nicht.

- Von wem is der?, hat sie gefragt, da hat er gelacht.

- Unserer ist das, Elfi, hat er gesagt und dass er den billig von einem Kollegen aus der Werkstatt gekauft hat, zum Freundschaftspreis, und auf Kredit, den hat ihm der Chef gegeben, weil er jetzt wieder angefangen hat zu arbeiten für ihn, also zu pfuschen, damit Geld hereinkommt für den Hof.

Wofür sie so ein Auto brauchen, hat sich die Elfi gedacht, da hat er schon den Kofferraum aufgesperrt gehabt und die Tasche verstaut, dann hat er ihr den Fahrersitz vorgeklappt, dass sie sich hinten reinsetzen hat können mit dem Buben.

Dahergeredet hat der Franz die ganze Zeit, wie sie über die Schneefahrbahn gefahren sind, steil bergauf ist es gegangen durch die Kurven vom Steinbacher Wald nach Anger. Dass sie mit dem Buben ein Auto brauchen, wenn einmal was ist und sie zum Doktor müssen, hat er gesagt, und dass sie sich keine Sorgen machen braucht wegen dem Geld. Dann hat er den Radio aufgedreht, in den Nachrichten haben sie von einem Krieg gesprochen, da hat er auf einen Knopf gedrückt und schon ist der Sender umgesprungen und Musik ist aus den Lautsprechern gekommen. Der Franz hat mitgesummt und mit seiner Freude das Auto ausgefüllt, immer größer ist die geworden. Die Elfi hat sich anhalten müssen oben am Griff über dem

Fenster, so ist er in die Kurven gegangen und hat gleich wieder Gas gegeben, dass das Heck manchmal hin- und hergeschleudert ist. Wie sicher der Wagen auf der Straße liegt, hat er gesagt, so was wie dem Gernot passiert einem mit dem Auto nicht, und dass man den Buben ja auch ein bissl schaukeln muss. Dann hat er gegrinst aus dem Rückspiegel, dass sie zurücklächeln hat müssen.

- Was hats leicht gekostet?, hat sie gefragt.

- Billig wars. Außerdem zahl ichs in Raten.

- Und wie viel?

- Geh Elfi, hat er gesagt.

- Sag halt. Der Franz hat mit dem Kopf im Takt gewackelt und Grimassen geschnitten im Spiegel, als wenn er der Sänger wär.

- Sags, wenns so billig war. Der Franz hat Gas gegeben, dass der Motor aufgeheult hat, und weitergesummt. Und wie sie rausgekommen sind aus dem Wald, hat er den Kopf geschüttelt, aber nicht mehr zur Musik.

- Ich hab dir eine Freud machen wollen, hat er gesagt.

- Franz, ich möcht nur wissen, was es gekostet hat. Und wennst es mir nicht sagen willst, dann sagst es halt nicht.

- Ich muss dir gar nichts sagen. Die Freud hast mir eh schon verdorben.

Und wie sie am Hof waren, hat er gesagt, er muss noch in die Werkstatt rüber, und schon war er fort.

So schnell hat sich der Franz aber die Freude am Auto nicht verderben lassen. Von weit her hat man ihn schon hören können, wenn er den Berg runtergefahren ist in die Rotte. Mit jeder Kehre ist es lauter geworden, das Brummen und Heulen. Gas auf der Geraden, vor der Kurve runterschalten, Motorbremse, dass es aufheult und der ganze Talkessel scheppert bis zur Ferchkogelwand über den See und wieder zurück. Da hat dem Franz das Herz gelacht. Weil er schon ein ordentliches Volumen gehabt hat in dem Wagen. Geschaut hat aber keiner, wenn er hereingekommen ist in die Rotte mit dem grünen BMW: nicht der Schwarz Manfred mit seinem Ford Taunus, nicht der Firnbichler mit seinem roten Kadett und nicht der Gernot mit seinem Opel Kombi. Alle haben sie weggeschaut. Was halt auch eine Art Schauen ist. Dass er jetzt komplett deppert geworden ist, den Hof voller Schulden, ein Kind daheim und er braust durch die Gegend, hat der Schwarz zum Gernot gesagt, wie der einmal oben war bei ihm.

Aber dann hats auch welche gegeben, die heimlich geschaut haben: der Firnbichler Siggi und der Anton, sein Bruder. Wie das Auto einmal vorm Reisingerhof gestanden ist, sind sie zur Fahrertür hin und haben über den Tacho mit den 220 km/h, den Drehzahlmesser mit 6.000 U/min und den Radio mit Kassettenrekorder gestaunt.

- Nehmts die Finger vom Auto und gemma!, hat der Franz beim Fenster rausgerufen, wie er sie gesehen hat. Ganz auf lässig haben sie sich dann geschlichen.

- Brauchst dich nicht aufpudeln, Franz!, hat der Siggi zurückgerufen. Mit seinen 18 Jahren hat er sich schon als

Jungbauer gefühlt am Firnbichlerhof. Dass ers nicht versteht, warum der Vater so gutmütig ist zu der Reisinger-Bagage, hat er zum Anton gesagt. Warum er ihm nicht ordentlich den Marsch bläst, dem Kleinbauern, dem großgoscherten, und der verhuschten Elfi. Weil sie eh nichts weiterbringen. Wenn er einmal Bauer ist, wird er andere Saiten aufziehen mit denen.

Die Eva war die Erste, die zum Gratulieren herinnen war, und gleich ist sie hin zum Buben in der Wiege. Dass er noch ganz woanders ist, hat sie zur Elfi gesagt, hat ihn herausgenommen und ihm die Hand gestreichelt.

- Der wird schon, hat sie gesagt und ihn lang angeschaut. Wie er den Mund verzogen und gestrampelt hat, ist sie ihm mit der Hand übern Kopf gefahren. Bewegt hat er sich, als wenn ihm die Haut noch viel zu groß wär. Dass er den Körper noch gar nicht anschieben kann mit seiner Zwergenkraft. Ganz ruhig ist er geworden auf ihrem Arm. Nach einer Zeit hat sie ihn zurückgelegt in die Wiege und sich zum Tisch gesetzt. Da hat die Elfi Augen gemacht. Dreingeschaut hat die Eva, als wenn sie selber grad woanders gewesen wär.

- Wenn er ein bissl größer ist, bringst ihn mir runter, hat sie gesagt.

Warum der Gernot nicht mitgekommen ist und ob er viel zu tun hat, hat die Elfi gefragt. Gleich war das Offene um die Augen weg.

- Der ist grad wieder unbrauchbar, hat sie gesagt und die Mundwinkel sind ihr nach unten, angespeist wie sie war. Aber gleich ist sie wieder zur Elfi zurück, dass sie ihr helfen wird am Hof, wo sie jetzt den Buben hat, hat sie gesagt, da war der Grant schon wieder fort aus ihrem Gesicht.

Am Tag drauf waren die Schneebergerin und die Schwarz Ingrid bei ihr und als Letzte ist die Martha an dem Tag zum Gratulieren gekommen – mit dem Erwin und dem Siggi. Seit der Hochzeit hat die Elfi den Firnbichler nicht mehr gesehen gehabt. Und auf einmal stehen sie zu dritt herinnen.

Eine Kinderbibel hat die Martha ihr übergeben, so feierlich, als hätt sie einen höheren Auftrag. Lieber zu früh als zu spät, hat sie gesagt, die Elfi angelacht und sich über den Buben gebeugt.

- So ein Zarter ist er, hat sie gesagt und die Wiege angetaucht, aber mit den Augen war sie schon beim Erwin, ist rüber zum Tisch und hat einen Teller Punschkrapfen aus dem Korb geholt.

- Der Franz ist mir scheints eh ein Süßer.

Die Elfi hat den Most auf den Tisch gestellt und für sich ein Wasser.

- Wo ist er leicht?, hat der Firnbichler gefragt.

- In Anger, arbeitet ja wieder in der Werkstatt. Dass ein Geld hereinkommt, hat sie gesagt und wollt lächeln dabei.

- So spät noch, hat die Martha gefragt und der Erwin hat sie angeschaut, weil er gewusst hat, dass er pfuscht, aber gesagt hat er nichts.

- Darf ich eh, hat die Martha gesagt, wie sie den Mostkrug genommen und dem Erwin, sich und dem Siggi eingeschenkt hat. Der Anton ist auch zwei Wochen zu früh gekommen und nach einem Monat hat er alles aufgeholt gehabt. Schreien musst ihn halt lassen.

- Eh, hat die Elfi gesagt und ihr Wasser ausgetrunken in einem Zug. Mit verschränkten Armen ist der Siggi dagesessen, nach hinten gelehnt, als wenn er daheim wär.

- Wie gehts der Mutter?, hat die Martha gefragt.

- Liegt da, schaut vor sich hin. Bin oft bei ihr, red mit ihr. Ob sies mitkriegt, weißt halt nicht.

- Sicher kriegt sies mit.

- Was weiß man. Redt ja nichts.

- Die Lisbeth kriegt das alles mit. Wirst sehen, bald ist sie ganz wieder da.

Dann wars still in der Küche, nur die Martha hat, „Ja, ja, die Lisbeth" geseufzt. Der Firnbichler hat an seinem Mostglas gekratzt, als wenns dreckig wär, und der Siggi hat sich umgeschaut in der Küche von der Kredenz bis zum Herd. Ein Schweigen war das, dass die Elfi schon gehofft hat, der Herbert wacht auf und schreit. Oder der Franz kommt. Gedrückt hat es sie von allen Seiten. Und wärmer ist ihr geworden. Als wenn jemand die Küche zusammenschieben würd, so dick und pickig war die Luft um sie. Wie er lauert, der Firnbichler, hat sie gedacht. Da hat sies nicht mehr ausgehalten.

- Bist ihm noch bös, dem Franz?, hat sie den Erwin gefragt. Der hat einen Schluck vom Most genommen, das Glas hingestellt und ist sich mit der Hand über den Mund gefahren.

- Was soll ich dem Franz bös sein?

- Wegen der Seuche, hat sie gesagt und gehofft, dass er nicht weiterfragt, sondern was sagt, ganz egal was, nur reden soll er.

- Der Franz ist mir wurscht. Und angeschaut hat er sie dabei, dass sie gleich gewusst hat, sie hätt nicht fragen sollen. Dem Firnbichler jetzt einen Boden geben, auf dem er sich groß machen kann.

- Der wird noch schön schauen. Mit mir hätt er reden müssen. Aber irgendwann wirds ihn aufstreuen. Und dann wird ers lernen. Aber nicht wegen der Gschicht bin ich herübergekommen.

- Schau, Elfi, hat die Martha gesagt, es ist ja nicht, dass ma euch was wegnehmen wollen. Wir wollen nur, dass Recht geschieht. Und dein Vater hat dem Erwin sein Wort gegeben.

- Horch zu, Elfi, hat der Firnbichler gesagt, ihr tuts ja nichts mit dem Grund. Der verwildert und ausschauen tut er, dass man sich schämt.

- Außerdem könnts das Geld sicher brauchen – dass der Stall fertig wird, hat die Martha gesagt.

Als wenn sie mitten in ihrem Leben stehen würden und alles angreifen, wies ihnen gerade passt, ist der Elfi vorgekommen.

- Sicher hängst an dem Bootshaus unten, Elfi, das versteh ich schon, aber das würd ma eh stehen lassen, hat die Martha gesagt.

- Sicher lass mas stehen, hat sich der Siggi gleich angehängt. Da hats der Elfi einen Stich gegeben. Wie sie den Siggi unten am Bootshaus gesehen hat vom Vater. Wie er dasteht. Und jetzt schaut er sie frech an.

- Und dein Vater hat dem Erwin halt die Hand draufgegeben, frag den Gernot, der war dabei, hat die Martha gesagt, aber da hat die Elfi schon gar nicht mehr hingehört.

- Habts doch gewusst, dass er nichts trinken darf.

- Bitte?, hat die Martha gefragt.

- Habts gewusst, dass er mit den Pulvern nix trinken darf. Jetzt hat sie ihn zum ersten Mal angeschaut, den Firnbichler. Und ist gleich wieder weg. Ihr habts den Vater bsoffen gemacht, der Gernot und du. Ihre Wangen haben sich vollgesoffen mit Blut und eng ist ihr geworden im Gesicht. Angeschaut haben sie alle, haben den roten Kopf gesehen, da ist sie auf.

- Habts euch sauber ausgedacht. Dass ihr den Grund kriegts.

- Was fallt dir ein, Elfi, hat die Martha gesagt mit einem Lacher, der nicht recht rauskommen hat wollen aus der Brust, was redst denn für einen Blödsinn!

- Hättst ihn ja gleich umbringen können! Aber hast ja noch den Handschlag gebraucht. Und den Gernot als Zeugen.

- Jetzt bist aber still, Elfi!, ist die Martha sie angegangen, aber Kraft war nicht viel drin.

Der Siggi hat sich zum Vater gedreht. Aber der hat die Elfi nur angeschaut, ohne dass sich was rührt in den Augen und im Gesicht. Nur immer fester ist er geworden.

- Was tuts denn so scheinheilig und sitzts herinnen wie am Gericht? Der Erwin hat den Vater in den Tod getrieben, und ihr wissts es!, hat die Elfi gesagt. Mit einem Schwung hat die Martha das Glas hingestellt, dass der Most herausgespritzt ist auf den Tisch.

- Du bist ja komplett deppert im Hirn, was fallt dir ein, dassd so mit uns redst!

Durch den Lärm hat der Herbert angefangen zu schreien und die Elfi ist hin zu ihm, hat ihm den Zutzler in den Mund gesteckt und ihn herausgenommen aus der Wiege. Wie einen Schild hat sie ihn vor sich hergetragen.

- Unseren Grund kriegts ihr nie! Still wars jetzt in der Küche. Bis die Elfi das Schluchzen gehört hat. Als wenn er einschaun würd, hat der Siggi den Kopf in der Armbeuge liegen gehabt. Und wie er ihn dann gehoben hat, war das Schluchzen ein Glucksen und er hat angefangen zu lachen.

- Musst zum Doktor gehen, Elfi, hat er gesagt, so einen Boscher, wie du hast!

- Gemma, hat die Martha gesagt und mitgelacht, das hamma nicht nötig. Grad hat die Elfi noch was sagen wollen, da ist ihr der Firnbichler drübergefahren.

- Du bist jetzt stahd, hat er gesagt.

- Gut is, is gut, hat sie zum Buben geflüstert und den Kopf runtergebeugt zu ihm, so tiefs gegangen ist.

- Da setz dich her!, hat der Firnbichler gesagt und auf den Sessel gezeigt. Und jetzt horchst zu, was an dem Abend war. Der Gernot hat einen Mordsrausch gehabt. Der sauft zu viel und vertragt nichts. Dein Vater, Elfi, und jetzt ist er so laut geworden, dass der Herbert wieder angefangen hat zu plärren und die Elfi den Kopf zum Buben gebeugt hat, schau mich an, wenn ich mit dir red! Dein Vater hat an dem Abend grad einmal ein Bier getrunken oder zwei. Und jetzt erzähl mir nicht, dass man sich wegen dem umbringt! Der Vater war krank, drum hat er sich umbracht und nicht wegen dem Bier! Und wenn ich einmal noch die Lügen hör, wirst mich kennenlernen. Hast mich verstanden?

In einem fort hat der Bub jetzt geschrien. Zu seinem Mund ist sie hin mit den Lippen. Dass der Mann böse ist, hat sie geflüstert. Dass er aber bald weg sein wird. Und dass er sich nicht fürchten braucht, weil der Papa bald kommt. Hin und her hat sie ihn geschaukelt, aber der Bub hat sich nicht beruhigen lassen.

- Obst mich gehört hast, hat der Firnbichler gefragt. Da hat die Elfi genickt, aber angeschaut hat sie ihn nicht. Tief hat sie sich in den Buben vergraben mit ihrem Kopf, heiß und roh hat er sich angefühlt.

- Brauchst keine Angst haben, hat sie geflüstert und immer fester hat sie ihn an sich gepresst, bis er still war.

- Elfi, bist derrisch?, ist die Martha sie angegangen. Geschnauft hat der Herbert und die Elfi hat ihm das Gesicht gebusselt. Ihren eigenen Atem hat sie eingeatmet und wie ihr dann schon schwindlig war, hat sie draußen gehört, wie die Hoftür zugeschlagen wird und die Schritte heraufkommen zum Vorhaus.

Forsch ist der Franz hereingekommen bei der Tür und hat eine Vollbremsung hingelegt, wie er gesehen hat, wer herinnensitzt.

- Griaß di, hat die Martha gesagt, kommst grad rechtzeitig!

Da hat er die Elfi gesehen, wie sie vergraben war in dem Kind. Und nichts hat sich im Gesicht vom Franz gerührt.

- Seids da wegen dem Buben?, hat er gefragt und hin- und hergeschaut zwischen ihnen, bis er hängen geblieben ist bei der Martha.

- Jetzt setz dich einmal her, hat sie gesagt.

- Das is mein Hof und wenn ich stehen will, steh ich.

- Der Lisbeth ihr Hof ist es, hat der Firnbichler gesagt.

- So setz dich halt, die Martha drauf. Mit einem Unwillen hat sich der Franz den Sessel hergezogen. Ganz aufrecht ist der Firnbichler dagesessen neben der Martha auf der Bank, die Hände verschränkt.

- Deine Frau hat mir grad gesagt, ich hätt ihren Vater umbracht.

Die Elfi hat zum Summen angefangen, hat den Herbert geschaukelt, ist aufgestanden und zum Fenster hin.

- Jetzt tuts so, als wenn nichts wär. Entschuldigen sollst dich!, ist die Martha sie angefahren.

- Was ihr geredet habts, ist mir wurscht. Aber du, Martha, redst nicht so. Nicht bei uns herinnen. Hast mich verstanden, hat der Franz gesagt. Wie ihm die Martha dann den Marsch blasen hat wollen, hat der Erwin die Hand gehoben.

- Ich sags nur einmal, dann kannst machen wasd willst, drum horch zu, Franz! Wenn man sein Wort gibt, mit Handschlag, ist das ein Vertrag. Dem kommst nicht aus.
Und der Hannes hat mir sein Wort gegeben für den Seegrund. Weil er die Schulden abzahlen hat wollen. 45.000 Schilling hat er dafür verlangt, bei 30.000 sind wir uns einig geworden. Der Gernot ist Zeuge. Ich will nimmer deppert herumreden: Gebts den Grund jetzt her für das Geld oder nicht?

- Schauts, das ist ein schönes Geld und das könnts gut fürn Stall brauchen und fürs Auto, hat die Martha noch einmal gesagt und der Siggi hat wieder seinen Grinser im Gesicht stehen gehabt.

Am liebsten hätt der Franz sie jetzt rausgeschmissen, von der Luft her, die er schon in der Brust gehabt hat, aber dann hat er sich beherrscht.

- Dem Buben gehts gut und den Grund geben wir nicht her. Danke für euren Besuch! Und damit ist er auf, hat dem Siggi die Hand über den Tisch hingestreckt, so schnell, dass der sich ganz brav verabschiedet hat im Aufstehen, und mit ihm ist dann auch die Martha auf.

- Das wird dir noch leidtun, Franz!, hat der Firnbichler gesagt, dann ist er raus bei der Tür, die Martha und der Siggi ihm nach.

- Gute Nacht, hat ihnen der Franz nachgerufen. Wie sie draußen waren, hat er sich hingesetzt und einen Most eingeschenkt.

- Was hast leicht gesagt?

Noch immer ist die Elfi beim Fenster gestanden. Wie ein Bienenkorb war ihr der Schädel und tausend Stiche hat sie gespürt im Gesicht, das hat nicht aufhören wollen zu drücken und jedes Mal, wenn sie zurückgedacht hat, ist das Summen lauter geworden in ihrem Mund, als wenns alles übertönen könnt, was passiert ist.

- Der Bub muss schlafen, hat sie gesagt.

- Schläft eh schon.

- Was die Martha mich angegangen ist, Franz, auf unserem Hof, zu dritt sind die auf uns los … Den Grund wollens und der Siggi hat uns ausgelacht, am End wollens den Hof, Franz, zugrund richten wollen die uns, hättst ihn hören sollen … für 30.000 Schilling will er uns den Seegrund nehmen …

Dass sie aufpassen muss mitm Firnbichler, dem Fuchs, hat der Franz gesagt. Dass er alles probieren wird wegen dem Grund. Und dass es richtig war, was sie gemacht hat. Nur mit dem, was sie sagt, muss sie achtgeben. Die ganze Zeit über hat der Franz sie angeschaut. Als wenn er herausfinden hat wollen, was sie hat. Da war die Elfi aber schon wieder beim Buben.

- Gemma schlafen, Elfi!, hat er gesagt und so sind sie ins Bett. Der Franz war gleich weg. Aber die Elfi ist wach gelegen. Immer wieder sind die Worte dahergekommen und das Lachen vom Siggi und der Blick vom Firnbichler. Erst in der Früh ist es still geworden in ihr.

Den Februar durch hats gestürmt, dreimal am Tag ist ein Traktor gefahren mit dem Pflug vorn drauf, aber gleich war die Straße wieder zugeweht und die Höfe sind im Schnee versunken, dass man fast nicht mehr herausgekommen ist. Da hat sich was gedreht in der Elfi. Der Körper ist ihr schwer geworden. Als wenn ihr irgendwo die Kraft ausrinnt. Und was Dunkles hat sich eingenistet in ihr. Unter der Haut ist er hereingekommen, ein kalter, schwarzer Sud. Dass sie vom Kind so müd ist, hat sie sich gesagt und weitergetan mit der Arbeit. Aber das Schwarze ist gewachsen in ihr, im Nacken ist es gesessen und in den Armen und Beinen, so fest, dass sie sich manchmal gar nicht rühren hat können. Da hat sie Angst gekriegt, dass es ihr geht wie dem Vater. Und hat sich umso mehr angetrieben. Immer hat sie was tun müssen, dass sie die Schwere nicht einholt.

In der Nacht ist sie oft munter geworden und zum Fenster hin, schauen, obs schon licht wird draußen. Wenn der Franz sie gehört hat, hats ihn gerissen. „Wie der Tod schleichst herum im Haus", hat er geschimpft. Und dass sie sich niederlegen soll. Dann ist sie raus in die Küche, hat Feuer gemacht, dass das Wasser von den Scheiben geronnen ist, und hat angefangen zu kochen. Und wie sie die Viecher hat schreien hören um sechs, war sie froh, hat den Buben genommen und ist rüber in den Stall.

Oft hat sie sich dann untertags hingelegt, manchmal den ganzen Nachmittag. Im Halbschlaf sind die Gedanken gekommen. Gedrückt haben die vorn in der Stirn. Und in der Brust. Immer härter sind sie geworden, jeder Gedanke ein Brocken, bis ihr der Kopf selber zum Brocken geworden ist und sie aus dem Steinernen nicht mehr herausgekommen ist. Gelegen ist sie dann und hat sich nicht mehr gerührt. Dass sie Ordnung halten muss im Kopf, hat sie sich gesagt. Dass sie schauen muss, wo sie hindenkt, was sie hereinlässt in den Kopf. Aber dann ist ihr die Kraft auch schon wieder zusammengefallen.

Gesagt hat der Franz nichts, wenn er sie so gesehen hat. Nicht zu ihr. Aber wenn er beim Gernot unten war und bei der Eva, haben sie geredet. Dass ihn das Leben so nicht freut mit ihr. Weil die Arbeit liegen bleibt am Hof. Dass er einen Zorn kriegt, wenn er sie so sieht, hat der

Franz gesagt, und dass er sie am liebsten beuteln würd, dass sie wieder gscheit wird.

- Frag sie, was sie plagt, hat die Eva gesagt. Sie machts dir ja nicht zu Fleiß. Setzts euch zusammen, trinkts was, und dann redets in Ruhe.

So hat der Franz gewartet, bis er einen guten Tag gehabt hat. Dass er sich nicht aufregt, wenns in der Küche ausschaut und der Dreck noch im Stall liegt, hat er sich gesagt. Eins, zwei, drei, Zorn vorbei, wird er sich sagen im Kopf, so wie er sichs als Kind hat sagen müssen. Und so hat er sie ganz freundlich gefragt, was sie leicht hat, wie sie dann in der Küche am Tisch zusammengesessen sind.

- Müd bin ich die ganze Zeit, hat die Elfi gesagt.

- Von was?

- Was weiß ich. Vom Buben vielleicht.

- Meinst?

- Bei der Schneebergerin wars auch so, wie sie den Walter gekriegt hat.

- Und wie ist es weg bei ihr?

- Mit der Zeit.

- Mit der Zeit, hat der Franz gesagt, einen Most eingeschenkt und ihr ein Glas hingeschoben.

- Trink was, da gehts dir gleich besser. Einen Schluck hat sie genommen, sauer war der Most, dass ihr die Zunge pelzig geworden ist.

- Willst lieber ein Bier? Da hat sie den Kopf geschüttelt.

- Musst was tun, Elfi! Bringt auch nichts, wennst immer nur auf der Bremse stehst.

- Eh.

- Du machst mich narrisch, hat er gesagt, einen Schluck genommen und das Glas auf den Tisch gestellt. Ist ihr mit dem Zeigefinger an die Stirn gefahren.

- Was tut sich in dem Hirnkastl? Sags mir, dass ichs versteh, was los ist!

Die Elfi hat mit den Schultern gezuckt. Und er hat gezählt, dann ist er ruhiger geworden. Hat ihren Blick gesehen. Auf die Wand hat sie geschaut, als wenn dort ein Tausendfüßler rennen würd oder ein Weberknecht. Da hat er wieder zu zählen begonnen.

- Sorgen mach ich mir halt, hat sie gesagt. Dass sichs mitm Geld nicht ausgeht. Und die Schulden. Vom Vater, vom Stall, vom Auto. Dass wir nie herauskommen.

- Wegen dem schleppst dich nicht so herum.

- Was weiß ich.

- Ich mag nicht, wennst so daherschleichst.

- Ich mags auch nicht.

- Musst dich halt zammenreißen, schon wegen dem Buben.

- Tu ich eh.

- Aha, davon merk ich aber nix.

- Geh lass mich, Franz, hat sie gesagt und ist weggerutscht auf der Bank. Dass ihm das Leben sauer wird mit ihr, hat er gesagt. Dann ist sie aufgestanden und ins Bett.

Und der Franz ist zum Gernot runter was trinken. Oft war er jetzt dort, wenn er nicht grad rüber ist nach Anger. Und wie er dann heimgekommen ist in der Nacht, ist er ins Bett gefallen in seinem Dusel.

12. FEBER 1975

Fährt mit der Hand über den Tisch und weg sind die Fliegen. Kehrt die Brösel zusammen am Tisch. Schaut in die Hand, wie sie dort liegen. Die gelben Guglhupfbrösel und der Puderzucker. Steht auf und schmeißt sie in den Saukübel. Am Fenster sitzen die Fliegen jetzt.

Wie sie sie als Kinder an den Scheiben zerdrückt haben, denkt sie. Die dicken Stubenfliegen. Die Panzer haben gekracht. Aber ganz zerquetscht haben sie sie nicht. Nur so fest, dass sie sie bei den Flügeln nehmen haben können. Hinten im Holzschuppen am Fenster sind die großen Spinnenhäute gehangen. Dort haben sie sie reingeschmissen und zugeschaut. Wie die Spinnerinnen herausgekommen sind aus ihren Röhren vom Zittern im Netz, hingerannt sind und sie eingesponnen haben, bis kein Zappeln und kein Zittern mehr war. Das hat sie noch immer im Ohr, das Krachen. Und das Grausen im Bauch.

Dasig krabbeln die Fliegen über die angelaufene Scheibe. Die Mutter hat den Fliegenpracker im Kittel gehabt und gleich hingehaut mit einer Wucht, wenn sie wo eine gesehen hat. Holt den großen Blechtopf aus der Speis, lässt Wasser rein, stellt ihn auf den Herd und setzt sich zum Tisch. Halb drei schlägt die Uhr im Vorhaus.

Hell wirds auf einmal in der Küche. Der ganze Raum wird größer mit dem Licht. Dann geht er wieder ein. Sie schaut zum Vorhang. Der leuchtet noch, dann wird er dunkel. Dass der Himmelvater herunterlacht, hat die Urli gesagt, wenn die Sonne herauskommt. Und wenns dunkel wird, drückts, als wenn einer fortgehen würd von dir, denkt sie. Ist ihr eh wohler im Dunkeln.

Steht auf und holt die Erdäpfel aus dem Keller, einen ganzen Kübel, und geht raus in den Hof. Setzt sich auf das Stockerl an der Mauer. Das Kartoffelmesser hat sie immer einstecken gehabt seit dem Tag. Rechts in der Kitteltasche. Sieht, wie sies ihm reinsticht. Wie sies ihm reinstechen hätt sollen. Geschrien hätt er und das Blut wär geronnen, die Angst hätt ihn gepackt, er wär ins Bad, nachschauen, was ist, und sie rauf zur Schneebergerin.

- Hättst. Hast aber nicht, sagt sie sich und legt sich Erdäpfel in den Schoß. Sticht mit der Spitze rein ins Fleisch, bohrt Krater um die Augen und schabt sie aus. Hört den Buben im Zimmer, wie lang er schon schreit, denkt sie, holt ihm die Wolldecke ausm Zimmer, da legt sie ihn drauf, ein bissl wälzt er sich hin und her, wie er am Rücken liegt, steckt die Hand in den Mund, saugt, da bringt sie ihm seine Blechdose mit den Linsen drin, schüttelt sie, langsam greift er hin. Fährt mit dem Messer über die nächsten Erdäpfel, wie Girlanden fallen die Schalen in den Kübel, immer schneller. Dass die Schalen hauchdünn sein müssen und nicht abreißen dürfen, hat die Mutter immer gesagt, weil sonst zu viel Fleisch verloren geht. Warm wird ihr von der Sonne hinter den Wolken. Schaut in den Himmel. Der Bub lutscht an der Blechdose, da rührt sich was auf der Mauer hinter ihm. Rennt eine Spinnerin über die

Kalkwand, bleibt stehen. Wie ein schwarzer Stern hockt sie im Licht.

Vom Saustall herüber quieken die Viecher, dass es ihr in den Ohren sticht. Mögens nicht, das pickerte Wetter, denkt sie. Lässt die Erdäpfel in den Topf fallen und steht auf. Gibt dem Buben seinen Zutzler, legt ihn ins Zimmer, holt den Saukübel mit den Abfällen und der sauren Milch, geht über den Hof, macht den Stall auf, der Sack Schrot steht neben der Tür, schmeißt ein paar Schaufeln voll in den Kübel, mischt ihn durch und schüttets der Alten in den Trog. Gleich kommt sie aus dem Finstern nach vorn, grunzt, stürzt sich auf das Futter. Dann schüttet sies den anderen rein, übereinander springen sie, drängen hin zum

Trog, beißen sich weg, eins liegt unten, quiekt, als wenns zerrissen würd bei lebendigem Leib.

Dann schaut sie nach hinten in den Kobel. Ein schwacher Lichtschein fällt herein durch die dreckigen Scheiben. Nach einer Zeit sieht sie was in dem Dunkel. Dass da eine liegt. Und dass ihr was fehlt. Dass die Haxen kurz sind. Dass das Schwarze an der Sau offenes Fleisch ist. Eine junge wars. Da dreht sie sich weg. Wann sie als letztes Futter gekriegt haben, denkt sie. Geht raus und macht die Tür hinter sich zu.

Da wächst sie herauf von hinten, die Maushaut. Als Kind hat sie im Mostkeller ein Loch gefunden hinten zwischen den Fässern. Im Winter ist sie runter und hat mit der Blechschaufel Hafer reingeschüttet. Dass es direkt zur

Mauskönigin führt, hat sie gedacht. Und die Fallen in der Speis hat sie mit dem Bleistift zuschnappen lassen, den Speck herausgenommen und ins Loch fallen lassen. Einmal hat die Mauskönigin sie eingeladen, im Traum. Und wie sie runtergekommen ist in die Höhle, haben sie ihr einen Mantel gegeben, weich und flaumig war der und mit einem Fell gefüttert, den haben sie ihr auf die Schultern gelegt. Eine Seligkeit hat sie unter der Haut gespürt, als wenn ein Luftzug von drüben kommen würd aus der Welt, von der die Urli immer geredet hat.

Wie in ein Nest legt sie sich jetzt rein. Und alles geht weg. Was sie tun hätt sollen. Was geschehen ist. Was kommt. Die Maushaut liegt ihr warm über dem Rücken.

Geht ins Zimmer rauf und legt sich zum Buben. Seinen Holzkasperl steckt er sich in den Mund. Wird bald schlafen, denkt sie. Geht mit den Augen übers Blumenmuster, das der Vater mit der Rolle auf die Wand gemalt hat. Die hellgrünen Linien fährt sie nach.

In der Festhalle drüben in Anger hats jedes Jahr einen Feuerwehrball gegeben und alle sind hin aus der Rotte. Ein paar Mal hat der Franz die Elfi drauf angeredet. Dass sie einmal runterkommt vom Hof und unter Leute geht. Aber genützt hat es nichts. Dass sie mit dem Buben nicht auf ein Festl gehen kann, so schwach, wie er ist, hat die Elfi gesagt. Und dass es sie so und so nicht freut. So ist der Franz dann ohne sie hin.

Rausgeputzt sind die Feuerwehrler alle dahergekommen in ihren braunen Uniformen mit dem Kapperl und der schwarzen Hose mit dem roten Streifen auf der Seite. Da hat man schon nach was ausgeschaut als Mann. Bewegst dich ja ganz anders in der Uniform. Allein das Kapperl mit dem seidigen Innenfutter am Kopf. Stattlich fühlt man sich da.

Oben auf der Bühne vom Festsaal ist die Blasmusik gestanden, und davor haben sie sich gedreht, immer schneller, je später es geworden ist, die Frauen in ihren feschesten Kleidern und die Feuerwehrler. Die Jugend ist an einem eigenen Tisch gesessen. Tanzen hat sich noch keiner getraut, aber trinken ist schon gegangen. Der Firnbichler Siggi hat sein Bier vor sich stehen gehabt, der war schon achtzehn, und sein Bruder, der Anton, auch. Vierzehn war der erst, drum ist das Etikett von der Schartner Bombe auf der Bierflasche gepickt. Und wie sie so sitzen mit den anderen Burschen aus Anger und schauen, Witze reißen und sich abhauen über die

Angsoffenen mit den halboffenen Augen und dem Fischmaul, haben sie selber schon einen Dusel gehabt im Schädel. Irgendwann haben sie dann mit dem Traustdich-nie-Spiel angefangen.

Als Erster war der Siggi dran. Zur Eitler Eva hat er rübergehen müssen an den Tisch und sie einladen. Weil der Gernot eh grad drüben war beim Franz mit den anderen Jägern am Tisch, hat der Siggi sich zu ihr gesetzt und ihr ein Bier hingestellt. Geplaudert haben sie ein bissl, dann hat er die Flasche in die Höhe gehoben und sie hat schon anstoßen wollen. Wie er ihr dann was ins Ohr geflüstert hat, hat sie sich umgeschaut, dann haben sie die Arme ineinandergehängt, getrunken, sich ein Bussl gegeben und gelacht. Rote Flecken hat der Siggi auf den Wangen gehabt, wie er zurück ist, und gegrinst hat er übers ganze Gesicht. Bang ist der Anton dagesessen und hat gehofft, dass sie bald aufhören mit dem Spiel. Aber das ist weitergegangen und die Hetz immer größer geworden: anderen Schlatzkugeln ins Bier schießen, Wasser ins Klofenster schütten, wenn sich grad eine niedergesetzt hat, so Sachen. Harter Spaß haben sie dazu gesagt. Und irgendwann war der Anton dran. Zum Reini hat er hinmüssen, dem Brückenwirt, allein ist er gesessen ohne die Marianne und hat schon einen ordentlichen Fetzn gehabt. Ihm hat er das Bier bringen müssen. Das Spezialbier. Ein paar Schlucke haben sie abgetrunken gehabt, der Andi aus Anger und der Siggi, und den Rest wieder aufgefüllt – am Häusl, jeder hat ein bissl reingebrunzt. Erst hat der Anton nicht wollen. Aber wie sie ihm dann gesagt haben, dass ers sonst selber austrinken muss, ist er auf. Alle haben sie ihm nachgeschaut, wie er die braune Flasche hingestellt hat vor den Reini mit seinen müden Augen und gleich wieder zurück ist ohne ein Wort. So ist es am Tisch gestanden, das Spezialbier, und der Reini hats nicht einmal angeschaut.

Dass er eine feige Sau ist, der Anton, haben sie gesagt, ein Hosenscheißer. Und der Siggi war der Lauteste, weil er sich geschämt hat für seinen Bruder. Als wenn die Feigheit an ihm picken bleiben würd. Drum hat er sich zum Andi rübergelehnt und ihm was ins Ohr geflüstert. Und wie der laut aufgelacht hat, war klar, was die Aufgabe für den Anton ist.

- Wennst das auch nicht machst, kannst dich schleichen, hat der Andi gesagt und einen festen Schluck genommen. Mit den Ellenbogen hat er sich am Tisch aufgestützt und die Arme verschränkt, schwer, wie er war von Haus aus, und jetzt noch mit dem Bier im Schädel.

Zu zweit sind sie raus, der Siggi und sein Bruder. Eisig war die Nacht. Eine ganze Zeit lang haben sie gesucht. Überall sind die Autos gestanden, den ganzen Weg rauf bis nach oben, wos schon keine Straßenlaternen mehr gegeben hat. Und wie sie so gegangen sind, hat der Siggi zwei Bier aus der Jacke geholt, aufgemacht und dem Anton eins gegeben. Dass er saufen soll, hat er gesagt. Der Anton hat schon lang genug gehabt, aber da hat er den Siggi nur anschauen müssen, dass er gewusst hat, er kommt ihm nicht aus. „Ex", hat der gesagt, die Flasche senkrecht über seinen Kopf gehalten und in einem Zug ausgetrunken. Der Anton hat ein paar Mal abgesetzt, bis sie leer war. So sind sie weiter, der Siggi voraus. Auf einmal hat er ihn gesehen, den grünen BMW vom Franz. Umgedreht hat er sich noch einmal in der Dunkelheit und gehorcht. Dann ist er hin zum Tankdeckel, hat ihn aufgeklappt, den Verschluss vom Tankstutzen runtergeschraubt und zum Anton gesagt: „Wasser marsch!"

Und was der Anton auch noch geflüstert hat vom ruinierten Motor und 50.000 Schilling und Gendarmerie, das hat ihm alles nichts geholfen. Weil der Siggi immer zorniger geworden ist. Bis der Anton endlich sein Zumpferl rausgeholt hat und hin ist zum Tank. Auf die Zehen hat er sich stellen müssen, dass er reinkommt. Ganz genau hat der Siggi gehorcht, und wie er dann das Gluckern gehört hat, war er zufrieden.

- Bisd nix mehr hast, hat er gesagt. Draufhin hat er seinen rausgeholt und reingesteckt. Kalt war der Stutzen, dass ihm fast die Nudel picken geblieben ist am Metall. Mitm Hintern hat er angefangen zu wackeln, als wenn er den Wagen decken würd, hat gestöhnt und vor sich hingelacht, wie er reingebrunzt hat in den Tank. Am Tisch haben sie sie dann gefeiert, den Siggi und den Anton mit dem bangen Lachen im Gesicht.

Zwei Tage drauf hat man ihn wieder hören können, den räudigen Motor, wie er runtergekommen ist, Kehre um Kehre, von der Kreuzung oben. Einmal durch die Rotte ist er gefahren bis zum Gernot runter. Der war grad unterwegs, da hat ihm die Eva einen Kaffee gemacht. Ob er schon was weiß, hat sie gefragt.

- Ich hab Zeit, hat der Franz gesagt, und dass zum Glück nicht der Motor ruiniert worden ist, weil er den Wagen gleich stehen hat lassen, wie er gestottert hat beim Starten.

- Möcht wissen, wer dir das Auto so neidet.

- Ich find die Sau, hat der Franz gesagt und seinen Kaffee getrunken.

Am nächsten Samstag ist er drüben gesessen in Anger.

Wenn der Brückenwirt wieder unbrauchbar war, hat der Marianne ihre Schwester, die Simone, ausgeholfen. Zu zweit sind sie jetzt hinter der Schank gestanden. Und der Franz davor. Irgendwann ist dann der Gernot vom Jagertisch gekommen und hat sich zu ihm gestellt.

- Ich hab mich umgehorcht, hat er zum Franz gesagt. Dass es Auswärtige waren, heißt es. Da hat die Marianne gelacht.

- Alle sagens, hat der Gernot gesagt.

- Alle aus der Rotte, der Franz drauf.

- Warum sollt irgendwer dem Franz ins Auto brunzen wollen?, hat die Marianne gesagt.

- Im Rausch halt, der Gernot drauf.

- Im Rausch brunzt in irgendein Auto und suchst dir nicht eins am Ende vom Ort aus. Ich kann mir denken, wers war, hat der Franz gesagt und die Simone angegrinst. Ein paar Jahre jünger war sie als die Marianne und hat allein mit ihrem Buben unten in der Wintermühle gewohnt. Den ganzen Abend schon hat sie sich Zeit lassen beim Servieren und Abräumen am Tisch von der Feuerwehrjugend und hat die Ohren gespitzt wegen der Geschichte.

Der Franz hat den Tisch nicht mehr aus den Augen gelassen. Gelacht haben sie dort, der Andi, der Siggi und noch ein paar andere zwischen den leeren Bierflaschen, wie Kegel sind die herumgestanden.

- Führst mich nachher heim?, hat die Simone den Franz gefragt, wie sie geplaudert haben. Ist eh bald vorbei da, hat sie gesagt und der Franz hat genickt. Auf einmal hat er sich umgedreht.

- Ich muss, hat er gesagt und ist langsam durch den Schankraum gegangen und beim Männerklo rein. Wie ein Tannenwipfel im Wind ist der Siggi geschwankt, vor und zurück, wie er am Pissoir gestanden ist.

- Gibst es zu oder willst gleich deine Detschn?

- Was redst, Franz? Schwer sind ihm die Worte ausm Mund gekommen und der Großbauerngrinser ist ihm im Gesicht gestanden.

Da hats der Franz wiederholt. In aller Ruhe hat der Siggi seine Nudel geschüttelt, ins Urinal gespuckt und den Kopf zum Franz gedreht, auf einmal hat er einen Schmerz gespürt, als wenn ihm wer die Nase in den Schädel gedroschen hätt. Schwarz ist alles geworden und er ist eingeknickt, da hat ihn der Franz im Nacken gepackt.

- Wars lustig, ja? In den Tank brunzen, Siggi?, hat er gesagt und fest hat er ihn ins Urinal gedrückt. Schmeckts? Na kost noch einmal! Wie er das Röcheln gehört hat und das Blut im Pissoir gestanden ist, dass die grünen Duftsteine drin geschwommen sind, hat er ihn losgelassen und ist zurück in den Schankraum.

Beim Zahlen hat er einen Hunderter draufgelegt und „Für die Kloreinigung" gesagt, da ist auch schon die Simone im Mantel von hinten gekommen und mit ihm raus.

- Sperrstund!, hat die Marianne gerufen und das Licht im Gastraum abgedreht, dass nur noch die Schank beleuchtet war, weil eh nur noch der Andi herinnengesessen ist.

- Bier her, Bier her, hat er vor sich hin gesungen und zur Marianne rübergelacht, da ist die Klotür aufgeflogen und heraus ist der Siggi, blutig das ganze Gesicht und gebrüllt hat er, „I bring eam um!" Wo der Franz hin ist, hat er wissen wollen, und wie die Marianne zur Tür gezeigt hat, ist der Siggi raus mit einer Flasche und der Andi ihm nach. Auf der Straße draußen haben sie sie noch wegfahren sehen Richtung Wintermühle: den Franz und die Simone im BMW. Mit einem Klirren hats die Bierflasche auf der Straße zerschlagen, da waren die roten Hecklichter aber schon hinter der nächsten Ecke verschwunden.

Die Marianne hat ihn drinnen verarztet, mit Watte und Jod ist sie ihm rein in die Wunde, den Dreck rausholen. Geschrien hat der Siggi und die Tränen sind ihm in den Augen gestanden, weils so gebrannt hat. Wie sie fertig war, hat sie ihm einen Obstler hingestellt und sich und dem Andi auch einen.

- Der Franz wird bluten, die Sau, hat der Andi gesagt.

- Gar nix wird er. Horch zu, hat der Siggi gesagt, es ist nix geschehen, wir haben uns mit ein paar Angsoffenen geschlagen, hast mich verstanden? Dem werd ichs anders heimzahlen.

Immer was tun und immer nach der Uhr, hat der Doktor in Anger ihr aufgetragen, wie sie bei ihm war wegen der Schwere. Dass sie einen Tagesablauf braucht, haargenau eingeteilt muss der sein, ohne Pausen zwischendrin. Und Schlaftabletten hat er ihr verschrieben, dass sich ihr Körper erholt in der Nacht. Die ganze Zeit über ist sie jetzt am Tun gewesen. Und immer war sie schon beim nächsten, wenn sie was gemacht hat. Dass kein Loch aufgeht, wo ihr die Gedanken hereinkommen. Jeden Abend hat sie die Pulver genommen, eh schon immer mehr, als er ihr verschrieben gehabt hat. Aber nach ein paar Stunden war sie wieder wach. Wenns schon vier vorbei war, ist sie auf. Hat den Buben aus der Wiege genommen und ist leise raus, dass sie den Franz nicht weckt.

In der Nacht, wo er den Siggi verdroschen hat, hat sie im Gang draußen den Brotofen mit Buchenscheiten angefüllt bis oben hin, weil sie backen hat wollen, und ihn angeheizt. Hat in der Küche Feuer gemacht und sich zum Tisch gesetzt. Ihre Augen sind dem Rot nach, vor dem unteren Herdtürl ist das am Boden geflackert, da ist ihr der Kopf schwer geworden, dass sie sich zurückgelegt hat, dann war sie auch schon weg.

Auf einmal ist die Schneebergerin herinnengestanden und hat gesagt, dass was ist. Da ist sie raus mit ihr in den Hof. Ganz still wars. Sieben oder acht Stiere sind am Boden gelegen auf der Seite. Das Fell hat man ihnen abgezogen gehabt, weiß ist das Fett am roten Fleisch gehangen, und die Haxen waren Stümpfe, abgetrennt beim Mittelgelenk. Wie sie durch ist zwischen ihnen, hat ein Bauer im blauen Arbeitsgewand noch einen Stier aus dem Stall geführt, die Lederblende hat das Trumm von einem Tier über den Augen gehabt und ist ihm langsam nach. Jetzt erst hat sie gesehen, dass sich die Viecher am Boden noch rühren. Einem hat sie direkt ins Auge geschaut, das rote Fleisch am Schädel drumherum. Würden ja schreien, wenn sie Schmerzen hätten, hat sie gedacht und noch einmal die großen wunden Fleischtrümmer angeschaut, wie sie hin- und hergeschaukelt sind auf der Erde. Der Franz hat den Bolzenschießer geprüft, „Manchmal kriegst den Bolzen nimmer raus ausm Hirn, da muss man nachbohren mitm Finger. Ist gut gegen die Gicht!“, hat er herübergerufen und gelacht, wie er mit dem Lauf hin ist zum Schädel vom Stier, dann hat er ihn angesetzt in den lockigen Haarwirbel auf der Stirn, da ist sie aufgewacht.

Und hat das Brennen gespürt. In der Brust, in den Augen und gereckt hat es sie, wie sie Luft geholt hat. Ist zum Küchenfenster und hats aufgerissen, da sind die Rauchschwaden raus, hat den Herbert genommen und ist zur Tür. „Bitte, bitte, bitte", hat sie gefleht, im Kopf hat sie ihn schon grau im Gesicht gesehen, damisch war er, aber damisch war er oft, da hat sie ihm auf den Rücken geklopft, immer fester, bis er angefangen hat zu schreien. Hat ihn an sich gedrückt, die Tür vom Vorhaus aufgerissen und ist raus in den Hof, unter die Weste hat sie ihn gesteckt, in den kalten Sternenhimmel geschaut und das „Danke, danke, danke" hat nicht aufhören wollen in ihr, wie die Rauchwirbel ihr nach sind ausm Vorhaus raus ins Freie.

Dann ist ihr der Franz eingefallen. Zurück hat sie nicht wollen in den Rauch, nicht mit dem Buben. Ist zum Fenster hin und hat geklopft, dass die Scheiben gescheppert haben, und gerufen. Finster wars drinnen. Hat mit der Faust gegen das Fensterkreuz gehaut, so fest sie können hat. Dann ist sie zurück, hat dem Buben ihr Nachthemd übers Gesicht gehalten und ist rein durchs Vorhaus in den Gang, hat die Tür vom Zimmer aufgerissen und gleich wieder zugeschmissen hinter sich. Die Luft war gut herinnen.

- Franz, hat sie geschrien, steh auf!, und hat Licht gemacht. So wie am Abend ist die Tuchent dagelegen und das Polster. Und sein Bett war leer.

Um acht in der Früh ist er dahergekommen. Der Plafond in der Küche war schwarz gemasert und ein scharfer

Geruch ist noch herinnengestanden. Dass ihr alle Brote verbrannt sind, hat sie gesagt, wie er sich umgeschaut hat in der Küche. Dass sie achtgeben muss mitm Ofen, hat der Franz gesagt und gefragt, ob sie ihm einen Kaffee macht. Da hat sie schon geschaut. Gegangen ist er, als wenn er dicke Fetzen um die Füße hätt.

- Musst aufpassen mitm Ofen, hat er noch einmal gesagt mit einer Stimme, die hat noch ordentlich geschaukelt. Dann hat er sich hingesetzt zum Kaffee. Müd war er um die Augen. Wo er leicht gewesen ist, hat sie gefragt.

- Einen Blödsinn hab ich gemacht. Und nachher war ich was trinken.

- Bis in der Früh? Da hat er genickt.

- Wo warst leicht? Da hat er gelacht und ihr den Arm hingestreckt.

- Beim Wirten drüben?

- Geh her, Elfi, setz dich. Stehen geblieben ist sie vorn am Tisch.

- Wir habens gut miteinander, du und ich. Und der Bub. Hin und her ist sie im Kopf, weil er schon lang nicht mehr so geredet hat mit ihr. Dann hat sie sich zu ihm gesetzt.

- Warst beim Gernot? Glasig hat er sie angeschaut.

- Wie gehts dir, Elfi?, hat er gefragt und seine Hand auf ihre gelegt.

- Geht eh.

- Den Siggi hab ich verdroschen. Die Sau hat mir in den Tank gebrunzt.

- Arg?

- Verdient hat ers. Und wenn der Firnbichler kommt, kriegt er auch gleich seine Detschn.

- Und wenn er dich anzeigt?

- Geh, hat er gesagt, ihre Hand losgelassen und sich der Länge nach auf die Küchenbank gelegt.

- Leg dich ins Bett, Franz!

- Geht schon, hat er gesagt und lang hats nicht gedauert, da hat sie ihn schon schnarchen hören.

Am Tag drauf hat sie den Ruß abgewaschen vom Plafond und den Brotofen sauber gemacht draußen im Gang, und wie alles fertig war, hat sie von vorn angefangen mit dem Teig. Von der Urli hat sie das Brotbacken gelernt gehabt, als Kind schon hat sie ihr immer zugeschaut. Wie sie die Kreuzzeichen gemacht hat, drei überm Tisch, bevor sie das Mehl draufgestreut hat, drei auf den Teig, den sie geknetet hat, drei Kreuze mit Mehl in den heißen Backofen rein, drei auf den Teig in den Strohkörben, bevor sie die Wecken auf die Bäckerschaufel gestürzt und in den Ofen geschoben hat und drei mit dem Messer auf die Unterseite vom Brot, wenn der Laib angeschnitten worden ist. Bald schon hat sies als Kind auswendig gewusst und die Kreuze mitgezeichnet in die Luft. Wie sie zwölf war, hat sie das Backen übernommen, und bald schon haben sie gesagt, dass der Elfi ihr Brot genauso schmeckt wie der Urli ihres. Und das war das beste, nicht nur in der Rotte.

Zum Feuerwehrfest und zum Kirtag ist das Brot immer von ihr gekommen. Auch in Anger.

Geknetet hat sie an dem Tag seit der Früh, weil der Vater vom Franz seinen Fünfziger gefeiert hat und sie ihm vier Brote machen hat sollen. Und der Schneebergerin, der Schwarz Ingrid und der Eva hat sie einen Laib vorbeibringen wollen, auch weil der Doktor gesagt hat, sie soll sich nicht absondern.

Wie die ersten fast fertig waren, hats geklopft an der Küchentür und auf einmal ist die Martha herinnengestanden. Gegrüßt hat sie zur Elfi rüber und in einem fort geredet, zur Tür hinaus, da ist ihre Schwester nachgekommen und die Schwägerin aus Anger. Dass sie wegen dem Siggi und dem Franz da sind, hat die Elfi gedacht, zurückgegrüßt, aber gleich war sie mit den Augen wieder am Tisch und ist fest rein mit den Händen in den Teig. Gesagt hat die Martha nichts wegen der Geschichte im Wirtshaus. Von der Elfi ihrem Brot hat sie geschwärmt und dass man so was überhaupt nicht mehr kriegt, seit der Bäck in Anger ein Maschinenbrot verkauft. Dass sie nur einen Laib wollen, „Hast eh einen über für uns, nur zum Kosten“, hat sie zur Elfi gesagt, wie sie zu dritt bei ihr am Tisch gestanden sind.

- Bissl dauerts noch, zehn Minuten vielleicht, dann wirds gar sein, hat die Elfi gesagt, froh, dass sie was zu tun gehabt hat mit den Händen.

- Is gut, dann warten wir halt ein bissl, die Martha drauf zu den anderen hin. So haben sie angefangen zu reden, die Martha, ihre Schwester und die Schwägerin. Von weit her. Wies dem Franz geht, hat die Martha wissen wollen.

- Eh gut, hat die Elfi gesagt und wieder gedacht, dass sie jetzt wegen dem Siggi anfangen wird. Aber kein Wort, nicht eines ist gefallen in die Richtung. Die Schwägerin hat über den Reini geschimpft, den Brückenwirt, dass er so viel sauft und dann anlassig wird.

- Wundert mich nicht, wenn ich mir die Marianne so anschau, hat die Martha gesagt. Grad als Wirtin musst einen Anstand haben. Und da red ich nicht davon, wie sie herumrennt. Wenn der Reini direkt neben ihr steht, tut sie mit den Männern herum, das ist ihr vollkommen wurscht.

Dass manche Frauen überhaupt keinen Genierer haben, früher hätt man sich das nicht getraut, hat die Schwägerin gesagt.

- Wärst sofort in Verruf gewesen.

- Liegt in der Familie, kannst sagen, wasd willst. Die Simone, ihre Schwester, ist um nix besser, die Martha drauf.

- Die Simone?, hat die Schwägerin gefragt.

- Mit einem verheirateten Mann, da aus der Rotte, hat die Martha gesagt und schon waren sie am Kopfschütteln, alle drei.

Die Elfi ist zum Ofen raus in den Gang, an den Schwarz Manfred hat sie gedacht, dem hätt sies zugetraut, aber gleich waren die Gedanken auch schon wieder fort und eine Hitze ist ihr ins Gesicht gestiegen, wie sie die Brotlaibe herausgeholt hat zum Auskühlen. Dann ist sie zurück zum Tisch, den Teig für die nächsten fertigmachen, und hat sich gewundert, dass keine weiterredet. Hat den Kopf gehoben. Angeschaut haben sie alle drei mit einer Barmherzigkeit im Blick, da ist es ihr eingeschossen. Heiß unter die Wangen herauf, wie ein Schlag.

Der Franz.

Die Hände sind ihr im Teig versunken, nachgegeben hat er auf einmal, bodenlos.

Der Franz. Und die Simone.

Da hat sie die Martha gesehen, wie ihre Augen auf ihr picken und sie sie anschaut mit einer Genugtuung. Gleich hat sie sich wieder gefangen. Hat ein Holzgesicht gemacht, das Brot in Papier eingeschlagen, die zehn Schilling kassiert und alle drei hinausverabschiedet.

Dann ist sie gesessen. Ein Schwindel war in ihr und wenn sie nach vorn geschaut hat, ist alles gerutscht. Hat die Brote aus dem Ofen geholt. Den Herbert gefüttert. Nach der Mutter geschaut. Den Viechern Heu reingeschmissen, den Mist herausgeholt und die Milch abgemolken. Dann ist sie zurück. Trocken war der Teig schon, wie sie wieder angefangen hat zu kneten. Da hat sie ihn gesehen, den Franz. Am Hals die Adern sind ihr angeschwollen, dick wie Blindschleichen waren die, so ist das Blut am Galoppieren gewesen. Fest hat sie die Handballen in den Teigknödel gedrückt, bis es ganz drin war, das Gesicht vom Franz im Teig. Und die Bilder sind gekommen und gegangen in ihr. In den Acker hat sie ihn gedrückt, ins Gärfutter und in den Misthaufen mit einer Inbrunst, das war eine Freude für den Teig, aber für den Franz war das kein Spaß in ihrem Kopf.

Der Frühling hat auf sich warten lassen in dem Jahr. Tief verschneit wars bis in den April, erst nach Ostern hat der Sturm nachgelassen und die Sonne hat die ersten milden Wochen gebracht. Untertags ist die Elfi jetzt manchmal mit dem Buben raus. Sehen wollen hat sie keinen in der Rotte und auch nicht gesehen werden. Rasch ist sie am Firnbichlerhof vorbei an dem Tag, hinter der Kehre ist sie dann ruhiger geworden. Zum Bootshaus hat sie runterwollen, nachschauen, ob der Frost
was angerichtet hat.

Da hat sie das Auto gehört, mit einem Karacho ist es von oben heruntergekommen, obs der Franz ist, hat sie gedacht, da ist schon die Kühlerhaube vom weißen Kombi neben ihr gestanden. Und drin ist der Gernot gesessen. Dass er sich freut, sie zu sehen, hat er gesagt, und wies ihr geht und dem Buben, hat er wissen wollen.

- Wird schon, hat sie gesagt und schon weiterwollen. Ob sie nicht auf einen Kaffee kommen mag, zum Plaudern, hat er gefragt. Weich war seine Stimme. Vom Bootshaus hat sie was sagen wollen, aber den Augen ist sie nicht ausgekommen, dreingeschaut hat er, als wenn er was herumtragen würd mit sich, da hat sie genickt.

Ob er grad viel zu tun hat, hat die Elfi gefragt, wie sie bei ihm in der Stube gesessen sind, weil er schon lang nicht mehr oben war bei ihnen. Und dass der Franz auch schon gemeint hat, dass man ihn gar nicht mehr sieht. Da hat der Gernot gelacht, aber zum Lachen war ihm nicht.

- Der Franz und ich, wir sind nimmer so gut.

- Ich hab geglaubt, er ist oft bei euch.

- War er eh, hat er gesagt und die Brauen in die Höhe gezogen.

- So erzähl halt.

- Am leeren Tisch sitzt man nur im Unglück, hat er gesagt, den Most aus der Speis geholt und sich zu ihr gesetzt.

- Elfi, musst mir versprechen, dassd keinem was sagst. Und wie sie genickt hat, ist er ein Stück näher gerückt, dass es ihr schon eng geworden ist in seinem Vertrauen.

- Wies dir nicht gut gegangen ist, war der Franz oft bei uns. Manchmal war die Eva dabei und hat mit ihm geredet. Dass er auch zwischendrin oft heruntergekommen ist, wenn ich fort war, hab ich nicht gewusst. Einmal war ich unten in Neusach und wie ich heimgekommen bin, hab ich erst geglaubt, es ist keiner da. Hab nach der Eva gerufen, auf einmal hab ichs lachen hören hinten im Zimmer, da ist der Franz auch schon herausgekommen. Und die Eva ihm nach. Ich bin rüber ins Bad und hab gehorcht. Dass er sich tummeln soll, hat sie gesagt, dann ist er raus.

Als wenn der schwere Körper noch einmal so schwer wär, so ist er jetzt am Tisch gesessen, der Gernot.

- Und du glaubst?, hat sie gesagt.

- Sicher.

- Und die Eva?

- Sagt, dass ich spinn. Aber so, wie sie schaut dabei, weiß ich, dass sie lügt.

- Bist sicher? Da hat er sie angeschaut, als wenn er sie gleich rausschmeißen würd aus seinem Vertrauen.

- Jetzt weißt, warum ich nicht raufkomm zu euch. Aber wenn ich den Franz noch einmal am Hof seh …, hat er gesagt und einen ordentlichen Schluck Most genommen, als wenn er sich bremsen hat müssen in seinem Zorn. Dass er nimmer pfuscht, weißt eh?

- Seit wann?, hat die Elfi gefragt, da hat die Angst schon durchgeschaut in der Stimme.

- Einen Monat ist es vielleicht her. Der Siggi hat ihn angezeigt. Dann sinds gekommen, Betriebsprüfung. Eine Strafe kriegt er sicher auch, der wird sich noch anschauen, der Franz.

Gleich hats wieder angefangen, das Rutschen. Mit den Augen hat sie ihn gesucht, da ist seine Hand schon auf ihrer gelegen. Die Simone ist ihr durch den Kopf. Dass sie heimmuss, hat sie gesagt, ist aufgestanden und raus ins Vorhaus zum Herbert im Wagerl.

- Aber dem Franz sagst nichts, hat der Gernot gesagt, wie er sie zur Tür gebracht hat. Dass sie gar nicht erst runterkommen hätt sollen, hat sie gedacht, wie sie mit dem Buben die Straße rauf ist. Und dass sie was tun muss.

Spät ist der Franz heimgekommen an dem Tag. Dass er einen Mordshunger hat, hat er gesagt. Normal ist die Elfi dann auf und hat ihm was gerichtet. Jetzt ist sie sitzen geblieben am Tisch hinten und hat weitergestrickt an der Jacke für den Buben. Schnell sind die Nadeln zusammengegangen und wieder auseinander, als wenn sie fechten würd im Stillen. Der Franz ist zum Brotkasten hin, hat sich den Laib auf die Brust gesetzt und ist mitm Messer durch den Teig auf die Rippen zu.

- Ist gscheit trocken, das Brot.

- Soll ichs leicht weghauen?

- Gibs den Sauen, hat er gesagt, sich den Speck aus der Speis geholt und ein Stück heruntergeschnitten, gewürfelt und auf sein Brett gelegt.

- Wo kommst her um die Zeit?, hat die Elfi gefragt.

Dass er was Großes gefunden hat und dass er sie damit herausreißen wird, hat er gesagt. Vom Beisteiner in Anger wird er den Mähdrescher kaufen, einen Motorschaden hat der, den wird er reparieren. Den Juni wird er vielleicht noch brauchen, wegen den Ersatzteilen, aber im Juli wird er fertig sein und dann wird er ihn verkaufen. Dass 1974 ihr Glücksjahr wird, hat er gesagt. Weil sie endlich herauskommen aus dem Armeleuteleben.

- Wie willst das zahlen?, hat sie gefragt.

- Ein bissl was vom Geld vom Vater werd ich nehmen, wird der Stall halt später fertig. Musst Geld reinstecken, dass was rauskommt, nutzt ja nichts!

Mit der Hand hat er die Speckwürfel in den Senf getunkt und in den Mund gesteckt, dann ist er mit dem Brot in den Senf und hat es nachgeschoben, als wenn das Mundwerk nur nicht leerlaufen hat dürfen. Aufgeregt hat er sich über den Schwarz Manfred, weil er wieder goschert war zu ihm. Dann ist er aufn Gernot gekommen. Dass der überhaupt eine Sau ist, was für Sachen der daherredet.

- Hast gewusst, dass die sich unten in Schwarzach treffen in der Sauna mit einer Partie, willst gar nicht wissen, was die tun. Die Marianne hats mir gesagt, im Ruheraum nach der Sperrstunde treiben sies, alle miteinander, stell dir vor.

- Was die Marianne daherredt.

- Glaubst es halt nicht, hat er gesagt, ein Stück aus dem Brot gerissen und sich in den Mund gesteckt.

- Darfst nicht alles glauben, was die Leut reden. Was meinst, was mir der Gernot erzählt hat, hat sie gesagt, als wenn sie einfach nur am Plaudern wären. In der Luft ist die Hand vom Franz mit dem Brot jetzt gestanden, wie er sie angeschaut hat, und der Senf ist ihm an der Lippe gepickt.

- Was leicht? Mit den Schultern hat sie gezuckt und hätts am liebsten gleich wieder zurückgenommen.

- Elfi, hat er gesagt und alles angehalten am Körper. Sogar das Wackeln unterm Tisch.

Die Elfi ist aufgestanden und zum Fenster hin, dass man das Klopfen nicht hört in der Stimme.

- Dass die Eva und du, hat sie gesagt und die Augen waren draußen im Obstgarten und beim Haus von der Schneebergerin, aber gesehen hat sie nichts. Dass der Gernot euch erwischt hat, hat sie gesagt und das Fenster aufgemacht. Kühl war die Luft auf ihrem Gesicht.

- Dass er mich mit der Eva erwischt hat. Das hat er gesagt? Und das glaubst?

Die Erde hat man riechen können. Zum Himmel hat sie raufgeschaut, ob Sterne oben stehen.

- Ich red mit dir. Obst es glaubst?

Das Ja war schon fast heraußen beim Mund.

- Sag halt, obs stimmt, hat sie gesagt.

Wild hat er vom Brot abgebissen. Dass sie ihn anschauen soll, hat er gesagt. Und wie sie weiter am Fenster gestanden ist und sich nicht gerührt hat, ist er auf, hat sie am Arm genommen und ist sie angefahren:

- Sags mir ins Gesicht, Elfi, dass du dem Gernot glaubst. Sags mir, Elfi! Dem Hundling, dem falschen, glaubst mehr als deinem eigenen ..., hat er gesagt und auf einmal hat er angefangen zu husten. Trocken hat es gescheppert im Brustkorb, da hat er tief Luft geholt und gleich noch mehr husten müssen. Hat sie losgelassen und sich nach vorn gebeugt. Rot war er im Gesicht und einen Zorn hat er in den Augen gehabt. Hat noch einen festen Atemzug nehmen wollen, aber in der Mitte ist ihm schon der Husten hereingekommen. Ob sie ihn klopfen soll, hat die Elfi gefragt, da hat er gar nicht mehr reden können und sie hat angefangen, erst leicht, dann fester. Und wie ihm schon der Schlatz aus dem Mund geronnen ist und er sich abgestützt hat auf der Kredenz, hat sie mit aller Kraft auf den dumpfen Rücken gedroschen, hat ausgeholt, als wenn sie den Teppich pracken würd, und die Worte in ihr sind lauter geworden mit jedem Schlag.

- Und die Simone? Ha? Was ist mit der Simone? Franz, was ist mit der Simone, hat die Elfi geschrien und auf sein Husten hat sie schon gar nicht mehr gehorcht, die Tränen sind ihr aus den Augen gelaufen und die Handflächen haben gebrannt, aber sie hat weitergeschlagen, weiter und weiter, bis er sich aufgerichtet hat.

- Willst mich umbringen?, ist er sie angefahren und hat die Schultern in die Höhe gezogen, als wenn er schauen wollt, ob eh nix gebrochen ist. Und was redst von der Simone? Ha? Was redst daher?

- Die Martha hats gesagt.

- Was hat sie gesagt?

- Dass du bei ihr unten warst. Und ihre Schwägerin hats auch gesagt. Dass du zur Simone gehst.

- Und du glaubst der Martha?

- Warum sollt sie lügen? Da ist ihm ein Lacher ausgekommen.

- Warum dich die Martha anlügen sollt? Elfi, manchmal denk ich mir wirklich … Ich hab die Simone heimgebracht an dem Tag, wie der Siggi seine Detschn kassiert hat. Das wird er gesehen und seiner Mutter erzählt haben. Hat mich ja auch anzeigen wollen wegen dem Pfuschen.

- Wer?

- Der Siggi.

- Und?

- Na nix, keiner hat was gesagt in der Werkstatt. Aber dass du die Lügengschichten glaubst.

- Und der Gernot will dir auch nur was zu Fleiß tun?

- Du verstehst gar nichts.

- Für die Eva hast immer schon Augen gehabt, hat sie gesagt und ist zum Herd.

- Elfi, der Gernot ist ein falscher Hund. Angst hat er, dass ihm die Eva davonrennt, drum geht er auf mich los.

- Holz brauch ma, hat sie gesagt, den Korb genommen und hat schon rauswollen in den Schuppen.

- So. Auf der Stelle geh ma jetzt runter zum Gernot und zur Eva, du und ich, hat er gesagt und sie am Arm gepackt. Und da soll er das noch einmal sagen. Vor dir und mir und vor der Eva. Dass er uns erwischt hat. Geh her, zieh dir was an, hat er gesagt und ist raus ins Vorhaus. Mit einem Zorn hat er die Schuhbandeln zugezogen und je wilder er herumgetan hat, desto langsamer ist sie geworden. Und wie er dann schon vorn bei der Tür gestanden ist, hat sie gesagt:

- Ist gut, Franz. Mit dem Korb ist sie an ihm vorbei, da hat er noch einmal ausgeholt mit der Stimme.

- Nie wieder will ich was hören von der Gschicht, hast mich verstanden, nie wieder!, hat er gesagt und ist raus. Wo er leicht hinwill, hat sie ihn fragen wollen, aber da waren die Worte schon wieder viel zu weit drinnen in ihr und eine Schwere ist hereingekommen, als wenn ein Steinmantel auf ihr liegen würd.

12. FEBER 1975

Vom Dach rutscht der Schnee herunter, ein ganzer Schub fällt in den Hof. Da ist sie wach, die Elfi. Horcht. Obs der Doktor ist.

- Musst ihn hereinlassen. Musst reden, wenn er kommt. Wegen dir kommt er herüber. Als wenn sie ihr die Mauern einreißen würden vom Hof, so kommts ihr vor.

Steht auf, legt in der Küche Holz nach im Herd, hebt den Deckel vom Topf und holt einen Erdäpfel heraus, warm liegt ihr der in der Hand, bricht ihn entzwei. Schiebt den Topf auf die Seite, holt einen tiefen Teller, da legt sie die Hälften rein. Schält sie, tut Butter dazu und Kümmel, schneidet Brot herunter, schenkt Most ein, tut Wasser dazu, bringt alles der Mutter runter. Mit dem Kopf liegt sie zur Wand und schläft. Wie sie ausm Spital gekommen ist, hat sie sie noch füttern müssen. Aber mit der Zeit ist die Kraft zurückgekommen. Hat sich aufsetzen können und essen, manchmal ist sie sogar aufgestanden im Zimmer. Nur im Kopf hat ihr immer noch was gefehlt. Hat nicht geredet und einen fremd angeschaut. Stellt ihr das Tablett neben das Bett und heizt im Ofen nach. Geht zurück ins Vorhaus, zieht die große Lade von der Kommode heraus. Vom Franz liegen noch die Patronen drin, wo sie hinsoll damit, denkt sie, die Gewehre hat sie abgeben müssen. Kann sie ja nicht auf den Mist hauen. Schiebt die Lade wieder zu, macht die untere auf. Die Blechschachtel mit den Briefen liegt als oberstes drinnen. Alle haben sie was wollen von ihr nach dem Tod vom Franz. Das Auto, das geliehene Geld, die Schulden, von denen sie nichts gewusst hat. Im Wirtshaus. In der Werkstatt. Was sie gehabt hat, hat sie hergegeben. Manchmal ist wer gekommen um Geld. Hat reden wollen. Erst. Dann haben sie ihr gedroht. Aber sie ist nicht mehr hin zur Tür. Keinen hat sie hereingelassen. Nimmt die Schachtel heraus, drunter liegt die braune Mappe. Geht in die Küche, schaut hinter den Vorhängen rauf zur Schneebergerin. Steht jetzt ein weißes Auto vorm Hof. Dass es wer von der Gemeinde sein wird, denkt sie, so groß wie es ist. Keiner da heroben hat so ein Auto. Der Schneeberger Walter kommt mitm Moped und wer sollt sonst zur Schneebergerin, denkt sie. Obs schon der Doktor ist?

Setzt sich zum Tisch. Hört die Viecher im Stall. Lehnt sich nach hinten, das Holz muss sie spüren im Rücken, da wird sie ruhiger. Horcht hinaus auf die Straße. Warum die Laster nicht fahren. Ob ein Feiertag ist oder Wochenende, denkt sie.

Drückt die Schnalle von der Mappe auf. Alles liegt drinnen in den Hüllen. Geburt. Taufe. Hochzeit. Vom Vater, vom Franz, von der Mutter, von ihr. Die großen Partezettel vom Vater und vom Franz. Der Herbert auch schon. Schaut sich den Taufschein an. Und dann ihren. Die Heiratsurkunde. Und hinten drin die Fotos.

Ganz blass ist sie noch bei der Taufe vom Herbert gewesen, weil der Pfarrer so gedrängt hat, dass man ihn rasch tauft, das Zniachterl. Im Wochenbett ist sie noch gelegen, da hat sie sich schon herrichten müssen für die Kirche. Die Hochzeit drüben in Anger. Juni wars. Vorm Wirtshaus haben sie sich aufgestellt. Eine Traube Menschen. Neben ihr ist die Mutter gestanden. Wie am Begräbnis schaut sie drein. Daneben die Martha, lacht heraus, als wenns ihre Hochzeit wär. Und der Firnbichler Erwin. Vor dem Essen haben sie das Foto gemacht. Da hat er noch nicht sein Geschenk übergeben gehabt. Ganz außen die Eva, stadtfein. Und der Gernot daneben in dem braunen Anzug mit der Krawatte überm Bauch. In der Mitte sie und der Franz neben ihr. Stolz schaut er aus. Da reißt es sie. Steht hinterm Franz die Simone. Was sie auf dem Foto verloren hat, als Aushilfskellnerin. Sie schaut den Franz an. Die rechte Hand hat er am Hosensaum, wie bei der Feuerwehr. Die linke ist nicht am Bild. Greift am End nach hinten zu ihr, denkt sie und schüttelt den Kopf.

Beim Begräbnis vom Franz ist die Simone hin zu ihr. Dass nie was war, hat sie gesagt. Dass sie lügt, das Mensch, hat sie gedacht. Habens ja alle gewusst. Alle in der Rotte.

Außerdem hat sies gerochen.

Und wenn wirklich nix war?

Da zieht sichs zu in ihr, von hinten, und über die Schultern kommt es herein. Holt ihre Geburtsurkunde heraus, legt sie vorn rein, klappt die Mappe zu.

Unterhalb vom Hof zum See hin hat der Vater eine Holzbank gebaut gehabt, auf der ist die Elfi jetzt oft gesessen mit dem Buben. Im Garten waren schon die Kirschbäume verblüht, aber die Birnbäume sind noch buschig weiß am Feldsaum gestanden, wenn man hinuntergeschaut hat zum See, und in der Luft oben hats gezwitschert.

Wie der Herbert eingeschlafen war in seiner Wolldecke neben ihr, hat sich die Elfi zurückgelehnt, die Augen zugemacht und gehofft, dass nichts daherkommt im Kopf. Dass sie zur heiligen Katharina beten soll, hat ihr die Schneebergerin geraten. Ein Votivbild hat sie immer bei sich getragen mit einem Gebet drauf. Manchmal hat es schon geholfen, dass sie sich das Bild angeschaut und sich vorgelesen hat: „Im Namen unseres Herrn Jesus bitt ich dich, heilige Katharina, dass du mich von aller Unruhe befreist. Ich bringe meine Sorgen ans Kreuz und lade sie dort ab." So hat sie im Stillen gesprochen. Und Sorge um Sorge hat sie abgeladen. Die Angst um den Hof, um die Schulden, um den Franz, die Mutter, um das, was werden soll, alles hat sie ans Kreuz gelegt.

An guten Tagen hat sie immer langsamer werden können mit den Worten, ohne dass sich was hereingedrängt hat. Da ist mit der Zeit eine Ruhe gekommen und die Stille zwischen den Sätzen ist immer länger geworden.

So wars auch an dem Tag Mitte Mai, wie sie gesessen ist am Bankerl. Fast wär sie schon eingeschlafen mit dem Kopf an der Hauswand in der Sonne, warm ist ihr die auf der Stirn gelegen, aber die Lippen sind auf und ab und haben gebetet. Immer luftiger ist ihr geworden im Kopf und ein ganzer Atemzug hat jetzt schon zwischen die Sätze gepasst. Grad hat sie „Und gebenedeit ist die Frucht deines Leibes Jesu“ gesagt gehabt, da hat sie von fern her den Motor gehört.

Kann nur einer sein, hat sie gedacht. Hinschauen tut sie nicht, hat sie sich gesagt, als wenn sie ihn damit draußenhalten könnt. Vielleicht fährt er ja die Straße rauf. „Bitte für uns Sünder, jetzt und“, da drosselt er den Motor, „in der Stunde unseres Todes“, und der Hänger scheppert, wie der Traktor herunterkommt von der Straße auf den Weg. „Amen.“ Wie sie die Augen aufgemacht hat, hat sie ihn gesehen, den Firnbichler, wie er zwischen den Obstbäumen über ihren Grund fährt, als wenns sein Privatweg wär. Die Lippen haben wieder anfangen wollen zu beten, aber das Herz hat ihr wild geschlagen und gleich ist ihr der Franz eingefallen, wie er geschimpft hat, dass er durchfährt bei ihnen. Hat nix verloren auf unserem Grund, hat sie ihn gehört. Der Hundling muss oben über die Straße fahren zu seinem Wald, auch wenn er dreimal so lang braucht.

Wie er auf ihre Höhe gekommen ist, hat er den Kopf herübergedreht im Fahrerhaus und gegrinst, da ist die Elfi auf den See raus mit dem Blick und hat gehofft, dass er ihr aus den Augen fährt. Gleich ist er langsamer geworden mit dem Traktor und hat in einem fort hergestiert zu ihr, dass sie sich zum Herbert gebeugt hat, als würd er was brauchen, aber ganz ruhig hat der geschnauft im Schlaf, wie sie unten war bei ihm und gewartet hat, dass der Firnbichler runterfährt von ihrem Grund und rüber in den Wald. Ein langes Quietschen hat sie gehört, der Motor hat noch einmal gestottert, dann wars still. Mit einem Schwung ist er runter vom Traktor und mit den Händen in den Sacktaschen herauf zu ihr.

Ob er sich setzen darf, hat er gefragt und sofort hat sie genickt. Das Herz hat ihr gepumpert in der Brust und gleich hat sie gedacht, dass ers sieht, die rote Aufregung im Gesicht, und hat weggeschaut. So langsam, wie er heraufgekommen ist, hat er sich jetzt auf die Bank gesetzt. Wenn er nichts wegen dem Grüßen sagt, wird er vom Grund anfangen, hat sie gedacht, jetzt wo er sie wieder allein erwischt hat ohne den Franz, und dass sie sich nicht einspinnen lässt von ihm. Das Nein hat sie schon auf den Lippen probiert, stumm, den Kopf geschüttelt und einen Schreck gekriegt, ob ers gesehen hat und sie fragen wird, aber nichts hat er gesagt, und so sind sie dagesessen in der Nachmittagssonne und haben runtergeschaut über die Felder und die Birnbäume zum See und der Firnbichler hat sich zurückgelehnt und die Hände auf die Oberschenkel gelegt, die linke auf den linken und die rechte auf den rechten.

- Schön habts ihrs da heroben, hat er gesagt, da hat sie genickt und sich gefragt, was er will von ihr, weil sein Hof ja genauso runterschaut auf den See, und ob sie jetzt was wegen dem Grund sagen soll, aber froh war sie, dass er nichts wegen dem Grüßen gesagt hat.

- Wie gehts dir, Elfi?, hat er gefragt, da hat sie schon „eh gut“ sagen wollen, weil er ja gewusst hat, wies ihr geht, hat ja die ganze Rotte gewusst, wie alles in der Luft gehangen ist am Hof, aber bevor sie noch was sagen hat können, hat er „mitm Franz?“ angehängt.

Was fragt er sie nachm Franz, hat sie gedacht, wo er die Geschichte eh schon kennt mit der Simone, die Martha hats ja ins Rollen gebracht, obs jetzt stimmt oder nicht, aber sicher wird sie ihm jetzt nicht ihr Herz aufmachen wegen dem.

- Wies so geht, auf und ab, im Moment grad …, hat sie angefangen, da war er schon wieder am Reden.

- Weißt halt am End wirklich nicht, wenst heiratest, hat er gesagt und ihre Worte sind unter seiner Stimme gelegen, ruhig und fest war die, als wenn er mit dem See reden würd oder mit dem Fels drüber.

- Wie meinst das?

- Hat dir die Mutter einmal von deinem Großvater erzählt?

- Ein bissl was. Dass er streng war. Und Schulden gemacht hat, hat die Elfi gesagt.

- Weißt, wies ihn in der Rotte genannt haben? Den „weißen Bauern“. Weil er sich nie die Hände dreckig gemacht hat. Anschaffen hat er können. Aber nie hast ihn arbeiten sehen. Hat sich immer wen gefunden, der die

Arbeit für ihn macht. Seine Frau, deine Urli, später dann deine Mutter, wie sie größer war, am End deinen Vater, wie er heraufgeheiratet gehabt hat. Und wenn er noch wen gebraucht hat, ist er nach Anger rüber und hat sich wen geholt, dem hat er ein bissl was gezahlt. Alle hat er geschunden. Und mit den Schulden hat er euren Hof heruntergewirtschaftet. Aber muss eh jeder für sich schauen, hat er gesagt.

Unruhig ist die Elfi dagesessen und hat nicht gewusst, was sie sagen soll. So freundlich hat er noch nie mit ihr geredet gehabt. Was sie tun soll mitm Franz, hätt sie ihn am liebsten gefragt. Was sie überhaupt tun soll. Das ganze Unglück ist heraufgekommen. Was er tun würd. Dass er aber am Ende nur wieder den Grund will, hat sie gedacht, und dass sie das Hirnkastl einschalten muss und sich nicht gehen lassen darf.

- Verstehst mich, Elfi?, hat er nach einer Zeit gefragt, als wär er selbst grad wieder herübergekommen ausm Narrenkastl. Da hat sie genickt. Und gehofft, dass es weich wird um seine Augen. Und er ihr gut ist.

- Gar nix verstehst, hat er gesagt und kalt war die Stimme jetzt.

- Sicher versteh ichs, hat sie gesagt und jetzt wars vorbei mit der Hirnkastlvorsicht, der Franz reitet uns ins Unglück, das willst mir sagen und recht hast damit, aber in der Sekunde hat sie sich auch schon geschreckt darüber, wie sie über ihn redet – grad zum Firnbichler.

Still wars jetzt eine Zeit zwischen ihnen und die Vögel hat man hören können im Holler am Haus.

- Der Franz ist mir wurscht. Aber du nicht. Die Urli war gut mit meiner Mutter, eine feine Frau ist das, die Reisinger Urli, hat die Mama immer gesagt. Drum mag ich nicht, wenn der Hundling alles ruiniert. Musst wissen, was du tust, Elfi. Dann ist er aufgestanden. Alles hat sich gedreht in ihr. Am liebsten wär sie ihm nach. Mitm Rücken zu ihr ist er jetzt dagestanden.

- Wennst was brauchst, Elfi, kommst rüber, hat er gesagt. Überleg dir, wassd tun willst mitm Grund. Noch ist Zeit. Hat ihr zugenickt und ist langsam wieder runter. Wie ein Hund ist ihr der rote Traktor unten am Weg vorgekommen, der brav wartet, bis das Herrl zurückkommt. Mit einem Satz ist er rauf, hat sich in den Sitz fallen lassen und den Motor angelassen. Ist zwischen den Obstbäumen durch auf dem Weg und die Elfi hat ihm nachgeschaut, bis der Traktor drin war im Firnbichlerwald.

Was weiß man schon, was überbleibt in einem. Kannst dir ja nicht selber anschaffen, was passiert. Nach der Geschichte auf dem Bankerl hätt ihr der Zorn heraufkommen können. Schämen hätt sie sich können, wie sie dem Firnbichler den Franz serviert hat. Aber was anderes ist passiert. Die Luft ist ihr leichter geworden in der Rotte. Wenn sie jetzt beim Firnbichlerhof vorbei ist, hat sie raufgeschaut, ob sie ihn wo sieht. Wenn er ihr entgegengekommen ist oben am Traktor oder im Auto drin mit der Martha, hat sie dran denken müssen, was er gesagt hat über die Urli und seine Mutter, und hat lächeln können, wie sie gegrüßt haben hinter der Scheibe, die Martha mit den Augenbrauen in der Höhe und der aufgerissenen Freude im Gesicht. Und mit dem Firnbichler im Rücken hat sie auch den eigenen Hof anders gesehen.

Dass sie weitertun müssen, hat sie dem Franz gesagt. Weil der Stall noch immer eine Baustelle war. Mit der Teerpappe am Dach und den Planen in den Fenstern und den Kühen drinnen, verloren in dem großen Stall, nicht einmal verputzt war der.

Dass er schon macht, was er kann, hat der Franz gesagt. Die Felder. Und die Arbeit in der Werkstatt. Normal sind ihr die Sätze vom Franz in der Stirn gestanden wie vollgesoffenes Holz und immer mehr hat er reingestellt, wenn er am Reden war, bis sie am Ende nur seine Trümmer im Kopf liegen gehabt und nicht mehr gewusst hat, was sie sagen hat wollen. Aber diesmal wars anders. Dass er alles nur anfängt und nichts fertigbringt. Dass der Hof ausschaut wie eine Gstettn. Und dass sie nicht noch weiter reinrutschen möchte in die Schulden, hat sie gesagt.

- Und das ist meine Schuld, dass nix weitergeht?, hat der Franz sie gefragt.

- Bin ich der Bauer?, die Elfi drauf.

- Die ganze Zeit über bist herumgelegen und hast nichts zammgebracht, der Dreck ist herumgelegen, dass einem gegraust hat, aber die Elfi hat nicht können. Warum? Weil sie sich so schwergetan hat mit allem. So kannst keinen Hof führen, Elfi!

- Und wer hat das Geld beim Fenster rausgeschmissen?

- Das Auto haben wir gebraucht.

- Ein Auto hamma gebraucht, keinen BMW.

- Was verstehst du von Autos?

- Genug, dass ich weiß, für was du den depperten Wagen brauchst: damitsd angeben kannst.

Mit dem Finger ist der Franz jetzt oben über das Mostglas gefahren, als wenn ers zum Singen bringen hat wollen.

Dann hat er sich nachgeschenkt und Schluck für Schluck in sich reinrinnen lassen. Hat das Glas hingestellt und ist aufgestanden.

- Elfi, wies dir schlecht gegangen ist, warst mir lieber. Und wie er noch im Vorhaus war, sein Gewand von der Garderobe holen, ist ihr ein Zorn heraufgekommen, aber diesmal hat sie die Worte nicht im Kopf stehen lassen.

- Lass mir die Simone schön grüßen! Die Hur!

Mit einem Schepperer ist die Tür vom Vorhaus zugeflogen, dass sie geglaubt hat, die Scheiben fliegen heraus. Und wie sie so gesessen ist auf der Bank, hat sies vor sich gesehen: Dass alles vom Franz gekommen ist, die Sachen, modrig und schwer sind ihr die geworden im Kopf und haben sich angehängt, alles hat sich angehängt, die Schulden, der Stall, die Eva, die Simone, alles hat der Franz ihr angehängt. Und dass sie nicht länger herumkiefeln wird an dem Unglück, hat sie sich gesagt.

04.

Der Brugger Karl war der Bäck drüben in Anger. Zwischen den Kriegen hat er das Geschäft vom Vater übernommen gehabt und jetzt ist er schon auf die siebzig zugegangen. Die einen haben ihn mögen, weil er gern politisiert hat. Und sich Sachen sagen getraut hat, die sich viele nur noch gedacht haben. Groß ist er in seinem weißen Gewand in der Bäckerei gestanden und am liebsten wars ihm, wenn sich die Leute im Geschäft gedrängt haben, laut hat er über die Köpfe dahingeredet, als wenn er einen Einsatz leiten würd.

Backen hat er können. Ein ehrliches Bauernbrot, für die einen mit und die anderen ohne Kümmel. Anis war immer dabei und Fenchel. Aber beim Kümmel hat die Politik angefangen. Obs jetzt am Wort Kümmeltürk gelegen ist, hat man nicht sagen können. Aber jedes Mal, wenn das Wort gefallen ist, hat er fest gelacht. Weil er ja eine eiserne Liebe gehabt hat. Zur Heimat und zum Vaterland.

In Anger haben alle gewusst, wo er steht. War ja auch beileibe nicht der Einzige. Wo die anderen aber schon vorsichtig geworden sind, hat sich der Brugger Karl nichts geschissen. Bei den Sommergästen aus der Stadt zum Beispiel. Wenn die Kinder im Geschäft gestanden sind vor der Vitrine, ist er sie angefahren: „Schauen tut man mit den Augen!“ War ein blonder Bub dabei oder ein Mädel mit blauen Augen, hat er gleich eine andere Stimme gehabt. „Der Adolf hätt seine Freud gehabt“, hat er dann gesagt und alle haben sie gelacht in der Bäckerei, die aus der Stadt ein bissl gequält und der Karl und seine Frau lauthals.

1970 hat der Brugger Karl dann seinem Sohn, dem Hermann, die Bäckerei übergeben. Auf dem Papier. Weil hergeben hat sie der Vater nicht wollen. Und wie dann die Übergabe unterschrieben war, hats angefangen. Gestritten haben sie, dass man manchmal gar nicht mehr reingehen hat wollen, so giftig war dort die Luft. Da hats passieren können, dass der Hermann der Firnbichler Martha den großen Bauernlaib ins Papier einwickelt, „Zwölf Schilling vierzig, bitte!“ sagt, sie anlächelt, „Halts zamm, Vater!“ nach hinten schreit und der Martha mit einem Dankeschön das Retourgeld in die Münztasse legt.

Lang ist es so gegangen. Bis der Hermann sich die Maschinen angeschafft hat, die das Rühren und das Kneten übernehmen und im Jahr drauf den elektrischen Backofen. Reingepfuscht hat er ihm noch immer ins Geschäft, der

Vater, nur hat er immer weniger tun können, weil er noch ein Handbäcker war.

Dass er mit der Zeit die Kunden nicht mehr durchs ganze Geschäft begrüßt hat, ist ihm selber gar nicht aufgefallen. Auch seine Witze hat der alte Bäck jetzt nicht mehr fürs große Publikum gemacht, wenn die Bäckerei voll war. Und je stiller der Vater geworden ist, umso kräftiger hat man den Hermann gehört. Die Größe hat er vom Vater gehabt, nur ist er auch in die Breite gegangen, und der Bauch ist ihm jedes Jahr tiefer über den Strick von der Bäckerhose gehangen.

Weil aber die Maschinen einen Batzen Geld gekostet haben und der Hermann auch geschäftstüchtig war, hat er das Brot einmal im Jahr ein bissl teurer gemacht. War ja auch ein Maschinenbrot. Nur eins hat er nicht bedacht gehabt: Dass die Leute vielleicht gar kein modernes Brot wollen. Oder halt nicht alle. Lang sind manche vor dem Regal gestanden und haben geschaut, welcher Laib fester und knuspriger ist. Das hats früher nicht gegeben. „Ein Bauernbrot, bitte!", hat man gesagt und nicht, „Gibst mir bitte das zweite von links dort in der Mitte!"

Die Firnbichler Martha ist jede Woche zum Bäck ums Brot gekommen. Einmal hat sie den Hermann drauf angesprochen, dass ihr das Brot vom Vater besser geschmeckt hat, weil die Kruste knuspriger und das Innere voller war. Da hat man schon sehen können, wie dem Hermann der Ärgerteufel in den Augen gefunkelt hat. Grantig ist er geworden, hat sich zum Brot umgedreht und ihr erklärt, dass das Maschinenbrot flaumiger ist als das alte und gesünder, weil besser für die Verdauung, und dass es außerdem länger frisch bleibt als das Strohbrot vom Vater, nach drei Tagen ist das zerbröselt. Und genau das hätt er nicht sagen dürfen bei der Martha. Weil er mit dem Flaumigen und der Verdauung vielleicht recht gehabt hat, der Hermann, aber mit dem Strohbrot hat er gelogen.

Drum war die Martha die Erste, die nicht mehr hingegangen ist zum Bäck. Weil das Brot zum Saufüttern ist, hat sie gesagt. Und weil der Hermann gegen das vierte Gebot verstößt. Was das Maschinenbrot vom Bäck mit den Zehn Geboten zu tun hat, haben sich manche gefragt, aber die Einzige, der das Brot nicht geschmeckt hat,
war die Martha beileibe nicht. Und weil sichs bald herumgesprochen gehabt hat, dass die Elfi jeden Freitag in der Rotte bäckt, ist immer öfter wer aus Anger bei ihr in der Küche gestanden. Auch die Sommergäste sind um ihr Brot gekommen. Und mit der Zeit sind es so viele geworden, dass die Elfi nicht nur am Freitag, sondern auch am Dienstag gebacken hat.

Wenn die Eva mitm Auto rübergefahren ist nach Anger, hat sie die Elfi und den Buben jetzt öfter mitgenommen. Dass sie runterkommt vom Hof und raus aus der Rotte. Grantig war sie an dem Freitag, wo sie zum Doktor hat müssen, und gleich wie sie im Auto gesessen sind, hat sie angefangen. Dass der Gernot wieder am Saufen ist, weil ihn wer blöd angeredet hat vor den Jagern und sie ihn die ganze Woche bemuttern hat müssen, dass er überhaupt seine Arbeit macht.

- Kommt ja nicht ausm Bett, so bedient ist er im Schädel von der Sauferei, hat sie gesagt. Da hat sich die Elfi schon gewundert, dass sie so offen heraus mit ihr redet. Und hat sich selber auch ein Stückl herausgetraut. Dass sie gestritten haben, der Franz und sie, weil er so oft fort ist, hat sie gesagt, wie sie die Kehren raufgefahren sind zur Kreuzung nach Anger.

- Brauchst dir vom Franz nichts sagen lassen, dem Hallodri, hat die Eva gesagt.

- Ist er leicht einer?, hat sie gefragt mit einem Ton, da hat die Eva schon gewusst.

- Es ist nix gewesen, Elfi, glaub mir. Der Gernot wirds dir erzählt haben. Einen Fetzn hat er gehabt, der Franz, und anlassig war er ein bissl. Aber ich hab ihn rausgeschmissen ausm Zimmer.

Wieso er überhaupt bei ihr im Zimmer war, hat sich die Elfi gedacht, da ist es wieder stecken geblieben in ihr und hat gedrückt in der Stirn. Still ist sie dagesessen.

- Herumgeblödelt haben wir halt. Hab ihm gesagt, dass ich mich umziehen geh, weil ich runter nach Neusach hab wollen. Dann ist er mir nach und hat gsagt, er hilft mir. Gleich hab ich ihn gestampert. Und grad dann muss der Gernot hereinkommen bei der Tür. Wo er eh schon die ganze Zeit geglaubt hat, ich hab was … nicht nur mitm Franz, auch mitm Firnbichler Erwin.

Mit einem Schwung ist die Eva rein in die Kehre, dass die Schnauze vom Opel fast ausgebrochen ist wegen dem Split noch vom Winter.

- Ist gut, hat die Elfi gesagt. Aber schon ist das nächste Trumm in der Stirn gelegen.

- Wegen der Simone überlegst, hab ich recht?

- Von wem weißt es?

- Die Martha hats dem Gernot erzählt. Weißt eh, wie schnell sich so was rumspricht.

- Und?, hat die Elfi gefragt, dass es die Eva grad noch gehört hat.

Bei der Kreuzung oben ist sie stehen geblieben, schauen, ob was kommt. Den Blinker hat sie schon heraußen gehabt rechts nach Anger rüber, aber gefahren ist sie nicht.

- Dem Franz trau ichs zu, das sag ich dir ehrlich. Aber bei der Simone musst aufpassen, dassd sie nicht in einen Topf haust mit der Marianne. Die ist eine Flitschn. Und der Reini um nichts besser. Aber die Simone ist anders. Außerdem hats den Buben. Hast den Franz angeredet drauf?, hat die Eva gefragt, den Gang eingelegt und Gas gegeben.

- Dass ich einen Boscher hab, sagt er.

- Ich mag den Franz, aber ein Depp ist er schon auch. Wenn er wirklich was hat …, da hat sie eine Pause gemacht und die Hand gehoben zum Gruß, wie der Schwarz Manfred ihnen entgegengekommen ist. Darfst dem Franz nicht nachrennen, hat die Eva gesagt. Außerdem, wenn die Mutter nicht mehr ist, gehört der Hof dir. Dir allein.

An die Schulden hat die Elfi gedacht, aber gleich ist sie wieder weg von dort.

- Es wird schon, wirst sehen, hat die Eva gesagt, wie sie dann stehen geblieben sind vor dem Doktor in Anger. Die Elfi hat sich bedankt, die vier Laibe Brot genommen und ihre Runde gemacht.

Als wenn sie Spenden sammelt, so ist sie am Anfang von Hof zu Hof, froh, dass sie ihr überhaupt was geben für ihr Brot. Aber jedes Mal, wenn sie wer drauf angesprochen hat, wie gut ihres ist grad im Vergleich zum Maschinenbrot vom Bäck, ist in ihr was aufgegangen. Und mit den Wochen ist sie anders rein in die Höfe. Hat geklopft, gegrüßt, gefragt, ob das letzte eh gut war, und ein bissl getratscht, wenn sie wen schon besser gekannt hat. Das Geld, das sie mit dem Brot nach Hause gebracht hat, hat erst der Franz kassieren wollen. Aber da ist die Elfi hart geblieben. Dass das Brotgeld ihr Geld ist, hat sie gesagt. So wie den Frauen am Hof immer das Eiergeld gehört hat, wenn sie Eier verkauft haben. Und mit der Zeit war das schon ein schöner Batzen.

Fest waren seine Schritte die acht Steinstiegen herauf zum Vorhaus, wenn er heimgekommen ist, der Franz. Von der Küche aus hat die Elfi ihn meistens schon hören können. Aber an dem Freitag wars anders. Dass die Schuhe am Suchen waren, als wenn jemand die Stufen verstellt hätt und er erst sein Gleichgewicht finden hat müssen in dem Durcheinander, so hats sich angehört. Normal ist die Elfi um neun ins Bett. Weil an dem Tag aber die Simone ausgeholfen hat beim Brückenwirt, ist sie munter geblieben. Langsam ist er hereingekommen bei der Tür, hat sie gegrüßt und sich hingehockt zum Tisch.

- Was tust noch um die Zeit?, hat er gefragt.

- Hab Grammeln ausgelassen.

Gleich ist er auf und hat in der Speis einen Deckel nach dem andern in die Höhe gehoben, bis er den Topf gefunden hat. Eine Handvoll hat er sich herausgeholt und wie er sich niedergesetzt hat, ist schon ein Suppenteller am Tisch gestanden, da hat er sie reinfallen lassen. Ein Bier hat er im Schädel gehabt, dass es ihm beim Reden fast wieder rausgelaufen ist, und dauernd hat er sich über den Mund gewischt, dass er trocken bleibt. Wie er fertig war mit den Grammeln und den Gschichtn ausm Wirtshaus, hat er rübergeschaut zu ihr, wie sie gestanden ist über der Abwasch.

- Magst den Kittel nicht ausziehen?

- Franz, geh schlafen!

- Ohne Kittel gfallst mir besser, Elfi. Da hat sie das Besteck aus dem Abtropfgestell wieder ins Abwaschwasser geschmissen. Geh her da!, hat er gesagt. Und wie sie sich nicht gerührt hat, ist er hin zu ihr und hat ihr von hinten die Arme um den Busen gelegt.

- Lass mich!, hat sie gesagt und ihn weggedrückt.

- Holla! Und schon waren die Hände wieder dort.

- Greif mich nicht an, wennst angsoffen bist!, ist sie ihn angefahren. Ins graue Wasser ist sie rein mit den Händen, da hat sie ihn gespürt, unterm Kittel, und geschreckt hat sie sich, weil ihr dort keiner hingreift. Nimmt das Beindlmesser aus der Abwasch, dreht sich um mit einem Ruck und hält ihm die Klinge vors Gesicht.

- Geh zur Simone, wennst was willst, aber mich greifst nicht an, Franz, hast mich verstanden? Da ist er einen Schritt zurück, wacklig war der.

- Spinnst jetzt komplett!, hat er geschrien und nach ihrem Arm gegriffen. Die Elfi ist zurück, er ihr nach und hat ihre Hand packen wollen. Ob sie jetzt noch Schwung geholt hat oder nicht, hat sie nicht sagen können, nur das Schreien hat sie gehört. Und dann das Fluchen, wie das Blut gekommen ist.

Gleich ist sie raus ins Bad Jod und Verbandszeug holen und wie sie wieder herinnen war, hat er die Hand nach unten gehalten und das Blut ist ihm über den Ringfinger auf den Boden getropft. Dass er die Hand in die Höh halten soll, hat sie gesagt, da ist er sie angefahren, dass er die Wunde ausbluten muss von dem Dreck, der am Messer war, von dem ganzen Scheißdreck, der drauf pickt, hat er gesagt, immer zorniger hat er dahergeredet, dass überall der Scheißdreck im Haus pickt, weil sie einen Boscher hat, viel früher hätt er was sagen sollen, und was ihm eingefallen ist, dass er in so eine Familie hereingeheiratet hat, alle haben sie einen Klescher. Dann ist er still geworden und hat auf die Lacke am Boden geschaut, glatt und rund war die, und noch immer hat ers reintropfen lassen, als wärs nicht sein Blut. Dass alle einen Boscher haben, die Elfi und die Mutter, hat er gleich wieder angefangen, und der Vater sowieso, gut, dass der sich wenigstens daschossen hat, hat er gesagt, da hat die Elfi seine Hand gepackt und mitten in den Handteller rein hat sie ihm das Jod geleert, dass ein See drinnen gestanden ist, und sie mit der Mullbinde umwickelt. Der Franz hat geschrien, dass der Bub aufgewacht ist im Zimmer, da hat sie ihm schon ein Leukoplast auf den Verband geklebt und einen Schnaps hingestellt gehabt, so schnell hat er gar nicht schauen können in seinem Dusel, dann ist sie rüber ins Zimmer den Herbert beruhigen.

- Brennts noch?, hat sie gefragt, wie sie wieder beim Tisch gesessen sind. Der Franz hat sich einen Schnaps nachgeschenkt und die Lippen zusammengepresst.

- So weit is kommen mit dir, hat er gesagt.

- Sollst mich nicht anrühren, wennst gsoffen hast.

- Und drum hast mich abstechen wollen?

- Hab dich nicht abstechen wollen. In Ruh lassen sollst mich!, hat sie gesagt, einen Fetzen geholt und das Blut aufgewischt. Am Wasserhahn unten im Hof hat sie den Fetzen ausgewaschen und wie sie zurück ist, hat sie draußen den Motor starten hören.

In der Nacht ist er heimgekommen und hat sich ins Bett fallen lassen neben ihr. Am Ende ist er immer gefallen, wenn er was getrunken gehabt hat, rücklings, als wenns ihm den Fetzenteppich weggezogen hätten unter den Füßen. Gehorcht hat sie, wie er sich noch eine Zeit wälzt, bis er eingeschlafen ist. Hin und her ist sie im Bett, und wie sie dann Luft geholt hat von seiner Seite drüben, hat sies gerochen: den sauren Schweiß, den er mitgebracht hat. Nicht ausm Wirtshaus. Ausm Wirtshaus bringst so was nicht heim. Weil unter dem Sauren hat sie was anderes herausriechen können. Süß und übergärig war das. Der Simone ihr Leibgeruch, der pickige, und am liebsten hätt sie ihn ausm Bett getreten mitsamt dem Gestank, wie er neben ihr gelegen ist, der Franz. Heraufgekocht ist es in ihr, die Ader am Hals, mit dem Siedenden drin.

Im Nachtkastl hat sie die Schlafpulver gehabt, immer wieder neue hat ihr der Doktor verschrieben, weil sie nach drei, vier Stunden wieder munter war und müde, als wenn sie gar nicht geschlafen hätt. Hat das Licht aufgedreht am Bett und ist rein in die Lade, hat sich ein paar Tabletten herausgedrückt und geschluckt. Und wie sie gespürt hat, dass sie dasig wird und der Körper erst leicht und dann taub, ist ihr was eingefallen, und auf einmal war eine Freude in ihr, da wär sie fast wieder munter geworden, aber die Pulver haben schon gewirkt. So hat sie sich nur noch sagen können, dass sie sichs merken muss, wieder und wieder.

In der Früh hat sie gleich angefangen mit dem Brotbacken. Obwohl Samstag war. Beim Gabelfrühstück hat sie dem Franz erzählt, dass sie früher dem Vater einen eigenen Wecken gemacht hat. Und dass sie ihm jetzt auch einen eigenen backen wird. Kleiner, dass er nicht so schnell austrocknet und er sich nicht mehr verkutzt, und salziger, so wie er ihn mag. Der Franz hat sichs gefallen lassen, die Ehrerbietung von der Elfi. Dass sie sich auf die Art entschuldigt, hat er sich gedacht, und ihm wars nur recht, auch wenn die Wunde harmlos war und rasch geheilt ist.

Dem Vater hat sie früher getrocknetes Johanniskraut ins Mehl getan, gegen die Schwere. Obs was geholfen hat, hat sie nicht sagen können. Aber jedes Mal, wenn ihm leichter war und er bei ihnen gesessen ist, hat sie gedacht, vielleicht. Beim Franz wars jetzt andersherum. Aufmunterung hat der keine gebraucht. Hat die Pulver im Mörser zerstoßen, bis sie fein waren wie Mehl, und mit Staubzucker vermischt, dass er das Bittere nicht herausschmeckt. Eine heimliche Freude hat sie beim Backen gehabt. Dass er daheimbleiben soll. Und dass es gut ist, wenn er daheimbleibt. Für ihn. Trinkt eh zu viel. Das ganze Geld, das er drüben lässt beim Wirt. Und für sie. Auch für sie.

Nach ein paar Tagen ist der Elfi aber die Freude vergangen. Obs am Backen liegt, hat sie gedacht. Dass es zu heiß ist im Ofen vielleicht. Oder obs zu wenig Pulver ist. Eine ganze Zeit lang hat sie herumprobiert. Hat mehr reingetan in seinen Teig. Und auch was ins Essen. Im grünen Salzstreuer war das Pulver fürn Franz drin, mit Salz vermischt. Und wenns am Abend Reisfleisch gegeben hat oder geröstete Knödel, hat sie seinen Teller gar nicht gewürzt, dass er ordentlich hat nachsalzen müssen.

Wie sie einmal gesessen sind in der Küche und saure Wurst gegessen haben, das war dem Franz sein Lieblingsessen, ist er nachdenklich geworden. Dass es mitm Gernot und der Eva nicht gut ausschaut, hat er gesagt. Dass er drüben im Wirtshaus gestanden ist und der Gernot hin ist zu ihm. Dass er mit ihm reden hat wollen und sich entschuldigen, weil er ihn, den Franz, verdächtigt hat mit der Eva. Der Franz hat die Elfi angeschaut, dass sie schon geglaubt hat, jetzt muss sie sich entschuldigen bei ihm. Aber gleich waren die Augen wieder am Teller, mit den Zwiebelringen auf der Wurst ist seine Gabel dort im Kreis gefahren. Dass die Eva nimmer will, hat er gesagt, und dass der Gernot den ganzen Abend gesudert hat beim Bier, was er tun soll. Ob er mit ihr fortfahren soll ein paar Tage. Dann ist der Franz still geworden. Obs ihm nicht schmeckt, hat ihn die Elfi gefragt, weil noch so viel übrig war. In die Wurst und die Zwiebelringe hat der Franz draufhin gestochen, wie ein Kind, das aufessen soll. Gesagt hat er nichts und auch unterm Tisch wars still. Hat sie angeschaut mit einem Blick, da hat sie gewusst, jetzt ist es angekommen, das Pulver.

Dass er einen Schlaf hat, hat er gesagt und sich auf die Bank gelegt. So schnell hat sie gar nicht schauen können an dem Abend, da war er auch schon weg.

Wenn sie in der Zeit durchs Haus gegangen ist, hat sie das Essen gerochen, das Brot, den Stall, manchmal den Keller von unten. Aber der Leibgeruch war heraußen. Ein paar Mal war ihr, als würd er wo drunterliegen, wenn der Franz aus der Werkstatt gekommen ist oder vom Feld verschwitzt war. Dann ist sie hin zu ihm, hat an seinem Gewand gerochen und gefragt, ob sies gleich mitnehmen soll, weil sie eh waschen geht. Und wenn er ihrs dann gegeben hat, ist sie mit der Nase durch die Wäsche. Das Scharfe und das Saure haben sie nicht gestört. Nur dem pickigen Geruch ist sie nach. Und wenn sie geglaubt hat, sie hat was gefunden im Gewand, hat sie ein bissl mehr reingetan ins Mehl von dem Pulver für sein Brot.

Nur noch selten ist er fortgewesen in den Wochen drauf. Dass er nicht weiß, warum er so einen Schlaf hat die ganze Zeit, hat er gesagt. Manchmal ist er nach einer Stunde auf der Küchenbank wieder munter geworden.
Mit einem Ruck ist er dann auf, weil er noch fortmuss, hat er gesagt. Und wie sie ihm auch zugeredet hat, wie ein Aufziehmandl ist er durchs Haus, patschert, weil er noch ganz damisch war, ist wo angerannt oder gestolpert. Aber raus hat er müssen.

Wenn sie ihn dann wegfahren hat hören, sind ihr die Bilder durch den Kopf: Wie er mit der Simone im Auto sitzt. Wie sie über die Böschung fliegen, weil er die Kehre nicht erwischt hat. Wie sich der Wagen überschlägt, wieder und wieder, bis sie zum Stehen kommen, die Simone und der Franz. Eingepackt im Blech wie in Silberpapier. Wie das Auto zum Brennen anfängt. Da ist ihr der Zorn zusammengefallen und eine Angst ist gekommen. Hat sich ins Zimmer rübergelegt zum Buben und ihm Sachen erzählt, leise, dass er nicht aufwacht, und dazwischen hat sie immer gehorcht, ob er vielleicht umdreht und heimkommt.

Die Hundstage waren schon vorüber, aber 32 Grad hats noch immer gehabt, da ist der Franz raus, das Heu einfahren, weil im Radio Gewitter angesagt war. Den ganzen Tag war er draußen, dass die Elfi sich schon gewundert hat. Weil er sonst immer was gesagt hat, wenn er über Mittag nicht heimgekommen ist. Und auf einmal, wie sie mit dem Herbert am Arm in die Küche gegangen ist, halb sechs wars schon, ist er herinnengestanden. Hat sich ein Brot heruntergeschnitten, daumendick, und die Klinge ist weich durch den Teig gefahren.

Dass er in der Kohlleiten war, im Lerchengrund und am Seegrund unten, das ganze Heu ist herinnen, hat er gesagt, und dass er einen Mordshunger hat. Da hat sie den Speck aus der Speis geholt und den Senf und unten ausm Keller den Most. Dass er sich den Krug als Ganzes reinschütten könnt, hat er gesagt, so einen Durst, wie er hat, da war das erste Glas schon leer und er hat sich das nächste eingeschenkt. Lustig ist er geworden und gleich war das Mundwerk wieder am Arbeiten, vom Firnbichler hat er geredet und vom Schwarz und dem Gernot, der wegen der Eva sudert. Grad dass er nicht anfangt zu plärren, hat er gesagt und gelacht. Mit der Zeit ist er dann stiller geworden und müd um die Augen. Hat sie angeschaut mit einem Gesicht, blass war das und ein Schweißkranz ist ihm auf der Stirn gestanden. Ist auf und hat gesagt, er muss am Heuboden noch was richten.

Dass er herinnen bleiben und sich ausrasten soll bei der Hitze, hat sie gesagt. Aber partout hat er raufmüssen ins Heu. Als wenn er der Elfi just an dem Tag beweisen hat wollen, wie er was weiterbringt.

Normal macht einen der Most ja großspurig, drum stürzen die Männer auch gern die Stufen hinunter, weil alles größer ist an einem im Rausch, auch die Füße und die Schuhe drumherum mit dem festen Leder, damit könnt man Teufel zertreten in dem Zustand. Aber an dem Tag wars anders. Vorsichtig ist er die Stufen runtergegangen vom Vorhaus in den Hof und hat dem Geländer die Hand gegeben, als wärs die Mutter und er wieder der Bub.

Schwül ist die Luft gestanden im Hof. Wie die Elfi fertig war in der Küche, ist sie durch den Fliegenvorhang raus ins Vorhaus. Ein Brummen war das an den Fenstern, als wenns alle damisch geworden wären, die Bremsen und die Wespen und die Fliegen, so sind sie gegen die Scheibe geflogen. Eigen war ihr, wie sie an der Tür gestanden ist. Dass sie bald nach ihm schauen wird, weil er am Ende noch einschläft oben im Heu, müd wie er war.

Da hört sie den Schlag.

- Franz?, hat sie gerufen. Und gehorcht.

Noch einmal hat sie ihn gerufen, da ist sie schon die Stufen runter mit den Schlapfen. Taub war sie im Kopf und alles ist auf Notstrom gelaufen in ihr, wie sie über den Hof gerannt ist zum Stadl und drinnen was liegen gesehen hat.

Liegt da der Franz.

Die Arme sind in die Luft gestanden, abgewinkelt. Gleich wars da, das Metallische auf der Zunge, und die Übelkeit ist heraufgekommen. Auf die Hände hat sie geschaut. Wie sich die Finger zusammenziehen.

- Franz, hat sie gesagt, immer lauter, als wenn sie ihn nur aufwecken hätt müssen. Angreifen hat sie ihn nicht können, hat die Heugabel genommen, ihm am Bein einen Stoß gegeben. Der Fuß ist gebaumelt, hin und her.

- Franz, so sag was!

Zum Tor haben seine Augen geschaut, dass sich das Licht drin gefangen hat. Da hat sie das Blut unterm Schädel gesehen, hat sich die Schürze heruntergerissen und ihm unter den Kopf geschoben, dass es aufhört herauszulaufen aus ihm. Ist rauf zur Schneebergerin die Rettung rufen und gleich wieder zurück, hat die Hendln verscheucht, die hin sind zu ihm, und die Fliegen beim Kopf.

- Franz, was hast getan?, hat sie gesagt, wieder und wieder. Und halb hat sies zu sich gesagt. Wie dann der Firnbichler heroben war, hat er sich niedergekniet zu ihm, grau war er schon im Gesicht, hat ihm den Puls gefühlt, wie mans macht, wenn man eh schon weiß.

- Geh her da!, hat er zur Elfi gesagt, da hat sie sich hingehockelt zu ihrem Mann. Der Firnbichler hat die Hand vom Franz genommen und ihr hingehalten.

- Magst dich verabschieden? Kalt und schwer ist die Hand in ihrer gelegen, einmal hat sie sie gedrückt, dann sind ihr die Tränen gekommen, ein Schluchzen von hinten vom Rücken herauf, dass es sie gebeutelt hat.

Nach einer Stunde war die Rettung heroben. „Insult" haben sie nachher gesagt. Schlaganfall. Vielleicht von der Hitze oder vom Most oder von der Erschöpfung, hat es geheißen.

Am Tag drauf sind die Schneebergerin und die Martha herinnengestanden in der Küche. Wie sie die Augenbrauen in die Höhe ziehen, hat die Elfi gedacht, die eine wie die andere. Und sie anschauen. Geredet haben sie in einem fort, aber dumpf waren die Worte bei der Elfi im Kopf, als wenn nur Watte drin wär im Schädel und ein Schwindel. Wie sie sie angegriffen haben. Die Luft ist ihr fast weggeblieben, so fest hat die Martha sie gedrückt. Die Schneebergerin hat ihr die Hand auf den Rücken gelegt und ein Gurren war in der Stimme. Dass sie ihr helfen wird beim Begräbnis, hat sie gesagt. Hat sie angelächelt und ihr beim Abschied langsam die Hand gedrückt, als würd jeder Finger sie einzeln grüßen. Die Martha ist noch geblieben.

- Horch zu, Elfi!, hat sie gesagt. Die Männer haben sich zusammengesetzt, der Erwin, der Schwarz Manfred und aus Anger der Freiler Sepp. Allein schaffst es nicht. Drum wollen sie helfen. Die bewirtschaften dir die Felder, du kriegst einen Teil, und es liegt nichts brach.

Wie laut sie ist, die Martha, hat die Elfi gedacht. Von oben hat sie sie jetzt gesehen. Als wenn sie vom Plafond herunterschauen würd.

- Und du brauchst dir keine Sorgen machen, kümmerst dich um den Hof und um die Mutter und den Buben.

Wie schnell sie sind, hat die Elfi gedacht. Einen Tag nach dem Tod gehts los. Fahren rauf mit den Traktoren und den Maschinen auf ihren Grund.

- Sei gscheit, Elfi! Wennst dir nicht helfen lässt, gehst zugrund.

Früher ist die Martha herinnengestanden in ihr, wenn sie so geredet hat.

- Das Korn wird verfaulen und die Erdäpfel, weilst nicht erntest, und das ganze Ungeziefer wird herüberkommen und dem Erwin die Pflanzen niederfressen. Was glaubst denn, wie lang er sich das gefallen lässt?

Da hat sie ihr in die Augen geschaut und gespürt, dass die Lippen liegen bleiben müssen. Dass nichts mehr herausdarf aus ihr. Weil sie nicht will, dass die Martha hereinkommt.

- Dann grab dich halt wieder ein am Hof, Elfi, aber nachher darfst dich nicht wundern. Eine Zeit hat die Martha noch weitergeschimpft, dann ist sie raus.

Still wars am Hof. Und still in ihr. Hat die Hoftür zugesperrt und sich auf das Stockerl gesetzt an der Hausmauer.

Die Nachmittagssonne ist im Hof gestanden und nichts hat sich gerührt. Nur die Schwalben sind ein und aus in den Nestern unterm Dach. Einmal ist wer an die Hoftür gekommen, hat die Schnalle gedrückt, dann hats geklopft, ein paar Mal, vorsichtig. Dass es eine Männerhand war, hat sie gedacht, und ist sitzen geblieben.

Dann ist sie auf, nach dem Herbert schauen. In der Wiege ist er gelegen und hat geschlafen, das leere Teeflascherl neben sich. Hat ihn herausgenommen und langsam ist sie mit ihm auf dem Arm durch den Gang, als wenn sie ihn in den Schlaf wiegen würd. Dann hat sie ihn wieder niedergelegt und die Wiege geschaukelt, hin und her, ganz von allein hat der Arm die Arbeit gemacht, und hinten im Mund hat sie angefangen zu summen, irgendwas, was dahergekommen ist aus dem dunklen Kopf, und ruhig ist sie geworden.

Dass sie ihn ihr weggenommen haben, hat sie gedacht. Fort haben sie ihn gebracht mit der Rettung. Zwei Tage muss einer herinnenbleiben. Kannst ihn nicht einfach wegführen von dort, wo er aufgestanden ist jeden Morgen, ist es ihr durch den Kopf, da hat sie ihn gesehen, wie er sich wäscht mit dem kalten Wasser im Bad und das Gesicht abreibt mit dem Handtuch in der Früh, wie er sich in den Spiegel schaut und kämmt, lang ist er immer im Bad gestanden, hat sie gedacht, da muss er doch bleiben, in dem Zimmer, wo er gelegen ist, können ihn nicht forttragen, den Franz.

Hat den Buben wieder herausgenommen aus der Wiege und ist zurück zum Stockerl im Hof. Das Schaukeln hat sie mitgenommen von drinnen, ganz leicht ist sie vor und zurück mit dem Oberkörper, als wenn ein Wasser in ihr wär, ein schweres, hin und her ist das, mit der Zeit hat sichs eingependelt und das Summen ist wiedergekommen. „Marienkäfer, Marienkäfer, flieg nach Mariabrunn, schick uns heute oder morgen recht a schöne Sunn." Im Auto ist sie gesessen und der Franz neben ihr, draußen war Herbst und überall ist das gelbe Laub gelegen, wie sie gefahren sind und gesungen haben.

Auf einmal hat sie aufgehört zu schaukeln und die Bilder waren weg im Kopf. Den Herbert hat sie angeschaut, wie er in ihrem Arm schläft. Anders ist er ihr vorgekommen. Hat ihm die Haare gerichtet, dünn waren sie und blond. Hat sie nach links gelegt. Und nach rechts. Wieder nach links. Ist ihm mit dem Finger über den Mund gefahren. Dass er die Lippen vom Franz hat, so schmal, hat sie gedacht. Weich waren die. Hat ihn gebusselt. Fast wär er aufgewacht, aber gleich ist sie wieder vor und zurück, warm hat sie ihn auf der Brust und im Arm gespürt, hat weiter geschaukelt und seine Hand genommen, so weich war die Haut, über den ganzen Handrücken ist sie mit den Lippen, und wie sie vorn war bei den Fingerkuppen, hat sie den Mund aufgemacht und die Hand ist drin verschwunden. Was sie da tut, hat sie gedacht, aber im Summen sind ihr die Gedanken untergegangen und der Bub hat geschlafen und geschnauft und sie hat die Hand mit der Zunge gegen den Gaumen gedrückt und gesaugt, wie sie da gesessen sind auf dem Stockerl an der Hauswand im Hof und geschaukelt haben, der Herbert und sie.

Wie sie die Augen aufgemacht hat, war die Hand wieder beim Buben und das späte Licht ist auf dem Dach gelegen, rot und dunkel waren die Ziegel zum Abend hin, als wenn die Sonne sie noch einmal gebrannt hätt.

Der Stier hat geschrien und gehechelt im Schrei, immer höher ist die Stimme rauf, bis sie sich überschlagen hat. Und gleich hat er von vorn angefangen. Dass die Viecher noch kein Futter gekriegt haben den ganzen Tag, ist ihr durch den Kopf. Dass sie die Euter schmerzen. Da ist sie auf, hat den Buben genommen und ist rüber in den Stall, hat die Kälber aus den Kobeln gelassen, dass sie die Milch abtrinken. Und dem Stier hat sie Heu reingeschmissen, dass er Ruh gibt bis in der Früh.

Ist ins Haus und hat sich niedergelegt mit dem Buben, so wie sie war. Ein paar Stunden hat sie mit den Pulvern geschlafen. Dann war sie munter. Hat sich umgedreht zum leeren Bett und ihn gesehen, wie er dagelegen ist. Wie sich die Hände zusammengezogen haben, Finger um Finger. Wie der Notarzt den Kopf verbunden hat, als wenn er nur verletzt wär. Wie sie ihn auf die Trage gelegt und weggebracht haben.

- Franz, hat sie gesagt. Dann war sie da, die Angst. Was war. Was wird. Da ist sie auf und raus in den Hof, gehen hat sie müssen, immer schneller, sein Lachen hat sie gehört in der Küche, wie er dagesessen ist, dahergeredet hat, durch den Heu- und den Strohstadl ist sie gegangen, schauen, ob das Schiebetor zu ist hinten, wo die Rettung reingefahren ist und die Viecher narrisch gemacht hat, sieht ihn sitzen beim Most, ein Glas ums andere hat er sich eingeschenkt, hat den Haken in die Öse gesteckt vom Tor und ist durch den Stadl zurück, ein Haufen Heu liegt am Boden, wer das hingetan hat, denkt sie, schiebt es auf die Seite, sieht den Fleck und tuts schnell wieder drauf, das Brot hat er sich in den Mund gesteckt mit dem Senfbatzen drauf, sein Brot. Ihr Brot.

- Franz, hat sie gesagt, ist vorn zur Hoftür, ein paar Mal

hat sie an der Schnalle gedrückt, dass sie eh nicht aufgeht, dann ist sie zurück zum Stockerl an der Hausmauer. Dort ist sie gesessen, die ganze Nacht durch.

Wie sie aufgewacht ist, war die Sonne noch nicht heraußen und der Hof noch grau vom Nebel. Auf den nackerten Stall ohne Dach mit den Reifen oben und dem zerfetzten Plastik in den Fenstern hat sie geschaut. Allein war sie jetzt mit dem Trumm. Und den Feldern, die bestellt gehören. Den Viechern. Den Maschinen. Den Schulden. Der Mutter. Dem Buben. Wie unter einem Steinhaufen ist sie gelegen. Und immer wieder ist noch was dahergekommen. Der Firnbichler. Das Begräbnis. Das Brot. Die Schuld. Ihre Schuld.

Nach dem Begräbnis ist sie nicht mehr runter vom Hof. Manchmal hat sie aufgemacht, wenn wer gekommen ist. Die einen haben ihr helfen wollen. Dass sie wieder auf die Beine kommt, haben sie gesagt, und am Ende hats immer geheißen, sie soll verkaufen. Und die anderen haben was wollen von ihr. Der Vater vom Franz war da wegen dem Geld für den Hof, der Meister aus der Werkstatt hat sich den BMW geholt und die Marianne ist gekommen wegen den offenen Rechnungen, die der Franz beim Brückenwirt gehabt hat. Dass er gern eine Runde spendiert hat, und nicht nur, wenn sie unter sich waren, hat sie gesagt. Die Elfi hat sichs angehorcht. Was sie zahlen hat können, hat sie gezahlt, den anderen hat sie gesagt, dass sies zusammenschreiben sollen und ihr schicken. Im Vorhaus in der Kommode ist sie gestanden, die Blechschachtel, dort waren sie drin, die Rechnungen und Schuldscheine vom Franz. Alle hat sie dort einsortiert und den Deckel zugemacht.

Als wenns die Welt draußen gar nicht geben würd, so hat sie jetzt gelebt. Hat sich um die Viecher gekümmert, den Herbert und die Mutter. War der Stall fertig, ist sie zurück in die Küche und immer wieder ist ihr der Franz durch den Kopf.

Nur manchmal ist sie noch raus, am Abend, wenn alle schon im Haus waren in der Rotte. Hat Holz geholt vom Lagerplatz hinterm Stadl. Kalt war die Luft, und der rauchige Geruch von verbrannten Erdäpfelstauden ist herübergeweht von den Feldern. Hat gehorcht. Die letzten

Grillen haben noch gezirpt und im Obstgarten oben hat eine Schwarzdrossel gesungen. Bis in die Nacht hinein hat man sie gehört. Als hätt sie sich in der Zeit geirrt, weils ja schon spät im Herbst war. Wie schnell alles geht, hat sie gedacht. Dass sie von drüben singt, mit ihrer dunklen Stimme, hat die Urli gesagt. Eine Zeit ist die Elfi noch stehen geblieben.

- Frisch wirds jetzt schon am Abend!

Dreht sich um in ihrem Schreck, da kommt der Gernot herauf vom Wald. Wies ihr geht, hat er gefragt.

- Eh, hat sie gesagt, zum Holzstoß gegriffen und Scheite in den Korb geschmissen.

- Ich helf dir!

- Geht schon, hat sie gesagt und weitergetan mit dem Holz.

- Elfi, ich muss dir was sagen. Die Bauern wollen sich den Grund aufteilen. Deinen. Weilst es allein nicht schaffst, sagen sie.

Scheit um Scheit hat sie eingeschlichtet, immer schneller, bis der Buckelkorb voll war. Dann ist sie in die Knie, den Korb schultern. Der Gernot hat ihn in die Höhe gehoben, dass sie aufstehen kann.

- Schau, dassd von außerhalb wen findst. Dem verpachtest die Felder, dann brauchst dich um nichts zu scheren. Da hat sie genickt und hat schon zurückwollen.

- Aber wegen was andrem bin ich da, hat er gesagt. Dass er am Ende auch noch Geld kriegt vom Franz, hat sie gedacht. Schlecht hat er ausgeschaut. Aufgedunsen und übernachtig.

- Ist grad nicht so leicht. Mit der Eva. Gestern ist sie fort, hat er gesagt. Hin und her sind seine Augen, als wenn er was suchen würd in ihrem Gesicht. Zum Erbarmen hat er ausgeschaut.

- So komm halt rein, hat sie gesagt.

- Wegen der Sauferei ist sie gegangen, hat er angefangen, wie sie drinnen gesessen sind beim Most. Langsam hat er geredet, als wenn er jedes Wort einzeln herausholen hat müssen. Aber sie hat wen andern. Dass ich halluzinier, sagt sie. Vom Saufen. Ich halluzinier aber nicht, hat er gesagt, geseufzt und sein Glas mit beiden Händen gehalten.

- Erzähl halt.

- Beim Gschnas im Februar habens die Eva mitm Reini gesehen. Hinten ausm Zimmer beim Brückenwirt sind sie gekommen. Dass ich gsoffen hab und sie in Ruh lassen soll, hat sie gesagt, wie ich sie drauf angeredet hab. Aber ich habs wissen müssen! Draufhin ist sie auf mich los. Hab mir nicht mehr zu helfen gewusst, Elfi, hat er gesagt und sie lang angeschaut mit einem glasigen Blick, als wenn das Wasser schon drinstehen würd.

- Da hab ich ihr eine geboscht. Aber glaubst, sie hätt aufgehört? Bist eh schon der Teschek im Dorf und dann hurt die eigene Frau herum mitm Wirt, hat er gesagt und den Kopf geschüttelt. Das Maul haben sie sich zerrissen, drüben die Jäger. Fast auf dem Tisch ist sein Kopf jetzt gelegen, so hat er ihn hängen lassen.

- Ich mag nimmer mehr, hat er gesagt und im Buckel hinten hats ihn geschüttelt.

- Darfst nicht aufgeben, Gernot, hat sie gesagt. Was meinst, wies mir gegangen ist mitm Franz. Und dann hat sie erzählt. Wie die Frauen in der Küche gestanden sind bei ihr. Wie sie bald drauf nichts anderes mehr denken hat können. Weil er so oft fort war. Unten bei ihr in der Wintermühle. Wie er nach ihr gestunken hat. Und dass sie dann auf die Pulver gekommen ist. Wie froh sie war, wie er daheimgeblieben ist. Dass ihr das aber keine Ruhe lässt, seit er tot ist, hat sie gesagt, und den Gernot gesucht. Als wenn sie unten sitzen würd und drauf wartet, dass er ihre Hand nimmt und sie heraufzieht.

- Und jetzt glaubst, du hast ihn …, hat der Gernot gesagt, ganz aufrecht ist er auf einmal dagesessen.

- Hab ja probiert mit ihm zu reden. Nur ist er mir nicht drauf eingestiegen.

- Hast nix dafürkönnen, Elfi, hat er gesagt, als wenn sie über irgendwen reden würden. Dann ist er herübergerutscht zu ihr und hat seine Hand auf ihre gelegt. Was gschehn ist, ist gschehn, hat er gesagt. Eine ganze Zeit sind sie so gesessen

- Ich muss jetzt, hat sie gesagt.

- Was musst leicht?

- In Saustall.

Langsam hat der Gernot den Most ausgetrunken und im Aufstehen hat er ihre Hand gestreichelt.

- Ich sags keinem, Elfi. Kannst dich auf mich verlassen.

12. FEBER 1975

Trägt die braune Mappe ins Vorhaus raus, legt sie auf die Kommode. Erst glaubt sie, es sind wieder die Motorsägen, aber dann wirds lauter, ein Knattern oben von der Straße herunter. Setzt sich in der Küche zum Tisch. Und wie sie das Moped erkennt, bleibt es auch schon stehen vor dem Hof. Den Motor lässt er weiterrennen, weiß eh, dass sie nicht aufmacht, denkt sie. Wird ihr die Post vor die Tür legen und weiterfahren. Da stirbt der Motor ab und ein Klopfen kommt vorn von der Hoftür.

Wartet, dass es vorbeigeht. Ist immer noch alles vorbeigegangen. Wird gleich wieder sein Moped antreten und weiterfahren. Auf einmal klopft es am Küchenfenster.

- Grüß Gott, Frau Kehrtegger, ich bräucht eine Unterschrift.

Rührt sich nicht. Als wenn sie ein Wild gesehen hätt, das sie nicht verschrecken will. Noch einmal klopft es, dass das Glas scheppert. Sie duckt sich, zieht die Füße unter die Bank.

- Frau Kehrtegger, ich hab was Eingeschriebenes für Sie.

Sieht den Schatten am Fenster, wie er sich an die Scheibe drückt. Dass sie sie jetzt haben, denkt sie.

- Frau Kehrtegger, machens bitte auf, sonst muss ich morgen wiederkommen.

Langsam geht sie hin zum Fenster, schiebt den Vorhang weg. Den alten Briefträger hat sie von Kind auf gekannt. Geduzt haben sie sich. Gschreckt schaut der neue herein unter dem Schirmkapperl. Sie zeigt zur Hoftür.

Schaut sich im Bad in den Spiegel, Ruß hat sie auf der Stirn, rot ist sie um die Augen, die Haare hängen ihr herunter. Wäscht sich, bindet ein Kopftuch um, spült den Mund aus. Wie dreckig die Hände sind, denkt sie, alles kriegt sie nicht runter, spürt, wie er wartet, zieht einen neuen Kittel über, wischt sich die Hände drin ab, rennt zur Hoftür, sperrt auf. Da steht er in seiner dunkelblauen Uniform und der großen Ledertasche, wie ein Maul hängt ihm die auf der Seite, holt einen Kuli heraus.

- Hams mich nicht gehört, gell?, fragt er und hält ihr den Brief hin und die Bestätigung zum Unterschreiben. Auf das Kuvert schaut sie mit den amtlichen Buchstaben drauf, dann nimmt sie ihm den Kuli aus der Hand und schreibt langsam „Elfriede Kehrtegger" in ihrer Schulschrift.

- Das Datum brauch ich noch, sagt er und schaut sie an, aber den Kopf hebt sie nicht. Oben im Wald hört sie das Heulen, da stiert sie noch immer auf den Zettel, bis er „Den 12. hamma heute" sagt.

Den Einser und den Zweier und den Punkt danach schreibt sie und drückt den Kugelschreiber fest aufs Papier, dann hört sie „Feber" und „1975", fast schon geflüstert. Gibt ihr den Durchschlag und den Brief mit einem Schwung.

- Auf Wiederschaun, Frau Kehrtegger, sagt er, ganz nah bei ihr, dass sie sich zu ihm dreht, aber nur den Brief schaut sie an. Sperrt die Hoftür zu und geht in die Küche. Ob sie ihn ins Feuer schmeißen soll, denkt sie. Wischt die

Brösel vom Tisch und legt ihn vor sich hin. Geht zum Fenster, schaut durch den Spalt zur Schneebergerin. Das Auto steht immer noch vor dem Hof. So lang bleibt der Doktor nicht, bringt ihr ja nur die Pulver.

Und wenns wer von der Gemeinde ist? Oder die Gendarmerie? Am End hats der Gernot doch weitererzählt. Holt das Beindlmesser aus der Lade. Die Hand zittert ihr, wie sie das Kuvert aufschlitzt und das Papier auseinanderfaltet, mit dem Briefkopf und dem Amtlichen, als wenn sie jetzt schon herinnen stehen würd, die Gemeinde.

Wieder und wieder muss sie die Zeilen lesen, dass sie sie versteht. Dass sie wer angezeigt hat. Wegen der Tierhaltung. Und dass der Amtstierarzt innerhalb von zwölf Tagen zur gesetzlichen Nachschau in Anwesenheit eines Exekutivbeamten verpflichtet ist. Dass sie ihr den Hof aufmachen werden. Herinnenstehen werden. Sehen, wies da ausschaut. Dass sie im Stall die Sau finden werden, die hinnige. Und die Viecher. Heiß wird ihr. Rennt raus, klaubt den Dreck zusammen im Hof, was alles herumliegt, das Papier und die leeren Säcke, die der Wind vertragen hat, und das Heu und das Holz und den Mist, scheucht die Hühner in den Stall, macht die Tür zum Saustall auf, das Gerümpel hinten drinnen holt sie raus, die alte Scheibtruhe und die Rechen und Schaufeln, dass sie zum Fenster hinkommt, reißt es auf, dass es durchzieht, der beißende Gestank rausgeht und das Grausliche vom Aas, steigt rein in den Kobel zu den Sauen, bis zum Schaft von den Gummistiefeln steht ihr der Dreck, da rutscht sie aus, fängt sich an der Mistgabel, mit der geht sie durch zwischen den Viechern, scheucht sie nach hinten, dass sie den Kobel abtrennen kann, schwer ist der Balken, den sie raushebt, lässt ihn in die Verankerung fallen, sperrt die Sauen ein, geht rein mit der Scheibtruhe in den Verschlag und schaufelt den Mist heraus. Bis in den Magen geht ihr der Gestank, dass es sie reckt, schwindlig wird ihr, einen Ton hat sie im Ohr, hoch und schrill, sie stützt sich auf die Gabel, dumpf drückt es herunter von oben im Schädel, sieht Sterne im Finstern, im Kopf dreht sichs, die Knie werden ihr schwach, klammert sich an die Mistgabel, zum Licht muss sie, zur Tür, da kommt Luft herein, einen Schritt noch, dann ist sie draußen, spürt die Mauer im Rücken, atmet. Keucht.

Soll er kommen.

Sollens hereinkommen.

Früh ist es jetzt dunkel geworden, Ende November, dass man im Stall schon ab vier das Licht hat aufdrehen müssen zum Arbeiten. Die Scheibtruhen mit dem Mist hat sie rausgeführt, frisches Stroh zwischen den Viechern verteilt und die Melkmaschine angesetzt.

Wenn der große Glaskolben voll war, hat sie ihn rübergebracht in den Arbeitsraum, die Milch abgeseiht und in die Metallkannen gefüllt. Einen Kühlraum hat der Franz bauen wollen, jetzt sind die Kannen noch immer in der alten Metallbadewanne im Wasser gestanden, bis der Pritschenwagen sie in der Früh vorn vorm Hof abgeholt hat.

Wie sie die Kannen reingehoben hat ins Wasser, sind im Stall die Viecher unruhig geworden. Geschrien haben sie, aber nicht vor Hunger. Ob ein Marder durch den Stall ist oder ein Fuchs, hat sie gedacht. Weil die Tür zum Misthaufen hinten offen war. Hat die letzte Kanne ins Wasser gestellt und ist rüber. Die Tür nach hinten raus hat sie abgesperrt, da sind die Viecher auch schon wieder gelegen im Stroh und ruhig wars im Stall. Einem Kalb ist sie beim Rausgehen übers Fell gefahren, dann hat sie das Licht abgedreht und hinter sich die Stalltür zugemacht.

- Griaß di Elfi, hat wer im Finstern gesagt, zusammengezuckt ist sie, hat sich hingedreht zur Stimme, aber nichts hat sie gesehen in dem dunklen Hof, blind wie sie war von den Leuchtstoffröhren im Stall.

- Da bin ich, hat er gesagt, da hat sie rübergeschaut zum Gang unterm Vordach. An der Wand ist er gelehnt, der Gernot.

- Hab dich nicht schrecken wollen. Bin grad ausm Revier gekommen und hab mir gedacht, ich muss dir was sagen.

- Wie bistn herein? Ist alles zugsperrt.

- Hinten das Scheunentor war einen Spalt offen.

- Und da kommst einfach herein?

- Geh Elfi!

- Ich mag nicht, wennst dich hereinschleichst.

- Ich hab mir halt gedacht, ich sags dir.

- Was?

- Wegen den Feldern. Untergeackert haben sie alles. Gestern Nacht muss wer rein sein mitm Traktor.

Jetzt erst hat sie ihn sehen können, wie er dagestanden ist, den Jagerhut aufm Kopf, im Anorak, das Gewehr über der Schulter. Ohne ein Wort ist sie an ihm vorbei, die Stiegen rauf, hat die Gummistiefel ausgezogen und sich die Fetzen von den Füßen gewickelt.

- Noch was muss ich dir sagen, hat er gesagt, wie er vor der offenen Tür gestanden ist. Ob er was getrunken hat, hat sie gedacht.

- Bin schon recht müd, hat sie gesagt, da hat er das Gewehr abgestellt und die Schuhe auf dem Gitter abgetreten, dass es gescheppert hat.

- Bleib eh nicht lang, hat er gesagt und ist an ihr vorbei, dass sie ihm nur nachschauen hat können.

- Das darfst dir nicht gefallen lassen, Elfi, ich werd dir helfen, hat er gesagt, wie sie herinnengesessen sind in der Küche am Tisch und sie Holz nachgelegt hat im Herd.

- Der Firnbichler wars, hat sie gesagt, wie sie ihm einen Most eingeschenkt hat.

Der Gernot hat erst einmal getrunken. Dann hat er sich zurückgelehnt und mit den Schultern gezuckt.

- Der tut sich das nicht an. Wird nicht mit dem eigenen Traktor rauffahren. Von Anger werden sie wen geholt haben. Das findst nimmer raus.

- Ich hab geglaubt, du willst mir helfen?

- Will ich eh, hat er gesagt und gelächelt.

- Wie leicht?

Da hat er sich nach vorn gebeugt am Tisch und ist mit seiner Hand zu ihrer.

- So, hat er gesagt, ihre Hand zu sich gezogen und sich den Handrücken auf die Wange gelegt.

- Hör auf, hat sie gesagt und die Hand weggezogen.

- Elfi, ich meins ernst, hat er gesagt, von tief unten ist die Stimme gekommen, und fest angeschaut hat er sie. Dann hat er die Ärmel aufgekrempelt, wie ein Soldat ist er dagesessen in dem grünen Jagerhemd mit den Schulterklappen. Ob sie nachm Feuer schauen soll, hat sie gedacht.

- Magst was essen?, hat sie gefragt und mit dem einen Bein ist sie schon aufgestanden gewesen, da hat er die Hand wieder auf ihre gelegt.

- Elfi, da ist was. Das spür ich. Rasch ist sie auf, hat den Wecken aus der Brotlade geholt und den Speck und die Grammeln aus der Speis.

- Weißt Elfi, hat er gesagt, wie er sich ein Brot heruntergeschnitten hat, wir passen zamm. Dein Mann war schiach zu dir und die Eva zu mir. Aber du Elfi, und da hat er eine Pause gemacht und sie angeschaut von der Tischplatte bis ins Gesicht rauf und in seinen Augen war ein Blitzen, das hat sie geschreckt, du gfallst mir. Zum Wohl, schöne Frau!, hat er gesagt, dann ist er herübergerutscht zu ihr und hat seinen Arm auf ihre Schulter gelegt.

- Gehts noch!, ist sie ihn angefahren und hat sich unter dem Arm herausgedreht.

- Elfi, wennst schiach bist zu mir, werd ich mein Versprechen brechen müssen, hat er gesagt und den letzten Most ausgetrunken.

Da ist sie hin zum Herd, hat das Türl aufgemacht, sich nach dem Holz gebückt und nachgelegt.

- Ich weiß vielleicht wen, der dir die Felder pachten würd.

- Wer leicht?

- Aus der Wintermühle einer. Muss erst mit ihm reden. Ob sie nach dem Buben schauen soll, hat sie gedacht.

- Holst uns noch einen Most? Ich geh dann eh gleich, hat er gesagt, da hat sie sich zu ihm gedreht. Wie Saugnäpfe sind seine Augen auf ihr gepickt.

- Ich hol dir einen, den kannst dir runternehmen, hat sie gesagt und ist zur Kellerstiege, dass sie rauskommt aus seinen Augen. Der Gernot hat gehorcht, wie sie runtersteigt in ihren Schlapfen und über das Brett auf dem Lehmboden zum Fass geht. Und wie er das Plätschern vom Most gehört hat, ist er ihr nach.

Am Freitagnachmittag ist man schon normal nicht mehr reingekommen beim Brückenwirt in Anger, so voll wars. Um halb vier ist der Bus am Hauptplatz angekommen und die Hackler aus Graz und Leoben und Neustadt und Wien sind ausgestiegen. Heimgegangen ist aber keiner. Mit ihrem Lohn sind sie rein feiern, dass die Arbeitswoche vorbei ist. Und jetzt, am Freitag vor Weihnachten, wars voll wie nie sonst im Jahr. Aufgeheizt war die Luft und alle sind beieinander gestanden auf dem dampfigen Holzboden, feucht war der vom Schnee unter den Schuhen und dem ausgeschütteten Bier. Daheim hat man sich gefühlt im Gedränge von den vielen Körpern in ihrem warmen Gewand, wie sie herinnengestanden sind und ihr Weihnachtsgeld auf den Schädel gehaut haben. Noch wohler ist den Männern geworden, wies dann hinter den Fenstern gedämmert hat an dem Dezembertag und die Welt draußen verschwunden ist in der Dunkelheit, weils dann nur noch eine Welt gegeben hat und das war die vom Brückenwirt.

Laut ist es zugegangen und harte Lacher sind herausgeschossen, von den Trotteln im Betrieb haben sie erzählt, und die Geschichten sind im Kreis gegangen an den Tischen, weil jeder einmal einen Lacher haben hat wollen. So haben sie geredet und getrunken, die Vierteltrinker und die Krügerltrinker und die Mosttrinker, und mittendrin war jetzt der Gernot dran mit seiner Geschichte. Dass er letzte Woche in der Neumühle unten war, weil er drei Kühe hat einschläfern müssen, und dass er nachher ins Wirtshaus ist auf ein Bier, weils so schiach war, wie die Viecher beieinander waren, der Bauer hat sie verhungern lassen. Setzt sich in die Gaststube, hinten ins Eck, weil er eh keinen kennt, und trinkt sein Bier, hat er erzählt.

- Am drüberen Tisch sitzen vier beim Bauernschnapsen. Normal rennt da der Schmäh, aber komplett still wars an dem Tisch. Als wenns um einen Hof spielen, so sinds gesessen. Nur einer nicht. Der hat immer wieder den Mund verzogen und vor sich hin geplaudert, als wenn er die größte Freud hätt. Dann hat er das Tischtuch gehoben und runtergschaut wie nach einem Hund. Und was seh ich unterm Tischtuch?, hat der Gernot gefragt und sein Blick ist in die Runde gegangen, als wenn er gleich die Lacher abkassieren würd.

- Was seh ich?

- Tu net so herum, hat einer gesagt und ein paar haben sich weggedreht, weil er gar so wichtiggetan hat. Aber der Gernot hat nicht aufhören können.

- Was glaubts, um was die gespielt haben? Um den Hund unterm Tisch?, hat er in die Runde gefragt, da hat schon keiner mehr was sagen wollen. Aber Hund war ja keiner da. Wissts was unterm Tisch war? Und wieder hat er eine Pause gemacht, dass man schon angefangen hat über was anderes zu reden.

- Ist eine gekniet bei ihm zwischen den Haxen und hat ihm … wissts eh. Um die habens gspielt.

Da habens ihn angeschaut, den Gernot, manche haben sich ihr Bier gegriffen, einen Schluck genommen und gegrinst, andere haben den Kopf gebeutelt, nur der Siggi hat gelacht.

- Haben halt Altfranzösisch geschnapst, hat er in die Runde gerufen, da sind doch noch ein paar Lacher gekommen. Und der Gernot ist dagesessen mit den roten Flecken im Gesicht und hat sein Bummerl gehabt.

Der Firnbichler neben ihm war die ganze Zeit über still. Erst wie alle wieder weitergeredet haben, hat er sich rübergelehnt zu ihm.

- Bei wem warst leicht die Viecher einschläfern?

Gleich hat sich der Gernot wieder aufgerichtet.

- Weißt eh, dass ichs nicht sagen darf. Der Firnbichler hat ihn angeschaut mit einem Blick, nichts hat sich gerührt in dem Gesicht.

- Beim Piribauer, was interessierts dich?, hat der Gernot gefragt, sein Krügerl ausgetrunken und in die Höhe gehalten, bis ihn die Simone gesehen hat. Aber der Firnbichler war ganz bei seinem Bierdeckel, sechseckig war der und langsam hat er ihn weitergedreht, im Uhrzeigersinn, als wenn er eine Mutter festziehen würd.

- Hast nix gehört?, hat er nach einer Zeit gefragt.

- Wegen was?

- Die Viecher. Die ganze Nacht durch hörst sie schreien ausm Stall.

- Bei wem?

- Heast Gernot! Reden doch alle drüber. Bei der Elfi.

- Und deine schreien nie?

- Sicher schreins. Aber nicht die Nacht durch.

- Wirds halt zum Füttern vergessen haben. Oder zum Melken. Da hat sich der Firnbichler Erwin aufgerichtet. Die Simone hat dem Gernot sein Bier hingestellt und gleich hat er einen festen Schluck genommen.

- Wer ist der Tierarzt in der Rotte?, hat der Firnbichler gefragt.

Der Gernot hat mit den Schultern gezuckt.

- Musst was tun, Gernot. Sonst machst dich strafbar.

- Kannst nicht so reinmarschieren. Erst muss ma reden mit ihr.

- Was willst reden? Hat alles verriegelt. Die Martha hat ja zu ihr wollen, kein Wort hats mit ihr gredt. Wie ein Gespenst rennts herum am Hof.

- Hats halt mit den Nerven.

- Wie der Pfarrer redst über sie.

- Wenns wahr ist.

- Wenns wahr ist, gehörts unter Vormundschaft. So schauts aus.

- Jetzt schau ma, wies wird im Frühjahr.

- Was willst schauen?

- Dass sie sich fangt im neuen Jahr.

- Auf was hinauf?

- Musst ihr Zeit lassen. Ist ja auch wegen dem Franz.

- Mit den Nerven hat sies immer schon gehabt.

- Jetzt lass einmal Weihnachten kommen, dann schau ma weiter, hat der Gernot gesagt und sein Bier ausgetrunken. Vielleicht auch, dass er das Gereizte runterspült, das ihm aufgestiegen ist, je länger ihn der Firnbichler sekkiert hat.

- Hast leicht ein Aug auf sie?

- Leid ist mir um sie.

- Und wieso warst so oft oben bei ihr?

- Wer sagt das?

- Wurscht, wers sagt.

- Spinnt die Martha wieder Gschichten zamm?, hat der Gernot gesagt, aber dünn war die Stimme, als wenn er ordentlich in der Luft hängen würd. Und dort hat ihn der Firnbichler Erwin erst einmal hängen lassen. Weil er ihn jetzt gehabt hat, den Gernot. In sein leeres Bier hat der geschaut. So sind sie gesessen, und langsam hat sich der Bierdeckel weitergedreht am Tisch.

- Die Eva hab ich lang nimmer gesehen. Mir scheint im Oktober das letzte Mal, hat der Firnbichler gesagt.

- Muss dem Vater helfen, unten in Baden.

- So lang?

- Ist halt schon alt.

- Über Weihnachten kommts aber schon?

- Ich werd runterfahren.

- Zum Schwiegervater?

- Ja.

- Über Weihnachten?

- Ja.

- Aha.

- Wieso fragst?

- Nur so.

Der Gernot hat noch einmal aufgezeigt mit dem leeren Krügerl und wie er dann sein Bier gehabt hat und der erste kalte Schluck ihm in die Gurgel gelaufen ist, hat er wieder einen Schwung gehabt.

- Die Elfi hat sich ein bissl verschaut in mich, hat er gesagt, voll und rund war jetzt seine Stimme.

- Spielst jetzt Witwentröster?

- Is a fesche Frau. Und braucht halt wen.

- Aha, hat der Firnbichler gesagt. Als wenn er ihn noch ein bissl hat sitzen lassen wollen in seinem Hochgefühl, hat er gewartet.

- Und warum lassts dich nicht rein?, hat er dann gesagt.

- Sicher lässts mich rein.

- Vor der Tür bist gestanden und am Fenster. Hat sie sich am End vor dir verbarrikadiert?

- Was du für einen Schmarrn redst, hat der Gernot gesagt und gelacht, aber Boden war keiner in dem Lachen.

- Horch zu, Gernot!, ist ihm der Firnbichler mitten rein, mir ist komplett wurscht, was du mit der Elfi hast. Aber als Tierarzt musst nach den Viechern schauen. Und wenns dich nicht reinlässt, musst den Amtsveterinär einschalten. Hast mich verstanden? So und jetzt tu was. Aber sofort. Frohe Weihnachten!, hat er gesagt, ist vor zur Simone zahlen und raus.

12. FEBER 1975

Schwindlig ist ihr, wie sie aufwacht in der Küche. Wie lang sie geschlafen hat, denkt sie. Hört den Buben schreien im Zimmer. Dass er sich beruhigen wird, sagt sie sich. Lauter werden die Schreie, sammeln sich in ihr. In den Armen, in dem Spalt zwischen Haut und Fleisch spürt sie sie. Wie ein zorniges Tier schreit er, denkt sie von Weitem und nichts rührt sich in ihr. Nach einer Zeit wird es still, da steht sie auf. Holt ihn aus dem Zimmer, füttert ihn und gibt ihm seinen Tee. Wie lang sie selber nicht gegessen hat? Dass sie Kraft braucht, sagt sie sich. Geht zum Herd, hebt den Deckel vom Topf mit der Erdäpfelsuppe, riecht dran und schiebt sie aufs Feuer.

Dämmrig ist es schon draußen. Das Auto steht immer noch oben. Zieht den Vorhang wieder zu. Füllt den Teller mit Suppe, schneidet ein Brot herunter und setzt sich zum Tisch.

Hört das Brüllen im Stall. Ob sie sie gemolken hat in der Früh? Schüttet die Suppe zurück in den Topf, legt den Buben ins Tuch, schwer hängt er sich an, und geht in den Stall. Geschwollen sind die Euter. Setzt die Saugzapfen an, dreht die Maschine auf und schon rinnt das Weiße den Glaskolben runter und die Pumpe jammert bei jedem Stoß. Wie sie fertig ist, leert sie die Milch in die Kübel. Den Sauen wird sie sie geben. Schmeißt den Viechern vorn Gärfutter rein und Heu nach, holt den Mist heraus, den ärgsten, legt ihnen frisches Stroh rein, bis zu den Knien stehen sie drinnen. Dreht das Licht ab und geht. Macht am Herd die Suppe wieder warm, bringt sie der Mutter, füllt sich selber einen Teller auf. Gibt dem Buben einen Erdäpfel zum Lutschen. Die Augen fallen ihm schon zu. Legt ihn nieder, setzt sich wieder zum Tisch. Kostet. Wartet.

„Komm, Herr Jesus, sei unser Gast." Als Kind hat sie ihn gesehen, wie er sich dazusetzt, durchsichtig, der Herr Jesus in einem Umhang, und zum Vater nickt als Dank. „Und segne, was du uns bescheret hast", sagt sie stumm und nimmt einen Löffel. Im Mund lässt sie ihn liegen, als wenns ein Houiglöffel wär, den sie abschleckt, gut ist das Fett am Gaumen, munter wird sie.

Bröckelt das Brot in die Suppe. Dass es der Hunger war vielleicht, denkt sie, dass ihr die Kraft ausgegangen ist, immer schneller schiebt sie sich die Löffel in den Mund, schmeckt das Fett und die Erdäpfel und den Kümmel, wie sie so lang aufs Essen vergessen hat können. Dann lässt sie den Löffel liegen in der Suppe. Lehnt sich zurück. Spürt, wie sichs wieder zuzieht in ihr.

Im Kopf fängt es an. Vorn in der Stirn sitzt es, das Drücken. Und wandert. Alles ist wieder da. Wie eine Mure kommt es herein. Auf einmal reißt was und ein Rutschen fängt an in ihr. Will sich noch halten, greift nach der Eva, aber die Eva ist fort, schon lang ist die fort, da rutscht ihr der Keller nach, der Steingriff und der Lehmboden unter ihr, und dann ist alles am Rutschen, der Hof, auf Schulden gebaut, und der Grund dazu und die Viecher, alles gibt nach, die Mutter, das Brot für den Franz und der Tod, und dass sies dem Gernot gesagt hat, grad dem Gernot, dem Hund, wie er auf ihr liegt und sie hält bei den Armen und ihr schöntut mit Worten, der Hund, mit dem Steingriff und dem kalten Boden am Steiß, über sie her ist er wie Geröll, der fleischige Mann, vorführen wird er sie, allen wird ers sagen in der Rotte, was sie mitm Franz, da kommen sie herein, alle kommen herein auf den Hof, es rutscht und sie rutscht mit, sollen sie kommen, immer weiter rutscht es, nach unten, da stehen sie, so lang sind sie dort schon gestanden, haben nach ihr geschaut, die Urli und der Vater, brauchst dich nicht plagen, sagen sie, von drüben her, von den Steinen lässt sie sich tragen, vom Geröll, und ein Rauschen ist unter ihr, da wird sie ganz ruhig und die Mure um sie wird leichter.

Richtet sich auf am Tisch, zieht die Wollweste über und lehnt sich an die Holzwand. Die Maushaut, über die Schulterblätter und den Rücken hat sie sich gelegt und alles ist warm geworden in ihr. Ein Heimweh füllt ihr jetzt die Brust, das immer schon da war. Dass er sie holt und mit ihr rübergeht, hat sie als Kind geglaubt. Lang hat sie gewartet. In die Maushaut legt sie sich, ins graue Fell. Mag nicht mehr bleiben. Heimgehen will sie. Schiebt den Teller auf die Seite, legt den Kopf auf den Arm und sieht, wie sie geht.

Halb zehn schlägt die Uhr. Sitzt auf dem Bett im Mantel mit den schweren Schnürschuhen an. Dem Herbert hat sie seinen Tee gegeben, dass er schläft.

Zieht die Fäustlinge an, nimmt den Buben, geht durchs Vorhaus über den Hof runter zur Mutter ins Zimmer. Baut ihm ein Nest aus Decken, legt ihn rein. Licht dreht sie keines auf. Schaut zum Bett, ob sich was rührt. Horcht. Leise hört sie den Atem der Mutter. Holt Wolldecken aus dem Kasten, breitet sie über den Buben. Dass die Schneebergerin kommen wird, sagt sie sich, und ihn holen wird. Deckt ihn zu und bevor sich der Kopf wieder ansauft, sind die Füße schon am Gehen.

Über den Hof, hinten beim Stadl raus übers Feld, dass sie keiner sieht. Angezogen hat es über Nacht und der harschige Schnee kracht bei jedem Schritt. Rasch muss sie gehen, nicht stehen bleiben, fest marschiert sie den Hang hinunter am Wald entlang, immer größer werden die Schritte. Der Harsch schneidet in die Haut am Schienbein, wie sie in die Wehe stapft, steil fällt die ab, dass sie fast stolpert, so zieht es sie nach unten.

Geht über den Acker, hinterm Eitlerhof vorbei, kein Licht ist im Haus, an die Eva denkt sie, schneller werden die Schritte, wies jetzt flacher wird oberhalb vom Wald, der um den See liegt. Da flackert ein Licht zwischen den Bäumen. Ob einer durch den Wald geht, denkt sie, aber das Licht rührt sich nicht, und wie sie näherkommt, sieht sie die Umrisse. Die Jagdhütte vom Gernot am Ufer unten.

Wo er mitm Vater gesessen ist und dem Firnbichler, in der letzten Nacht. Geht bergauf übers Feld. Heiß ist ihr und schwindlig, wie sie durch den Schnee stapft, bis die Hütte hinter ihr liegt, und wie von selber rennen die Füße bergab, dann ist sie auch schon unten im Wald, kommt zum Ufer, den Schwarzbach hört sie rauschen, und wie die Stiefel nicht mehr einsinken und die Reifschicht unter den Sohlen knirscht, spürt sie, jetzt ist sie am See. Das Herz schlägt ihr bis in die Augen, dass sie Blitze sieht, aber eine andere geht neben ihr, schaut sich den Aufruhr im Körper an, wie er sich aufbäumt, von weit her schaut sie, wie die Elfi zittert, „Sprich nur ein Wort" sagt und anfängt zu verhandeln, wenn sie eins hört, ein Wort, dreht sie um. Schnell fliegen die Wolken und heller ist es jetzt am Eis mit dem Halbmond am Himmel. Die offene Schneise sieht sie mit dem Schwarzwasser und den Hölzern am Rand, dass keiner reinstürzt.

Geht aufs Mondlicht zu, wie es im Wasser glitzert, Schritt um Schritt. „Gleich hast es. Wenn der Kracher kommt", sagt sie sich und alles schreit in ihr, im Magen und im Brustkorb und im Hals krallt es sich zusammen, aber die andere Elfi geht immer weiter raus aufs Eis. Da hört sie wen. Obs der Wald ist vielleicht. Ruft einer vom Ufer her. Sie duckt sich. Wenn sie jetzt wer findet heraußen. Heimbringt in die Rotte und alle wissens dann. Schaut auf. Kommt einer gerannt. Sie richtet sich auf, geht aufs Schwarzwasser zu, langsam, mit den Augen voran, aber die Ohren horchen nach hinten. Wie er schreit. Geht weiter, als wenn sie was suchen würd, den Kopf nach vorn gebeugt. Hört, wie er langsamer wird, schnauft. Ob er sich nicht weitertraut, denkt sie.

- Elfi!, keucht er, weil er das Laufen nicht gewohnt war, der Gernot. Was tust da heraußen?

- Nachm Vater schau ich.

- Geh her da!, sagt er, kommt ihr nach, und wie sie schon beim ersten Holzpfosten ist, packt er sie am Arm und zieht sie zurück.

- Der Vater liegt schon lang am Friedhof.

Mit einem Ruck reißt er sie zu sich, den Steingriff spürt sie wie im Keller, da schießt es ihr heiß herein ins Gesicht. Dass er sie loslassen soll, fährt sie ihn an.

- Gut is, Elfi, ist ja gut, sagt er, lacht und drückt sie fest an sich, dass sie den Rausch riecht aus seinem Mund, an den Schulterblättern spürt sie ihn jetzt, da schwillt ihr der Zorn im Rücken und sie schreit, als wenn ihr die Brust platzen würd, das ganze Siedende schreit in ihr, dass er sie lassen soll, aber noch fester drückt er sie rein in seinen fleischigen Körper, da krallt sie sich fest an ihm, hängt sich in seine Arme und lehnt sich nach hinten mit ihrem ganzen Gewicht, als wenn sie mit ihm tanzen wollt, er schwankt, da gibt sie sich einen Stoß, er taumelt, will sich wo anhalten hinten, aber da ist nichts, er stolpert, es kracht, das Eis geht auf und sie versinken im Schwarz.

Von allen Seiten presst es herein, das Eiswasser, glühend, er schlägt um sich, drückt sie nach unten, sein Stiefel trifft sie am Kopf, sie greift nach ihm und krallt sich wieder fest, wild strampelt er, da kommt sie nach oben und wie sie die Luft einsaugt, erbricht sie, Schwall um Schwall schießt das Eiswasser heraus aus ihr, wie eine Wunde brennen ihr die Lunge und die Augen und der Hals, sucht nach Halt, stößt sich ab unter Wasser an was Schwerem, kommt herauf und klammert sich fest an einem Holz, strampelt sich aus dem Mantel, von hinten zerrt es an ihr, sie tritt und drückt sich weg von dem Harten, immer flacher liegt sie auf dem Eis, zieht sich weiter und am Ende trägt sie die Eisdecke und sie ist heraußen, würgt das Wasser durch den Hals, die Nase, überall rinnt es heraus, und sie hustet, giert nach Luft.

Bleibt liegen. Keucht. Richtet sich auf, wie sie wieder Kraft hat. Sieht den Gernot im Wasser liegen, mit dem Gesicht nach oben und die Augen groß, wie ein Karpfenmaul der Mund, so schaut er in den Himmel, und Blasen steigen ihm aus dem Anorak.

Nimmt ein Brett, eins von den langen, schmalen, dreht sich um und stößt es rein in seinen Bauch, wie mans macht mit einem Vieh, das sich nicht mehr rührt. Ob noch Leben drin ist in dem Körper. Da zuckt er mit den Armen. Und wie sie noch einmal reinsticht in ihn, dass er untertaucht mit dem Kopf, schlägt er um sich. Drückt ihm das Holz auf die Brust, dass der ganze Körper im Wasser verschwindet. Wild wird der auf einmal, röchelt und zuckt, da lässt sie ihn wieder rauf an die Luft, und jetzt sind auch die Augen zurückgekommen, der Mund geht ihm auf, und er hustet und spuckt Wasser und die Arme rudern.

Hebt das Brett in die Höhe. Er reckt sich, dass er fast wieder untergeht. Schlägt um sich. Über seinem Kopf lässt sie es stehen. Könnt es niederfahren lassen auf seinen Schädel. Hin wär er, schwach, wie er ist. Müsst gar nicht hinhauen, nur auslassen müsst sie.

Langsam ist alles in ihr. Als wenns auch im Kopf zu kalt wär zum Denken. Ob sies fallen lassen soll. Oder ihm heraushelfen, wie er daliegt im Wasser. Oder weggehen. Keiner würd was merken.

Da lässt sie das Holz fallen. Neben ihm liegt es, halb am Eis, halb im Wasser. Gleich greift er hin, dass er sich abstützen kann. Da schiebt sie ihm noch ein zweites hin, hält sie fest, dass er sich raufzieht. Zentimeter für Zentimeter kommt er heraus, bricht wieder ein, fängt von vorn an. Bis er draußen ist. Auf allen vieren steht er. Keucht. Und kriecht weiter, bis das Eis sich nicht mehr rührt unter ihm. Richtet sich auf, schwankt, setzt einen Schritt vor den anderen, das Wasser rinnt an ihm herunter. Leise hört sie was aus seinem Mund, wie er weitergeht, „Danke“ hätte das sein können oder „Na wart“.

Dann holt sie die Kälte ein. Sie rennt, das eisige Gewand am Körper, beim Einatmen brennt die Luft, aber groß ist ihr Brustkorb jetzt, groß und weit. Die Straße rennt sie rauf, bis sie nicht mehr kann, bleibt stehen, verschnauft, rennt weiter bis zum Hof, holt den Buben aus dem Kammerl, zieht trockenes Gewand an, wärmt sich am Ofen, bis der Schmerz kommt in den Fingern und den Zehen, an den Schläfen und im Schädel hinten, als wenn ihr die Knochen durch die Haut platzen, aber ruhig ist sie in sich drin, ganz ruhig und klar, und wie die Schmerzen weniger werden, setzt sie sich mit dem Stockerl zum Herd.

Die ganze Nacht über heizt sie, dass der Dampf beim Fenster herunterrinnt. Legt sich mit dem Kind auf die Bank, unter einen Berg Wolldecken und schläft weg.

05.

Vom Buben ist sie munter geworden, aber das Schreien hat sich nicht mehr gesammelt in ihr. Eingeknickt ist sie beim Aufstehen, so haben die Füße gestochen, hat sich abgestützt am Tisch und ist rüber zum Herd, Holz nachlegen auf die Glut von der Nacht. Vor dem Fenster hat der Wind rote Wolken vorbeigetrieben. Bei der Schneebergerin oben war schon Licht, durch die kahlen Baumkronen ist es geflackert.

Hat die Suppe warm gemacht, ein Eck freigeräumt vom Tisch, abwechselnd dem Buben eine Löffelspitze gegeben und selber zwei große Löffel gegessen. Erdäpfelstücke hat sie ihm auf den Tellerrand gelegt und zugeschaut, wie er sich eins ums andere in den Mund steckt und drauf herumlutscht. Einen zweiten und dritten Teller hat sie gegessen und den Teller mit Brot ausgewischt, dann ist sie wieder rein mit dem Buben in die Decken auf der Bank, hat seinen warmen Kopf gespürt und ist eingeschlafen.

Nur das Notwendigste hat sie an dem Tag gemacht. Hat nicht herausgedacht aus dem, was zu tun war: nach den Viechern schauen, nach dem Buben, nach der Mutter. Ein leises, dunkles Summen war in ihr, wie eine Melodie mit nur einem Ton, in einem fort hat sie die gehört. Und wohl war ihr dabei, dass sie den Dreck gar nicht gesehen hat, der überall gelegen ist im Haus, im Hof, im Stall. Um die Haufen ist sie herum, als wenn sie von wem anderen wären und sie sie nicht anrühren darf.

Am nächsten Morgen ist sie zeitig aufgewacht. Ist zum Vorhang hin, grau war das Licht noch vor dem Fenster. Kein Rieseln war mehr, nichts ist mehr vom Dach heruntergeronnen, Eiszapfen sind an der Regenrinne gehangen und die Pfützen im Hof waren gefroren. Hat an das Summen gedacht. Den Aaron hat sie bellen hören unten vom Firnbichler, aber in ihr wars stumm. Dass sich nichts geändert hat seit der Nacht, hat sie gedacht. Und dann ist es gekommen. Den Dreck hat sie liegen sehen, die kranken Viecher, die verendete Sau, was gemacht gehört am Hof, wer aller Geld von ihr kriegt – alles hat hereingedrängt in sie. Dass sie sich den Hof vom Leib halten muss, hat sie gedacht. Weil er sie in den Tod treibt. Aber grad, wie sie ihn losgeworden ist im Kopf, ist es aus der Gegenrichtung gekommen. Dass sie rein muss, weil sie ohne ihn zu Grund geht. Dass sies ihm zeigen wird, hat sie gedacht, und hat den Hof gemeint, aber ganz hinten drin auch ihn, der nur drauf wartet, allen wird sies zeigen, und wo ihr früher das Schwarze unter die Haut geschlichen ist, hat sie jetzt ein Brennen gespürt, eine Hitze ist ihr in die Arme gefahren und ein Zorn.

Den ganzen Tag über hat sie gearbeitet. Und wie sie zum Saustall gekommen ist, gestunken hat das Aas, dass sie sich das Kopftuch vor den Mund halten hat müssen, hat sie den Kadaver herausgezogen mit der Sauzange am Haxn und über das Eis im Hof und den harschigen Schnee hinten auf die Wiese rausgeschliffen, wo sie ihn liegen hat lassen, dass die Wildsauen ihn holen oder der Fuchs.

Wie sie wieder herinnen war im Hof, ist ihr kalt geworden. Hat sich warmes Gewand geholt, aber was sie auch angezogen hat, in einem fort war sie am Zittern, und innen drin war ihr, als wenn sie noch im Eiswasser liegen würd. Hat noch die Viecher gemolken und gefüttert, die Mutter und den Buben versorgt, dann ist ihr die Kraft ausgegangen. Hat Pulver genommen und dem Buben auch welche gegeben in den Tee, so haben sie sich niedergelegt.

In der Nacht ist der Husten gekommen, trocken war der, dass es bald schon wund geklungen hat im Brustkorb. Dann hat sie angefangen zu fiebern. Verschwitzt ist sie munter geworden und in die Küche um Wasser gegangen. Das nächste Mal war ihr das Aufstehen schon zu beschwerlich. Irgendwann ist dann die Schneebergerin herinnengestanden und hat ihr einen Krug hingestellt und ein Glas eingeschenkt, in einem Zug hat sie das ausgetrunken. Dass sie den Gernot gefunden haben, draußen am See, hat die Schneebergerin gesagt, ernst, wie die Elfi sie nicht gekannt hat.

- Derschlagen habens ihn, den armen Hund.

Dann ist die Tür aufgegangen und zwei Gendarmen haben ihn im Gang vorbeigetragen, die Beine hat er angezogen gehabt, als wenn er hockeln würd. In der Küche haben sie ihn auf die Bank gesetzt. Der ganze Kopf war in Fetzen. Wo das Blut ist, hat die Elfi gedacht, ist hin zum Gernot und hat ihm den Schädel von der Wirbelsäule gezogen, wie man eine Himbeere vom Stiel brockt. Auf dem Tisch hat sie den Kopf eingefascht mit Mullbinden und war froh, dass er nicht geredet hat. „Wollts was trinken?", hat sie die Gendarmen gefragt und schon sind die Gläser am Tisch gestanden, da ist die Tür aufgegangen, der Franz ist herein und hat geschimpft, wies da ausschaut. Die Elfi hat den Kopf genommen und wollt ihn in die Speis legen, aber die Tür hat sie nicht aufgekriegt, immer wärmer hat sie den Schädel im Arm gespürt, dass sie sich tummeln muss, weil er sonst auftaut, hat sie gedacht, da ist schon das Blut auf den Küchenboden getropft.

Die Haare, die Tuchent, das Nachthemd, alles war nass, wie sie aufgeschreckt ist im Bett und wild hat ihr Herz in den Schläfen geschlagen. Eine Zeit hat sie gebraucht, bis sie gewusst hat, wo sie ist. Hat zurückgedacht an die Nacht. Hat ihn im Schwarzwasser liegen sehen und die Blasen aufsteigen hinten beim Anorak.

- Hab ihn nicht umgebracht. Das Leben hab ich ihm gerettet, hat sie sich gesagt und ihn aufstehen sehen am Eis und Schritt für Schritt zur Jagdhütte gehen, dann ist sie wieder eingeschlafen.

Schwer ist das Fieber auf ihr gelegen, Arme und Beine sind herausgehangen aus dem Rumpf und der Kopf ist eingesunken in den Polster bis auf den Grund. Immer weiter fort ist sie gegangen aus dem Zimmer und dem Haus und dem Hof. Hat Stimmen gehört und Schritte kommen und gehen, Türen schlagen, einen Buben schreien und gleich drauf ein Taubengurren, dann hat sich ihr Kopf wieder vollgesoffen mit einer warmen, dunstigen Schwere. In der Früh ist dann die Schneebergerin bei ihr gesessen am Bett und hat ihr einen Tee hingehalten. Langsam hat sie sich aufgerichtet, getrunken, ihr das Häferl zurückgegeben, da sind die Augen schon wieder zugefallen. Aber gleich ist sie aufgeschreckt, weil die Viecher geschrien haben. Hat die Tuchent schon aufschlagen gehabt und aufstehen wollen, da hat die Schneebergerin ihre Hand genommen und gesagt, dass alles in Ordnung ist am Hof und sie sich wieder niederlegen soll.

Einmal hat sie im Halbschlaf schwere Schuhe über den Holzboden in der Küche stapfen hören und Stimmen von Männern und Frauen, da war ein Drängen auf der einen Seite und ein Bitten auf der anderen, als wenn sie verhandeln würden. Und am Ende hat wer gelacht.

Das nächste Mal, wie sie munter geworden ist, wars so still im Haus, dass sie das Schnauben von den Viechern hinten im Stall gehört hat. Wie lang sie gelegen ist, hat sie nicht sagen können. Obs zum Morgen hin dämmert oder zum Abend, hat sie sich gefragt. Dann ist die Tür aufgegangen. Dass ihre Augen schon viel klarer sind, hat die Schneebergerin gesagt und ihr eine Suppe gebracht. Langsam hat die Elfi gegessen, als wenn sie jedem Löffel nachschauen würd, wie er aus der Mundhöhle hereinrinnt in sie und sich im Magen sammelt, und mit der Zeit hat sie gespürt, wie sich eine Wärme ausbreitet in ihr.

Wie lang sie geschlafen hat, wollt sie von der Schneebergerin wissen.

- Fast eine Woche. Der Doktor hat dich schon ins Spital führen wollen, weilst so gefiebert hast.

Ob sie selber den Doktor hereingelassen hat, hat die Elfi gesucht im Kopf, aber nur die Stimmen sind ihr eingefallen, die sie gehört hat.

- Wer ist herinnen?

- Keiner ist mehr da, Elfi, nur ich. Hab nachm Buben geschaut und der Mutter.

- Wie bist denn herein?

- Die Viecher haben geschrien, dass die Martha schon die Gendarmerie holen hat wollen, da hat der Walter vorn das Schloss aufgemacht.

- War die Gendarmerie da? Die Schneebergerin hat nur den Kopf geschüttelt.

- Aber den Firnbichler hab ich gehört, in der Küche draußen.

- Keiner war herinnen, nicht der Firnbichler und nicht die Martha. Der Amtsveterinär ist gekommen und einer von der Gemeinde.

- Nehmens uns die Viecher?

- Nix nehmens euch. Die Eva hat mit ihnen geredet.

- Die Eva ist da?

- Der Gernot hat einen Unfall gehabt, da ist sie gleich gekommen, nach ihm schauen. Zweimal am Tag ist sie heroben am Hof und macht den Stall.

- Und der Firnbichler war nicht herinnen?

- Gar nix war er. Und jetzt schau, dassd dich ausruhst, Elfi, hat die Schneebergerin gesagt, da ist die Elfi auch schon wieder in den Polster gesunken und zurück in den Schlaf.

Seit die Elfi gelegen ist, hat die Schneebergerin den Buben zu sich genommen gehabt. Und Tag um Tag ist sie in der Früh heruntergekommen, nach ihr schauen, sich um die Mutter kümmern und für sie kochen. Zwei von ihren Hendln hat sie geschlachtet, dass sie eine kräftige Brühe machen kann mit fettem weißem Fleisch drinnen. Spät am Abend ist sie dann mitm Herbert zurück auf ihren Hof. Manchmal, wenn das Fieber ganz arg war, ist sie auch über Nacht bei ihr geblieben.

Nach fünf Tagen hat die Elfi dann schon aufstehen können. Dass sie sich Zeit lassen soll, hat die Schneebergerin gesagt, weil eh alles rennt am Hof. Und wie sie das erste Mal wieder in der Küche gesessen sind, mit dem Mittagessen waren sie gerade fertig, ist die Eva hereingekommen. Gleich ist sie hin zur Elfi, hat sie umarmt und wollt sie gar nicht mehr loslassen, so hat sie sich gefreut. Dass sie der Mutter Essen bringt, hat die Schneebergerin gesagt, den Buben genommen und ist raus. So tief war ihr Schlaf, dass sie manchmal gedacht hat, sie kommt gar nicht mehr zurück, hat die Elfi erzählt. Und dass der Doktor sich gesorgt hat wegen dem Fieber. Aber viel mehr wollt sie von sich gar nicht reden. So hat die Eva angefangen mit einem Schwung in der Stimme.

- Wie ich vom Unfall gehört hab, bin ich am gleichen Tag noch herauf. Tausend Schutzengel hat er gehabt, dass ers von selber herausgeschafft hat, hat sie gesagt, und die Elfi hat ein bissl gebraucht, bis sie verstanden hat, dass sie vom Gernot spricht. Musst dir vorstellen, mitten in der Nacht allein am See draußen in seinem Rausch. Hat ihn ordentlich erwischt. Liegt im Spital, langsam erfangt er sich. Aber wie deppert muss man sein?, hat sie gesagt und den Kopf geschüttelt. Kannst von Glück reden, dass ich wegen ihm wieder heroben bin, weil wer würd dir sonst den Stall machen?

- Bin dir so dankbar, hat die Elfi gesagt, da ist ihr die Eva schon ins Wort gefallen.

- Ich freu mich, wenn ich dir helfen kann. Und wenns mir zu viel wird, hol ich mir für den Stall halt wen aus Anger.

Die Elfi hat gar nicht nachfragen wollen. Die Viecher hat sie gesehen, wie sie im Mist gelegen sind. Als wenns ihr eigener Dreck wär, den sie ihr ausputzt, so hat sie sich geniert.

- Der Veterinär war da, hat die Eva weitergeredet, als wenn die Geschichte die reinste Gaudi wär. Ungut war der erst, kannst dir nicht vorstellen. Grad dass er gegrüßt hat, so ist er herein auf den Hof und der von der Gemeinde ihm nach. Hat sich die Viecher zeigen lassen, erst hat er kein Wort gesagt, nur den Kopf gebeutelt und dem anderen diktiert, was er schreiben soll. Dass das kein Stall ist, sondern ein Tierasyl, hat er gesagt. Weil zwei Kühe krank waren. Die eine hat er nach einer Zeit zum Aufstehen gebracht, die hat dann auch bald schon wieder gefressen. Die andere hat er einschläfern müssen. Hättst wen holen müssen, Elfi, viel früher schon, hat sie gesagt und eine Pause gemacht. In der Küche sind wir dann noch zammgesessen und ich hab ihnen erzählt, vom Hannes, vom Franz und dass du krank warst und es angehst am Hof, wennst wieder gesund bist. Und dass ich in der Zwischenzeit aushelf. Am Ende haben sie dann mit sich reden lassen.

- Werdens uns strafen?, hat die Elfi gefragt mit den Augen zum Fenster hin.

- Nix werdens. Aber bis zum Herbst gehört was gemacht. Fenster müssen rein, dass sie nicht mehr im Zug stehen, wenn der Wind durch die Planen pfeift.

- Acht Fenster, hat die Elfi gesagt.

- Wegen dem Geld brauchst dich nicht sorgen. Der Walter macht sie dir, und du zahlst ihn einfach, wennst

Geld hast, hat sie gesagt und sie angelächelt. Dann ist sie ernster geworden.

- Muss dir noch was sagen, Elfi. Der von der Gemeinde hat einen Ausweis sehen wollen von dir. Die Schneebergerin hat die Mappe vorn aus der Kommode geholt, da hat sie die Blechschachtel gesehen. Musst was tun, Elfi.

- Geht keinen was an, hat sie leise gesagt, die Augen zugemacht und den Kopf geschüttelt, ganz wenig nur, aber so schnell ist der hin und her, dass es fast ein Zittern war.

- Ich helf dir. Wennst magst. Die Augen sind nicht wieder aufgegangen, aber das Zittern hat aufgehört nach einer Zeit. Dass sies angehen, wenn sie auskuriert ist, hat die Eva gesagt, und dass sie morgen nachm Stall wieder hereinschaut, wenns ihr recht ist.

Wie verdorbenes Fleisch ist ihr der Satz im Magen gelegen. Dass sies angehen. Und jedes Mal, wenn die Eva gekommen ist, hat sies gespürt. Dass ihr nicht gut ist, hat sie gesagt, wenn die Eva drüber reden hat wollen. Bis wieder ein Brief gekommen ist. In der Küche hat die Schneebergerin ihn am Tisch liegen lassen und die Eva ist drauflos wie auf einen Köder. Hat der Elfi ein Messer in die Hand gedrückt, dass sie das Kuvert aufschlitzt. Ein Einschreiben wars von einem Rechtsanwalt aus Neusach wegen nicht bezahlten Kreditraten. Ob sie ihr die Unterlagen von der Bank holt, hat die Eva gesagt, und da war kein Fragen mehr in der Stimme. Dass sie die Speis aufgeräumt und das ganze alte Klumpert weggehaut hat und dass sie als

Nächstes den Milchraum angehen will und dann drüben vom Franz die Werkstatt, hätt die Elfi am liebsten gesagt, weils dunkel geworden ist jedes Mal, wenn sie hingeschaut hat zu den Schulden. Eine Angst war in ihr, als wenn sie auseinanderfallen würd und alle hereinkommen in sie, die Bank, die Gendarmerie, die Gemeinde, das Gericht. Starr ist sie dagesessen.

- Soll ich sie holen, Elfi? Wie ein Kind, dem man was angeschafft hat, ist sie auf, raus ins Vorhaus, hat die Schachtel gebracht. Bis oben war die voll mit Briefen, nur ein paar waren aufgerissen.

Der Eva ist anders geworden, wie sie die Kuverts durchgeschaut hat. Die Bank in Anger, Kuverts, auf denen in Handschrift „Mahnung!" gestanden ist, Schuldscheine, Zahlungsaufforderungen, Einschreiben. Bis in die Nacht sind sie gesessen und haben aufgemacht und sortiert. Und mit den Briefen von der Bank sind auch die Schulden am Tisch gelegen: 290.000 Schilling. Ein paar Briefe waren dabei, wo die Bank um ein Gespräch bittet. Und dann nicht mehr bittet, sondern auffordert, vorstellig zu werden, sonst würde man rechtliche Schritte einleiten. Drei Wochen war das her. Dass sie den Schnaps holen soll, hat die Eva gesagt.

Was hereinkommt durch die Milch für die Molkerei, was der Franz ihr hinterlassen hat und was die Mutter gespart hat, wollte die Eva wissen. Dass das Geld fort ist, hat die Elfi gesagt, für die Schulden vom Franz hat sie alles gebraucht und nicht einmal dafür wars genug. Da hat die Eva Schnaps nachgeschenkt.

Dass was gemacht gehört, hat sie gesagt. Aber dass sie jetzt nicht die Nerven schmeißen dürfen. Weil sie genau weiß, wer lauert.

Erst hat der Beamte dahergeredet wie ein Dampfplauderer, wie sie in der Woche drauf in der Bank in Anger gesessen sind. Dass im Leben immer was Überraschendes passieren kann, hat er gesagt, als wenn er übers Wetter reden würd, aber wie er zu den Schulden und den ausstehenden Raten gekommen ist, jeden Monat, seit der Franz tot war, hat er einzeln aufgezählt, ist er immer ernster geworden. Dass die Bank auf die Sicherheiten zugreifen muss, hat er gesagt. Wie im Beichtstuhl ist die Elfi dagesessen und hat zugehorcht. Nur einmal hat sie was gesagt. Dass sie nie Schulden gemacht hat. Da hat der Beamte den Vertrag rausgeholt, die Hand draufgelegt und „Schulden sind immer Familienschulden" gesagt. Und ausgesprochen hat ers, als wenn er mit den Schulden auch die Schuld meinen würd.

Die Eva ist ihm auf das Theater nicht eingestiegen und hat ihn gradheraus gefragt, was man tun kann. Dass man eventuell die Raten vorübergehend verringern und die Laufzeit verlängern könnt. Bis sie wieder Luft hat, die Elfi, finanziell, hat er gesagt. Dass er aber, und nach dem Aber hat er eine Pause gemacht, als wenn er gerade seine persönlichen Finanzen durchdenken würd, dafür zusätzliche Sicherheiten braucht.

- Was für Sicherheiten?, hat die Eva gefragt.

- Das Pfandrecht auf den Seegrund, hat er gesagt, so schnell, dass die Eva und die Elfi sich angeschaut haben, wie er auf einmal auf den Seegrund kommt.

- Wenn wir das ins Grundbuch eintragen lassen, seh ich Möglichkeiten. Da machen wir uns einen Stichtag aus, bis wann das Geld fällig ist – und wenn es dann nicht da sein sollte, müssen wir auf die Sicherheiten zugreifen.

Was das heißt, hat die Elfi wissen wollen.

- Dann wird der Seegrund versteigert. Bis Mittwoch brauch ich eine Entscheidung.

- Mittwoch in vier Wochen, hat die Eva gesagt.

- Mittwoch in zwei Wochen, der letzte im Mai, das ist das Äußerste, hat er gesagt und die Augenbrauen sind in die Höhe gegangen.

In der Woche drauf haben sie sich wegen einem Pächter für die Felder und den Wald umgehorcht. Aber wen die Eva auch angesprochen hat in Anger, jeder hat ihr gesagt, dass die Besitzverhältnisse nicht geklärt sind. Weil der Firnbichler genau das herumerzählt hat, jedes Mal, wenn er drüben war im Wirtshaus. Als wenn er selber die Behörde wär. Da wollt sich keiner die Finger verbrennen. Dass er ein Fuchs ist und alles probieren wird, hat die Eva zur Elfi gesagt. Und dass sie jetzt achtgeben muss. Auch bei der Martha. So haben sie weitergesucht. Nach Anger hat sich die Elfi nicht getraut, und einen von den Bauern anreden schon gar nicht. Aber die Schneebergerin hat sie gefragt. Und die wiederum den Walter. Und weil der einen Kollegen gehabt hat in der Zimmerei und der wiederum einen Bruder, der Bauer war und mehr Grund haben hat wollen, sind sie bald draufhin in der Küche gesessen: die Elfi, die Eva und der Steiner Robert. Wegen dem Preis haben sie noch ein bissl verhandelt, dann waren sie sich einig. Auf drei Jahre hat er einen Teil von den Feldern und vom Waldgrund gepachtet und am Ende haben sie den Pachtvertrag unterschrieben.

Wie dann der letzte Mittwoch im Mai nähergekommen ist, haben sie sich zusammengesetzt, die Eva und die Elfi. Dass sie den Seegrund nicht hergeben mag, hat die Elfi gesagt, auch nicht als Sicherheit. Weil sie schon die Versteigerung vor sich gesehen hat und gewusst hat, wer in der ersten Reihe sitzt und sie anschaut, wie er immer geschaut hat, wenn er gewonnen hat.

Dass sie der Bank einen Brief schreiben werden, hat die Eva vorgeschlagen, weil die darauf erst einmal reagieren müssen und sie Zeit gewinnen, dass sie vielleicht noch einen zweiten Pächter finden für die Felder. So hat die Eva auf der Schreibmaschine vom Gernot getippt, dass sie, die Elfi, statt dem Seegrund sechs Felder und einen zwei Hektar großen Waldbesitz als Sicherheit anbietet und sich auf eine baldige Antwort freut.

Die Hoftür hat die Elfi immer noch abgesperrt gehabt, Tag und Nacht. Wenn wer geklopft hat, ist sie hin und hat aufgemacht. Aber nicht jedem, das hat sie sich geschworen. Und wie die Martha einmal vorm Hof gestanden ist und hereingerufen hat, dass sie ihr einen Apfelstrudel aus Frühäpfeln gemacht hat, hat die Elfi aufgesperrt. Dass es grad schlecht ist, weil sie in den Stall muss, hat sie gesagt und einen Spalt aufgemacht, aber drinnen ist ihr Fuß gegen die Tür gestanden. Da hat man jetzt zuschauen können, wie die freundlichen Muskeln im Gesicht von der Martha unter der Haut verschwinden und die unfreundlichen herauskommen.

- Willst mich nicht reinlassen, Elfi?, hat sie gesagt und die Luft ist ihr aus dem Mund gefahren, das hätt ein Lacher sein können oder schon ein Schnauben. Reden wollt ich mit dir, bevors zu spät ist.

Das Körpergewicht von der Martha hat die Elfi an der Tür gespürt. Dass es nicht passt, hat sie gesagt.

- Elfi! So lass mich halt rein!, ist die Martha sie angefahren und hat gegen die Tür gedrückt, dass die Elfi auf der anderen Seite fast das Gleichgewicht verloren hätt. Auf einmal ist unten die Tür vom Jagdkammerl aufgegangen und im Nachthemd ist die Mutter im Hof gestanden.

- Lisbeth!, hat die Martha durch den Spalt gerufen, einen Apfelstrudel bring ich, aber die Elfi lasst mich nicht rein!

Dass es nicht passt, hat die Elfi noch einmal gesagt, so laut, dass ihr die Stimme nach oben hin ausgerutscht ist, aber Zentimeter um Zentimeter hat sich die Martha mit ihrem Gewicht reingekämpft in den Hof, die eine Hand an der Schnalle und in der anderen hat sie den Apfelstrudel gehalten.

- Hörst jetzt endlich auf!, hat die Elfi geschrien, ist mit dem Arm durch den Spalt und hat ihr den Teller aus der Hand gestoßen. Gleich hats am Steinboden draußen einen Kracher gemacht, der Apfelstrudel ist aufgeplatzt auf den Steinplatten gelegen wie die Eingeweide von einer Schlachtsau und der Gmundner Teller war entzwei.

Kein Druck ist mehr von außen gekommen und still wars einen Moment. Leise hat die Elfi die Tür zugemacht und den Schlüssel zweimal umgedreht im Schloss. Dass sie was erleben kann, hat die Martha geschrien, weil sie jetzt vor Gericht gehen wegen dem Grund. Die Scherben sind gegen die Tür geflogen, beschimpft hat sie sie und mit dem Fuß gegen die Tür getreten, dass es gekracht hat unten im Holz.

- Sag dem Erwin, dass er mir gestohlen bleiben kann! Und einen Pächter hab ich auch schon, hat die Elfi geschrien, jetzt wo die Tür zu war. Dass sie sie nicht mehr herinnen haben will, hat sie gesagt, halb vor sich hin und halb zur Mutter. Als wenn ihr gerade eingefallen wär, wo sie ist, hat die sich umgedreht, ist zurück ins Zimmer und hat sich niedergelegt. Die Elfi hat sich zu ihr gesetzt ans Bett. Dass sie sich Feinde gemacht hat, hat sie gedacht. Wo sie eh schon allein ist. Angst ist ihr geworden. Aber gleich war auch ein Zorn da. Auf den Firnbichler und die

Firnbichlerin. Und je länger sie der Elfi durch den Kopf gegangen sind, desto mehr ist eine Freude heraufgekommen, eine glucksende. Dass sie die Martha rausgeschmissen hat. Luftig hat sichs jetzt angefühlt in ihr. Und am Hof.

Gleich am nächsten Tag hat die Martha ihre Runden gemacht. Zum Schwarz ist sie rauf und hat gedrängt, dass was passiert. Dass die Elfi den Grund verpachtet, der dem Erwin zusteht, hat sie gesagt. Da haben beide genickt, der Schwarz Manfred und die Ingrid. Weil man sich so nicht aufführt in der Rotte. Grad als Kleinbäuerin nicht.

So ist die Martha weiter. Bei der Schneebergerin ist sie nicht mit dem Grund gekommen, sondern mit der Gemeinschaft. Und dass man in der Rotte miteinander reden muss.

- Und was macht sie? Jagt mich vom Hof! Und wie sie mit der Lisbeth umgeht, hat sie gesagt, da gibts mir im Herzen einen Stich, so weh tut mir das.

Die Schneebergerin hat ihr zugehorcht. Dass sies schwer hat, hat sie gesagt. Dass sie aber schon weiß, was sie tut. Und dass der Erwin endlich Ruh geben soll mit dem Grund. Ob sie noch einen Kaffee mag, hat sie gleich drauf gefragt. Da ist die Martha auf. Dass sie jetzt wenigstens weiß, wo sie steht, die Schneebergerin, hat sie gesagt und ist raus bei der Tür.

Am nächsten Tag ist sie mit dem Erwin runter nach Neusach ins Spital. Kurz nach zwei sind sie auf die Station gekommen, in den Gängen hats noch nach Essen gerochen. Still wars in dem Zimmer, wie sie rein sind, ein

Mann hat Zeitung gelesen neben dem Bett und am Fenster ist einer gestanden mit einem Radio in der Hand und einem Kopfhörer im Ohr. Richtig aufgeschreckt ist der Gernot, wie er den Besuch gesehen hat. Die Martha hat ihn mögen, weil er gar so ein gutmütiger war in ihren Augen mit seinen Backerln, rot und weiß waren die wie rohes Faschiertes, wenn er aufgeregt war. Und aufgeregt war er, wie sie sich zu ihm ans Bett gesetzt haben.

Langsam hat er sie begrüßt und sich für die Bensdorp-Schokolade bedankt, die sie ihm mitgebracht haben. Wie sie sich freut, dass er wieder der Alte ist, hat die Martha gesagt, draufhin hat der Gernot gleich probiert, schneller zu reden. Aber dann hat ohnehin sie zu erzählen begonnen. Wie gut sich die Eva um die Rösser kümmert am Hof und dass der Schwarz einen kapitalen Keiler geschossen hat im Föhrengrund, dass der Bürgermeister jetzt mehr für den Fremdenverkehr tun will und dass jeder was davon hat, auch er, der Gernot, mit seinem Hof unten am See, wer weiß, vielleicht wollen sie ja auch Fremdenzimmer einrichten, die Eva und er, hat die Martha gesagt, und als wär sie ganz zufällig dort hingekommen sagt sie auf einmal „Apropos See" und fängt von der falschen Elfi an, die ihre Mutter einsperrt und fast verhungern lässt am Hof und die den Grund verpachtet, der dem Erwin gehört, und überhaupt deppert geworden ist und sie, die Martha, mit der Mistgabel vom Hof gejagt hat, grad dass sie ihr nicht reingestochen hat irgendwo mit den dreckigen Zinken, einen

Tetanus hätt sie davon gekriegt und wär womöglich dran gestorben am End.

In einem Schwall hat die Martha auf den Gernot eingeredet, dass er schon die Schokolade ausgepackt hat und die Rippen in Stückerl gebrochen auf dem Silberpapier.

- Wollts?, hat er gefragt, wie sie grad eine Pause gemacht hat. Da hat die Martha die Augen niedergeschlagen und gemeint, dass sie doch nicht von ihrem eigenen Geschenk essen wird, und der Erwin hat nur den Kopf geschüttelt und selber angefangen zu reden.

Dass er vor Gericht geht wegen dem Seegrund, auf den ihm der Hannes die Hand gegeben hat für 30.000 Schilling, und dass er, der Gernot, sein Zeuge ist, aber er braucht sich nichts anzutun, nur den Sachverhalt soll er unterschreiben, den er aufgesetzt hat mitm Siggi zusammen. Dass er halt bezeugt, wies war in der Nacht, bevor der Hannes sich erschossen hat, hat er gesagt, und die Dokumentenmappe mit der maschinengeschriebenen Seite herausgeholt.

- Lies dirs durch, steht ja nichts Neues drin, hat er gesagt und ihm das Blatt hingelegt aufs Bett.

Lang hats gedauert, und die Martha hat schon rübergeschaut zum Erwin. Dass er halt noch langsam ist im Kopf, hat sie ihm gedeutet.

- Hast einen Schutzengel gehabt, hat sie mittenrein gesagt und der Gernot hat genickt und weitergelesen. Eine Schwester ist hereingekommen und hat Becher mit Hagebuttentee verteilt, da hat die Martha sich einen geholt und dem Gernot hingestellt.

- Tust dir noch schwer mitm Lesen, gell? Der Gernot hat wieder genickt und das Blatt auf die Tuchent gelegt.

- Ich weiß nix mehr von der Nacht, hat er gesagt. Hilfsbereit hat ihm der Firnbichler den Kuli hingehalten.

- Ist ja auch schon eine Zeit her, aber es wird dich eh keiner fragen. Unterschreib halt, dass ich was in der Hand hab vor Gericht.

- Wir habens ja lang im Guten probiert, Gernot. Aber wenns Reden nichts hilft, hat die Martha gesagt und mit den Schultern gezuckt.

- Geht ja nicht, dass sich wer so aufführt, hat der Firnbichler gesagt. Die Martha hat sie fortgejagt, von der Lisbeth will ich gar nicht reden. Der muss man zeigen, was recht ist. Verstehst?

- Mir hats nichts tan, die Elfi, hat er gesagt. Gleich hat der Firnbichler gewusst, was gespielt wird. Und die Martha auch.

- So schiach, wie die Elfi über dich geredet hat, brauchst dir keine Hoffnungen machen, hat die Martha gesagt.

- Was hats leicht gesagt?

- Das erzähl ich dir, wenns dir besser geht.

- Geht mir eh schon besser.

- Wennst heraußen bist, Gernot. Und jetzt unterschreibst bitte, gell?

- Ich weiß nix mehr von der Nacht. Da hat ihm der Firnbichler noch einmal den Kuli hingehalten, aber der Gernot hat den Kopf geschüttelt und die Augen zugemacht. Dass er sich zammreißen und ihn wenigstens anschauen soll, ist er ihn angefahren. Da hat der Gernot die Augen wieder aufgemacht. Dass er müd ist, hat er gesagt, und sich ausruhen muss. Und schon waren die Augen wieder zu.

Mit einer Stimme, als wenn er jedes Wort weghauen würd, hat der Firnbichler auf ihn eingeredet. Dass er enttäuscht ist von ihm. Nicht nur als Jagdleiter, sondern auch als Mensch. Und was er für ein feiger Hund ist, dass ihm sein Gspusi mit der Elfi wichtiger ist als die Freundschaft mit einem Jagdkameraden. Die Aufregung hat man dem Gernot im Gesicht ansehen können. Aber die Augen sind zugeblieben.

In der Rotte hat es seit dem Tag mit dem zerbrochenen Teller rumort. Der Siggi hat keine Ruh gegeben. Grenzsteine hat er umgeackert, wo die Firnbichlerfelder neben denen von der Elfi gelegen sind. Als wenn er sich Stück für Stück zurückholen hat wollen, was ihnen zusteht. Und wie der neue Pächter, der Steiner Robert, im Wald die Motorsäge gehört hat, hats ihn erst gewundert, warum einer im Frühsommer schlägert. Bis er die Grenze abgegangen ist zwischen dem Reisinger- und dem Firnbichlerwald mit einer Schnur zwischen den Grenzsteinen. Und wie er die über die Lichtung gespannt hat, die der Siggi geschlägert gehabt hat, wars klar: Forstfrevel. Über die Hälfte der gefällten Bäume haben zum Reisingerwald gehört. Dass sie sofort mitm Firnbichler reden muss, hat er der Elfi gesagt. Aufgebracht war er, als wenns sein eigener Wald wär. Dass sie nur drauf warten, hat die Elfi gedacht und sie stehen sehen, den Erwin, die Martha und den Siggi. Auslachen werden sie sie und vom Hof jagen, wenn sie rübergeht.

- Mitm Firnbichler kannst nicht reden und mitm Siggi schon gar nicht, hat die Elfi gesagt. Aber dass er, der neue Pächter, auf der Stelle zu ihr kommen soll, wenn der Siggi weiter reinschlägert in ihren Wald, weil sie dann zur Gendarmerie gehen.

Den Firnbichler selber hat die Elfi schon seit Langem nicht mehr gesehen gehabt. Aber grad wie der Siggi aufgehört hat mit dem Schlägern, war er wieder da. Gleich in der Früh hat sie ihn gehört, wie er von der Straße heruntergekommen ist mit dem Hänger hintendran und unten bei ihr vorbeigefahren ist am Hof. Eine Stunde später ist er zurückgekommen. Und eine Stunde drauf wieder in die andere Richtung. Vier- oder fünfmal an dem Tag ist er hin und her über ihren Grund mit einem Karacho, als wenn der Weg über ihre Obstwiese die Straße wär. Und am nächsten Tag in der Früh ist es weitergegangen. Vom Jagdkammerl aus hat sie ihn sehen können, wie er vorbeifährt.

Dass sie ihm nicht drauf einsteigt, hat sie sich auch jetzt wieder gesagt. Hat die Hendln im Hof eingesperrt, dass sie nicht auf die Wiese rennen. An den Franz hat sie gedacht, der dem Firnbichler das Wegerecht sperren hat wollen. Weil er sie eh nie gehabt hat, die Servitut. Nichts ist im Grundbuch gestanden. Dass es ersessenes Recht ist, hat ihm der alte Bürgermeister damals gesagt. Ein Spezi vom Firnbichler. Zugeredet hat sie dem Franz damals, dass er sich nicht aufregen soll. Und jetzt ist sie selber am Hof gestanden und hat jedes Mal gehorcht. Als wenn er einmarschieren hat wollen bei ihr, so ist es ihr vorgekommen. Bald hat sie nichts anderes mehr denken können.

Wies dann den fünften Tag in einer Tour so weitergegangen ist und er Äste von den Obstbäumen abgebrochen und Pfosten vom Gartenzaun umgefahren gehabt hat, ist sie raus. Hat sich mitten auf den Weg gestellt. Mit einem Schwung ist er grad heraufgekommen hinten von seinem Wald. Hat fest Gas gegeben und mit den Händen gefuchtelt oben im Fahrerhaus, dass sie aus dem Weg gehen soll. Immer wilder ist er geworden, den Mund hat sie jetzt schon schreien sehen, aber abgebremst hat er nicht. Die ganze Kraft ist ihr aus dem Körper gefahren, weil alles weg hat wollen in ihr, runter vom Weg, und er immer noch nicht langsamer geworden ist, fünf Meter vor ihr, aber sie ist stehen geblieben. Auf einmal steigt er oben auf die Bremse, keine zwei Meter waren da jetzt noch zwischen ihr und dem Kühler vorn. In dem Moment hat der Firnbichler die Tür aufgerissen.

- Bist jetzt komplett deppert geworden im Hirn, soll ich dich zammführen, Elfi?, hat er heruntergebrüllt, so hat sie ihn noch nie brüllen hören.

- Was hast mit dem Gartelzaun gemacht?

- Siehst nicht, dass ich den Schwung brauch? Schleich dich, du Trampel, du depperter!

Damit hat er die Tür zugehaut, sich auf den Fahrersitz fallen lassen und ist angefahren, aber wie das Gewicht vom Hänger hinten dazugekommen ist, haben sich die Hinterreifen eingegraben, dicke Erdschollen sind auf der Seite herausgequollen, wieder und wieder ist er rein in die Mulde und raus, bis er genug Schwung gehabt hat, da ist die Elfi auf die Seite, oben hat er den Kopf gebeutelt und ist vorbei an ihr.

Dass er über ihren Grund fährt, Tag und Nacht, hat sie der Eva erzählt, wie sie bei ihr war, und hat gleich weiterreden wollen ins Dunkle, dass sie nicht weiß, was werden soll, da ist ihr die Eva dazwischen. Dass man bei einer Sache anfangen muss, hat sie gesagt, sonst liegt sie gleich wieder unten und der ganze Berg auf ihr. Und dass sie eine Idee hat.

Am nächsten Tag sind sie raus, die Eva und sie, und haben unten bei der Koppel die dicken Holzpflöcke mit den gelben Plastikisolatoren für den Elektrozaun aus der Erde geholt. Eine Mordsarbeit war das, fast der ganze Tag ist draufgegangen dafür. Dämmrig wars schon an dem Sonntag, wie sie dann die Pflöcke auf der Obstwiese eingeschlagen haben bis hin zur Straße vorn, wo der Weg zum Firnbichlerwald heruntergekommen ist. Haben den Draht gespannt von Pflock zu Pflock und den Trafo angehängt. Am nächsten Tag in der Früh sind die Pferde von der Eva schon auf der Wiese gestanden mit dem Elektrozaun drum herum und der hat getickt. Mit dem Traktor ist er nicht gekommen. Aber den roten Kadett hat die Eva in Anger zu Mittag beim Bürgermeister stehen sehen. Wegen dem Wegerecht, hat sie sich gedacht. Die ganze nächste Woche hat die Elfi drauf gewartet, dass er auf den Hof kommt. Mit was Amtlichem in der Hand. Oder gar mit der Gendarmerie. Aber seit dem Tag ist der Firnbichler den Umweg über die Straße zu seinem Wald gefahren. Und nicht mehr über der Elfi ihren Grund.

Was auch passiert ist in ihrem Leben, das Brotbacken hat die Elfi nie aufgegeben. Auch nach dem Tod vom Franz, wie sie allein war und keinen mehr auf den Hof hat lassen, hat sie gebacken. Aber nur für sich, die Mutter und für die Schneebergerin. Manchmal ist jetzt wer vorn an der Tür gestanden und hat nach ihrem Brot gefragt, meistens von den Feriengästen einer. Und weil sie das Geld gut brauchen hat können, hat sie jetzt wieder mehr gebacken. Mit einem ganzen Bucklkorb voller Brote hat die Eva sie an dem Morgen nach Anger geführt, wie sie zum ersten Mal wieder ihre Runde gemacht hat. Aber wie sie rein ist in die Höfe, hat sie ordentlich geschaut. Dass das Brot vom

Bäck besser geworden ist, haben die einen gesagt. Die anderen, dass sie sich mit der Kruste von ihrem schwertun. Wie sie zum Hof von der Buchner Gerlinde gekommen ist, der Frau vom roten Gemeinderat, hat die Elfi gleich beim Reinkommen gefragt, ob ihr das Brot auch nicht mehr schmeckt. Da hat die Gerlinde schon gewusst, was gespielt wird. Dass die Jäger ihren Mann auf der Elfi ihr Brot angeredet haben, weil er halt auch Jäger war. Und sicher ist das alles vom Firnbichler ausgegangen. Dass sie sich aber nichts dreinreden lässt, hat sie gesagt, und dass der Elfi ihr Brot noch immer das beste ist im Dorf. So haben sie weitergetratscht, bis die Gerlinde sie gefragt hat, ob schon wer mit ihr gesprochen hat. Worums leicht geht, hat die Elfi wissen wollen. Dass sie in den nächsten Tagen Post kriegen wird von der Gemeinde. Wirst dich freuen, Elfi, hat die Gerlinde gemeint. Dass sie aber nicht mehr sagen darf wegen der Politik.

In der Nacht drauf ist die Elfi aufgewacht. Hat nicht sagen können, ob sie das Scheppern vorn an der Hoftür geträumt oder wirklich gehört gehabt hat. Erst hat sie an die Martha gedacht, aber was soll die Martha mitten in der Nacht wollen. Dann ist der Gernot herinnengestanden im Kopf. Und gleich ist sie auf. Da hats wieder gerüttelt vorn an der Tür. Hat den Vorhang auf die Seite, das Fenster zur Straße hin aufgemacht und rausgeschaut. Die Grillen haben gezirpt und vom Wald herüber hat ein Käuzchen geschrien.

Wer da ist, hat sie gefragt ins Dunkel hinaus, rissig war ihre Stimme, als wenn sie gar nicht recht herauskommen hat wollen aus ihr. Auf einmal hat wieder wer an der Tür gerüttelt, durch und durch ist ihr das gegangen.

Ist zum hofseitigen Fenster hin, da hat sie sie stehen sehen: die Mutter im Nachthemd, bloßfüßig auf dem Steinboden. Ob sie leicht spazieren gehen will, hat die Elfi sie gefragt, wie sie bei ihr war. Da hat sie sie angeschaut und ist zurück ins Zimmer. Immer öfter hat die Elfi sie jetzt herumgehen sehen am Hof. Einmal haben die Viecher zeitig in der Früh geschrien, dämmrig wars noch draußen, da ist die Mutter hinten gestanden im Stall beim Stier. Ein anderes Mal hat sie wieder rauswollen und hat am Tor gerüttelt.

Seit der Hochzeit, wo die Mutter runtergezogen ist ins Jagdkammerl, ist das Zimmer von der Urli leer gestanden. Zum ersten Mal seit Langem ist die Elfi an dem Morgen rein. Hat die Vorhänge aufgezogen und sich mit dem Buben auf den Diwan gesetzt. Manchmal war der Herbert noch bei der Schneebergerin oben, wenn die Elfi fort hat müssen. Aber die meiste Zeit hat sie ihn jetzt bei sich gehabt. Wohl war ihr in dem Zimmer. Auch wenn die Sonne in den Hof gebrannt hat, ist es drinnen nie ganz hell geworden. Die schweren Feldsteinmauern hat man gespürt, kühl wars und halbdunkel. Die Schneiderpuppe von der Urli ist am Fenster gestanden, auf dem Bett ist noch die schwarze Häkeldecke mit den Rosenblüten gelegen. Und drüber das Bild vom Jesus am Ölberg im Mondlicht. Wann sie das letzte Mal mit der Urli geredet hat, ist ihr durch den Kopf. Eine Stille hats immer gebraucht, dass sie sie hört. Und so ein Wirbel war seither. Da ist sie aufgestanden vom Diwan und hat angefangen. Ein Staub ist überall gelegen, als wenn alles schon ein paar Millimeter versunken wär im Grau, und die kleinen Handabdrücke vom Buben hat man auf dem Holzboden sehen können. Den ganzen Nachmittag war sie am Saubermachen und Kehren und Wischen und der Herbert hat mit dem nassen Fetzen gepritschelt. Lichter war jetzt das Zimmer und die Backen von der großen Porzellanpuppe mit dem schwarzen Kleid haben geglänzt.

Wie dann das Bett frisch bezogen war und die Vorhänge gewaschen und ein neues Deckerl auf dem Nachtkastl gelegen ist, ist sie mit dem Buben runter zur Mutter. Hat ihr gesagt, dass sie jetzt bei ihr oben wohnen kann und dass sie in der Nacht zu ihr kommen soll, wenn sie wieder unruhig wird oder was braucht. So hat sie sie hinaufgeführt und ist gleich wieder runter ins Kammerl, ihre Sachen holen. Und wie sie mit dem Gewand auf dem Arm zurückgekommen ist ins Zimmer, ist die Mutter neben der Puppe auf dem Bett gelegen und hat geschlafen.

Auch vom Vorhaus hat die Elfi jetzt die Tür immer zugesperrt, wenn sie schlafen gegangen ist, dass die Mutter nicht wieder rausgeht in den Hof. Einmal ist die Elfi wach geworden, da ist sie in der Nacht herinnengestanden im Zimmer mit einem kleinen Koffer in der Hand. Zum Kasten ist sie rüber und hat sich Gewand herausgeholt. Wo sie hinwill mitten in der Nacht, hat die Elfi gedacht. Mit dem Koffer. Und dem Gewand. Waren ja nur Sachen von der Elfi im Kasten. Eine hellrote Weste hat sie eingepackt. Dass die überhaupt noch da ist, hat sich die Elfi gewundert, ihre Lieblingsweste als Kind. Dann hat sie was Gelbes gesehen, kurz hat sie sich geschreckt, obs die Mütze vom Vater ist. Da war die Mutter auch schon fertig, hat den Kasten zugemacht und dann den Koffer. Dass sie morgen schauen wird, was sie mitgenommen hat, hat die Elfi noch gedacht und ihr zugeschaut, wie sie langsam durchs Zimmer geht. Und wie sie bei der Tür gestanden ist, die Schnalle in der Hand, dreht sie sich um. Ist es die Urli. Schaut sie an, wie sie immer geschaut hat, wenn sie aus dem Zimmer ist in der Früh und die Elfi noch liegen geblieben ist als Kind. Wenn sie schon wach war, hat die Urli getan, als wenn sie auf Zehenspitzen gehen würd, die Füße in die Höhe gehoben zum Spaß und zu ihr rübergelacht im Bett. Genau so hat sie jetzt zu ihr geschaut, vom Türstock aus, mit einem Lachen im Gesicht. Eine Zeit ist sie so gestanden, dann hat sie die Hand gehoben zum Abschied und ist raus.

- Urli, hat die Elfi gesagt, und hat ihr nachwollen, da sind ihr die Tränen schon über die Wangen gelaufen und es hat sie gebeutelt vor Schmerz und vor Glück, dass sie noch einmal herinnen war bei ihr.

Der erste richtige Sommertag in dem Jahr wars, wie sie beim Mittagessen gesessen sind, die Elfi mitm Herbert und die Mutter, draußen im Vorhaus am Tisch. Die Fenster waren offen, die Schwalben sind übers Dach geflogen und unten im Hof haben die Hendln gegackert. Erdäpfelgulasch hat sie gemacht gehabt, der Herbert hat an der Wurst gelutscht und die Elfi hat mit der Mutter geredet, was ihr gerade durch den Kopf ist. Zwischendrin hat sie sie ein bissl angestoßen, weil sie aufs Essen vergessen und ins Leere geschaut hat oder zum Buben hin. Und wie sie ihr wieder einen Stupser gegeben hat am Arm und die Mutter mit dem Löffel ins Gulasch ist, hat die Elfi sie angeschaut. Weicher war sie jetzt im Gesicht und wenn früher die Augen tief in den Höhlen gelegen sind unter der strengen Stirn, ist sie jetzt manchmal herausgekommen mit dem Blick. Hat sie angeschaut und man hat nicht sagen können, sucht sie im Kopf, wer das ist, oder kennt sie sie und versucht sie zu verstehen.

Oben von der Straße hat sie ein Moped herunterkommen hören, da hats auch schon geklopft. Die Elfi ist raus, hat aufgesperrt, obs eh gut geht, hat der Briefträger gefragt und ihr zwei Briefe und einen Katalog gegeben, den hat sie gleich der Mutter hingelegt. Als wenn sie zum ersten Mal so etwas sehen würd, so hat sie die Titelseite angeschaut mit der Frau im gelben Sommerkleid. Die Elfi hat die Messerspitze abgewischt, ist rein ins erste Kuvert und hat den Brief herausgeholt, von der Bank war der.

Ein Flirren hat sie in den Ohren gehabt, wie sie fertig war mit dem Lesen. Dass die Eva ihr falsch geraten hat. Dass sie zur Bank muss, es wieder gutmachen, hat sie gedacht. Ist in die Küche zum Kalender neben der Tür. Samstag, 7. Juni. Neun Tage hat sie gehabt bis zur ersten Fälligkeit. 32.000 Schilling. Taub war sie im Kopf. Dass sie jetzt kommen werden. Und dass jetzt genau das passiert, was sie immer befürchtet hat.

Ist zurück ins Vorhaus. Die Mutter hat noch immer auf den Katalog geschaut. Der blaue Tag, wie gefroren ist er vor dem Fenster gestanden und nichts ist hereingekommen vom Sommer.

Dass sie vom Hof müssen, hat sie gesagt, zur Mutter hin, und dass sie die Schulden nicht zahlen kann. Die Schulden vom Vater und die Schulden vom Franz. Dass sie hereinkommen werden mitm Gericht und den Hof versteigern und dass sie nicht weiß, wohin sie sollen, wenn sie ihr das Haus nehmen, dass sie überhaupt nichts mehr weiß, da war sie schon am Kopfschütteln, bis sie gesehen hat, dass die Mutter im Katalog blättert, und ist still geworden. Hat auf die Tischdecke geschaut mit den gestickten Blumen und auf ihren Teller mit dem Kartoffelgulasch, daneben ist der zweite Brief gelegen, „Gemeinde Anger, Der Bürgermeister" ist draufgestanden als Absender. Ist rein mit dem Messer ins Kuvert und langsam hat sie ihn herausgeholt. Hat nur die erste Zeile gelesen unter der Anrede, Wort für Wort haben sich die

Augen vorgetastet und wenn es die nächste schlechte Nachricht gewesen wär, hätt sie ihn weggelegt. So aber hat sie weitergelesen, immer schneller, und wie sie ganz unten war, wo der Name vom jungen Bürgermeister gestanden ist und die Unterschrift darüber mit Füllfeder, ist sie wieder nach oben, ob sies richtig verstanden hat und noch einmal zur Sicherheit, dann ist sie auf, hat den Herbert genommen, zur Mutter gesagt, dass sie zur Eva muss, und ist raus.

Den Feldweg am Wald ist sie runtergerannt mit großen Schritten und hat den Buben fest an sich gedrückt. Ein Glück war in ihr und eine Leichtigkeit, die Halme hat sie gegen die Schienbeine peitschen spüren, wie sie den Abkürzer über die Wiese genommen hat. Hinten beim Stadl ist sie rein und durch den Stall auf den Hof, weil die Eva die Erste sein hat sollen, die es erfährt, und ihr sagen, ob sie träumt. Ist über die Stufen zur Tür, klopft, still ist es im Haus, geht durch den Gang in die Küche, da packt sie der Schreck: sitzt der Gernot am Tisch.

Legt die Zeitung weg und steht auf, probiert ein Lächeln, das fällt ihm gleich wieder zusammen, wie sie keine Miene verzieht. Ob die Eva nicht da ist, hat die Elfi gefragt. Dass sie von Anger noch was holen hat müssen, was für die Rösser, hat er gesagt, und drum rübergefahren ist. Mitm Auto. Als wenn ihm ein Wollknäuel im Mund liegen würd, so dumpf hat er geredet. Und langsam sind die Worte dahergekommen.

- Magst was trinken?, hat er gefragt. Wann die Eva wiederkommt, hat sie wissen wollen.

- Wird bald da sein, hat er gesagt und auf die Uhr geschaut hinter ihr an der Wand. Viertel Stunde vielleicht.

Ob sie bleiben soll, hat sie gedacht. Hat ihn angeschaut. Schmal ist er geworden und den batzweichen Blick hat er nicht mehr gehabt. Dass sie nichts mag, hat sie gesagt und sich ans untere Ende vom Tisch gesetzt mit dem Buben.

- Heut in der Früh habens mich rauslassen, hat er gesagt. Drei Monate war ich drin.

Wies ihm geht, hat sie gefragt.

- Geht eh, nur der Kopf ist langsam. Vergessen hab ich viel.

Kerzengerade ist sie jetzt am Tisch gesessen.

- Wer ich bin, weißt aber.

Dass sie die Reisinger Elfi ist, hat er gesagt, vom Vater erzählt und von der Mutter, und der Mund hat geredet, aber die Augen sind hin- und hergeflogen, als wenn er suchen würd, wo er ihr auskommen kann. Da ist sie schon fester geworden.

- Und mehr weißt nicht?

Dass er den Hannes gerngehabt hat, hat er gesagt.

- Von dem red ich nicht.

Dass er nicht mehr weiß, was war, hat er gesagt.

- Bsoffen warst, hat sie gesagt, hast mich niedergerissen und auf den Boden gedrückt unten im Mostkeller, dass ich geglaubt hab, du bringst mich um.

Hat ihn gesehen, wie er auf ihr liegt. Keucht, dass er sie liebhat. Die Spucketropfen im Gesicht hat sie gespürt wie Stiche. Ist mit seinem Kopf zu ihrem. Die Lippen hat sie zusammengepresst. Und den Kopf weggedreht. Zu den Mostfassln geschaut, da hat sie ihn stehen sehen in seinem blauen Arbeitsgewand, wie er sich bückt und den Most heruntergelassen hat. „Vater! Vater!", hat sie geschrien und dumpf hats durch den Keller gehallt. Der Vater ist tot, hat er gesagt und ist starr geworden, wie ein modriger Baumstamm ist er auf ihr gelegen und hat sich nicht mehr gerührt. Auf einmal ist er auf mit einer Angst in den Augen, ist rauf in die Küche und runter vom Hof.

- Du weißt genau, was war, hat sie gesagt. Da hat er langsam die Augen zu ihr gehoben und ist mit der Hand über den Tisch gekommen.

- Schleich dich!, hat sie gesagt. Und gleich war sie weg, die Hand. Gewunden hat er sich und den Kopf geschüttelt und gesagt, dass er deppert war. Dann ist er still geworden und hat vor sich hingeschaut. Dass die Eva bei ihr vorbeischauen soll, hat sie gesagt und ist raus.

Einen guten Riecher hat er schon gehabt, der Firnbichler Erwin. Mit dem Grund. Und dem Fremdenverkehr. Die ganzen Jahre über hat er drauf spekuliert gehabt: dass die Gemeinde Anger den Seegrund kaufen will. Seewiesengrund hat er ja eigentlich geheißen und das halbe Ostufer vom Ferchkogelsee hat dazugehört. Für ihn wärs das

Geschäft seines Lebens gewesen, hätt er vom Hannes den Grund gekriegt und ihn jetzt der Gemeinde weiterverkauft.

Eins hat er aber nicht wissen können: dass nicht die Gemeinde den Grund kauft, sondern das Land. Und das hat eine Vorgeschichte gehabt, die hat nicht am Ferchkogelsee begonnen, auch nicht in der Landeshauptstadt und nicht einmal in Wien, sondern viele Tausend Kilometer entfernt. Weil ein Krieg dort die Ölkrise in der Wirtschaft und den Ölschock an den Tankstellen ausgelöst hat und der Liter Benzin auf einmal nicht mehr vier Schilling gekostet hat, sondern sechs und mehr. Und weil das Autofahren um die Hälfte teurer geworden ist, hat sich in der Dienststelle für Fremdenverkehr im Amt der Landesregierung eine Kommission gebildet. Aus der Not des teuren Benzins hat man eine Tugend machen wollen: Wenn die Leute nicht mehr nach Italien oder Jugoslawien fahren können, sollen sie daheimbleiben und Urlaub in der Nähe machen. Und so hat das Land ordentlich Geld ausgegeben für eine Kampagne mit jungen Frauen in bunten Leiberln am See und in den Bergen – und für den Ausbau von Fremdenverkehrsangeboten.

Drum hat der junge Bürgermeister von Anger bei der Dienststelle für Fremdenverkehr offene Türen eingerannt, wie er im Vorjahr ein Projekt zur weiteren Erschließung des Ferchkogelsees eingereicht hat. Und weil das jetzt in die Zuständigkeit des Landes gefallen ist, hat man einen beeideten Gutachter bestellt, der den Grund am Ostufer vom See geschätzt und ein amtliches Offert erstellt hat, das der Frau Elfriede Kehrtegger, geborene Reisinger, in dem zweiten Brief an dem Freitag, dem 6. Juni 1975 zugestellt worden ist.

Fuchsteufelswild ist der Firnbichler Erwin geworden, wie er davon gehört hat. Weil statt den 30.000 Schilling, die er dem Reisinger Hannes unten in der Jagdhütte in der Nacht vor seinem Tod zahlen hat wollen, war der Seegrund jetzt 385.000 Schilling wert. Tag und Nacht ist das dem Firnbichler nicht aus dem Kopf. Dass die 385.000 Schilling ihm gehören. Den hat man nicht ansprechen dürfen, so zornig war er. Beim Gernot war er unten und hat auf ihn eingeredet wie im Spital, Geld hat er ihm geboten, mitm Schwarz und zwei anderen Jägern ist er hin zu ihm, da haben sie den Gernot ordentlich ins Gebet genommen. Aber nichts haben sie ausrichten können. Weil der Gernot mit der Jagd und den Jägern und dem Firnbichler als Jagdleiter nichts mehr zu tun haben hat wollen. Am Ende ist der Firnbichler rüber zum jungen Bürgermeister und hat ihm von der Nacht mit dem Hannes erzählt. Nur hat der den Hannes nicht mehr persönlich gekannt. Und die Geschichte mit dem Handschlag ist ihm auch schon wie aus einer anderen Zeit vorgekommen. Außerdem waren die Planungen schon im Gang für das Strandbad mit dem langen Holzsteg raus in den Ferchkogelsee, einem Sprungturm, Kabinen, Warmwasserduschen und WCs, Tischtennistischen, einem Ruderbootverleih und einem Imbiss.

Wieder und wieder haben die Elfi und die Eva am Abend den Brief gelesen vom Bürgermeister und nach jedem Mal haben sie angestoßen mit einer Flasche Gumpoldskirchner, die hat die Eva mitgebracht gehabt. Erst hats die Elfi nicht glauben können und sogar wie sie zwei Tage drauf beim Bürgermeister und den Vertretern der zwei Parteien aus dem Gemeinderat im Büro gesessen ist, wars noch nicht wahr. Erst wie der Bankbeamte die Elfi hereingebeten hat in sein Büro, da hat sies gespürt. Dass es ein Gewicht hat, das Kaufangebot vom Land. Und sie auch. Auf einmal hat die Zeit keine Rolle mehr gespielt, ob sie den Kredit jetzt im Sommer oder im Herbst zurückzahlt. Über die Zukunft und ihre Pläne am Hof hat er mit ihr reden wollen. Am liebsten hätt er ihr das Geld, das sie noch nicht einmal gehabt hat, schon wieder aus der Hand genommen. Dass man es da reinstecken könnt oder dort, hat er gesagt, dass man es halt nur nicht liegen lassen darf, als wenns dann schlecht würd. Genau das hat die Elfi aber wollen. Dass es auf der Bank liegt. Dass es da ist. Nicht alles, aber ein Batzen soll einfach liegen. Dass sie ihre Ruhe hat.

Den größten Teil vom Seewiesengrund hat die Elfi ans Land verkauft, nur ganz hinten das Stück, wo das Bootshaus vom Vater gestanden ist, das hat sie behalten. Und was nach dem Zurückzahlen noch über war vom Geld, das hat sie geteilt. Die eine Hälfte ist auf der Bank geblieben und mit der anderen hat sie den Stall herrichten wollen. Und weil der Schneeberger Walter drüben in Anger gerade seine Zimmerei aufgemacht gehabt hat, sind sie schnell ins Geschäft gekommen, und im August sind sie schon oben gestanden, der Walter und seine Gesellen. Die Sonne hat heruntergebrannt, wie Akrobaten sind die Männer auf dem Dachstuhl herumgeturnt, haben die Querbalken montiert und die Ziegellatten. Am Ende vom Sommer ist das Dach dann fertiggeworden und statt zerfetzter Plastikplanen hat der Stall jetzt richtige Fenster gehabt, die man kippen hat können, dass das Schwitzwasser von den Viechern rauskann, und gezogen hats auch nicht mehr drinnen.

Jedes Wochenende ist die Eva raufgekommen in die Rotte und unter der Woche hat sie in Baden die Gärtnerei vom Vater geführt. Mitm Gernot hat sie sich den Hof geteilt, er hat ihr das Ausgedinge herrichten lassen, dafür ist er im Wohnhaus geblieben. Keiner hat das Wort „Scheidung" in den Mund genommen, nur dass sie „das Rechtliche" angehen werden, wenns ihm besser geht, haben sie gesagt.

Ihn hat man nicht mehr oft gesehen. In der Rotte oder in Anger ist er einem aus dem Weg gegangen. Einmal hat die Schneebergerin ihn angeredet und gefragt, wies ihm geht und was er tut. Da ist er geschwommen im Leeren, da hast sehen können, wie die Augen suchen, weit draußen, und nie haben sie was gefunden. Getrunken hat er nichts mehr. Dass ihm kalt wird, wenn er nur einen Most riecht, hat er gesagt. Unten am Steg bei seiner Jagdhütte ist er am liebsten gesessen. Aufgerichtet hat er sich wie ein Schulbub und herübergewunken, wenn man ihn von der Straße her gegrüßt hat. Und hat sich gleich wieder umgedreht, als wenn er was versäumen würd draußen am See.

Um Michaelis, Ende September, hat die Feuerwehr in Anger einen Herbstheurigen ausgerichtet, dass für den Winter noch ein Geld hereingekommen ist. Vorn am Eingang vom Zelt ist der Beisteiner Adi gesessen an seinem kleinen Tischerl, vierundachtzig war der schon und hat mit roten Backen unter dem Schirmkapperl hervorgeschaut. Von jedem hat er drei Schilling kassiert, die Lade vom Tischerl aufgemacht, die Münzen reinfallen lassen und mit einer Stecknadel hat er einem dann den kleinen rot-weißen Papierwimpel aufs Gewand gesteckt. Jeder in der Gemeinde hat was beigesteuert oder mitgearbeitet, so wie die Elfi, die beim Servieren ausgeholfen hat. Mit dem großen Tablett ist sie durch zwischen den Reihen und hat die Frankfurter und die Bratwürstel serviert. Manchmal ist sie auch zum Tratschen stehen geblieben bei den Tischen, wenn sie wen vom Brotaustragen gekannt hat. Oder wenn sie einer angeredet hat, weil ja alle gewusst haben, was sie für ein Geschäft gemacht hat mit dem Seegrund. Geneidet wirds ihr schon auch wer haben, aber die meisten haben sich gefreut, weil sie so ein Unglück gehabt hat mit dem Vater und dem Franz und dem Hof. Und wie sie so durchgegangen ist durch die Reihen und den Most gebracht hat und das Essen, hat sie sie dort sitzen sehen: den Firnbichler, die Martha und den Siggi. Hätte man jetzt die Füße gefragt, auf der Stelle wären die umgedreht und zurück Richtung Küche. Aber da hat sie der Firnbichler schon gesehen gehabt und so ist sie weitergegangen auf ihn zu. Die Martha hat woanders hingeschaut, keine Miene hat sie verzogen, auch der Siggi hat den Kopf weggedreht, wie er sie erkannt hat, nur der Firnbichler ist rein in sie mit seinen kalten Augen, durch und durch sind ihr die gegangen. Aber gleich war die Elfi schon vorbei, gestreift hat sie sie nur mit ihrem Blick, da war ein Nicken drin, eine Begrüßung, aber so klein, dass mans nur gesehen hat, wenn mans sehen hat wollen, und sich auch die Elfi nichts vergeben hat, wenn ihr keiner drauf einsteigt.

- Drei Paar Frankfurter, zwei große und einen kleinen Most, Elfi!, hat ihr der Siggi nachgerufen und das Grinsen hat sie hören können in den Worten. „Und gemma!“, hat er noch gesagt, leiser, als wenns nur für den Vater wär, und nachgelacht. Zittrig war sie, wie sie in die Küche ist. Hat den Most und die Würstel geholt und ist hinten an der Schank gestanden. Dass alles vorbei ist, hat sie sich gesagt, da sind die Würstel schon lange vor ihr gestanden und haben gedampft. Dann ist sie marschiert, das Tablett in der Höhe und mit festem Schritt auf den Firnbichler zu. Erst hat er noch woanders hingeschaut, aber wie sich der Siggi dann zum Vater gelehnt und ihm was gesagt hat, sind die kleinen Augen vom Firnbichler hin zu ihr. Der Siggi hat ihr gestohlen bleiben können, aber dass der Firnbichler noch immer so in sie reinfährt, hat sie gedacht und mit jedem Schritt ist sie fester geworden. Wie sie dann am Tisch war, hat sie nicht auf die Teller geschaut, die sie hingestellt hat, und auch nicht auf die Gläser, sondern dem Firnbichler direkt ins Aug. Zu seinen Würsteln hat er sich runtergebeugt, ob eh ordentlich Senf und Kren drauf ist am Teller. Und wie er den Kopf gehoben und sie ihn noch immer angeschaut hat, über ihm ist sie gestanden, keinen halben Meter von ihm weg, haben ihm die Lider gezuckt.

- Was ist leicht?

- Nix ist. Verloren hast, hat sie gesagt, sich umgedreht und ist weg.

Kein Wort hat sie mit ihnen seitdem geredet. Und wenn sie sich gesehen haben, in Anger drüben, vorm Hof auf der Straße oder unten am See, hat jeder seine Art gehabt: Die Martha hat weggeschaut, der Firnbichler den Blick gehabt und der Siggi deppert dahergeredet. Am Anfang ist die Elfi ihnen noch aus dem Weg gegangen. Aber mit der Zeit hat sie einfach durchgeschaut durch sie. Als wenn sie aus Luft wären, alle miteinander, und dahinter sieht man den See und den lichtblauen Himmel und ganz oben am Berg zwischen den Felsen schon die ersten Schneefelder, weil der Winter nicht mehr lang auf sich warten hat lassen in der Rotte Ferchkogel am Ferchkogelsee.

Umschlaggestaltung und Typografie: Christine Fischer
Umschlagmotiv von shutterstock.com/Nithid
Lektorat: Senta Wagner
Gesamtherstellung: Leykam Buchverlag

www.leykamverlag.at
ISBN 978-3-7011-8251-0

Klimaneutral gedruckt mit freundlicher Unterstützung durch die Kulturabteilung der Stadt Wien und das Land Niederösterreich.